So wie du bist

EINE HEISSE LIEBESKOMÖDIE (CAROLINA
CONNECTIONS BOOK 5)

SYLVIE STEWART

ROLLING HEARTS PRESS

Deutsche Erstauflage März 2022

So wie du bist: eine heiße Liebeskomödie Copyright © 2022 Sylvie Stewart

Lektorat / Korrektorat: Alexandra Hirsch, Reimund Kube, und Hannelore Weber

www.sylviestewartauthor.com

sylvie@sylviestewartauthor.com

ISBN (ebook): 978-1-947853-37-9

ISBN (paperback): 978-1-947853-42-3

COPYRIGHT© der engl. Ausgabe 2018 SYLVIE STEWART

Bücher von Sylvie Stewart

Werke von Sylvie Stewart mit deutschen Übersetzungen

E-Book und Taschenbuch (Bei Kindle Unlimited Mitgliedschaft kostenlos)

2022

The Fix / ***Die Baustelle*** (*Carolina Connections* #1)

The Spark / ***Der Funke*** (*Carolina Connections* #2)

The Lucky One / ***Das Glückskind*** (*Carolina Connections* #3)

The Game / ***Das Spiel*** (*Carolina Connections* #4)

The Runaround / ***Ausflüchte*** (*Carolina Connections* #6) 1 Apr

The Nerd Next Door / *TBD* (*Carolina Kisses* #1)

New Jerk in Town / *TBD* (*Carolina Kisses* #2)

The Last Good Liar / *TBD* (*Carolina Kisses* #3)

2023

Between a Rock and a Royal / *TBD* (*Kings of Carolina* #1)

Blue Bloods and Backroads / *TBD* (*Kings of Carolina* #2)

Stealing Kisses With a King / *TBD* (*Kings of Carolina* #3)

Game Changer / *TBD*

Then Again / *TBD*

About That / *TBD*

Über das Buch

»Es heißt ja, die netten Kerle kommen immer als Letzte ins Ziel. Ich behaupte, das sollte nur im Schlafzimmer gelten – dort gehört es schließlich zum guten Ton.« – Brett MacKinnon, *netter Kerl und Stammgast in die Friendzone.*

LIV:

Ich brauche im Leben eigentlich nur drei Dinge: Sex, Baseball und Siege. Mein geiler Freund und Saisonkarten sorgen für die ersten beiden Dinge, und ich gebe immer mein Bestes, wenn es um Letzteres geht. Deshalb war es mehr als nur ungünstig, dass ich mich unerwartet in einen neuen Freund verschossen habe. Ich kann Brett nur meine Freundschaft anbieten, aber wenn er mich ansieht, wünsche ich mir immer, es wäre mehr.

BRETT:

Ich war schon so oft in die Friendzone, dass man sogar ein belegtes Brot nach mir benannt hat. Man könnte meinen, ich sollte mich mittlerweile daran gewöhnt haben. Aber wenn es um die reizende Liv geht, bin ich fest entschlossen, die Friendzone hinter mir zu lassen und ihr zu zeigen, dass ich zum festen Freund tauge. Ein Pech, dass diese Position bereits von einem ballspielenden Neandertaler besetzt wird, der mich mit seinem kleinen Finger plattmachen könnte.

Was wird nötig sein, um Liv zu beweisen, dass nette Jungs mehr als nur Freunde sein können, und dass jenes Spiel, bei dem es sich wirklich lohnt zu gewinnen, die Liebe ist?

Für Maria und Jeff,
die wissen, wie wichtig es ist, einen netten Kerl großzuziehen

Cojones haben ist mein Leben

~~~

BRETT

»HEY, Blue! Mach, dass du hochkommst – du vermasselst das Spiel!«

Mein Kopf schnellte nach rechts bei dieser höhnischen Bemerkung. Nicht, dass es ungewöhnlich gewesen wäre, dass die Fans den Schiri mit Zwischenrufen stören, aber dieser Kommentar kam in Begleitung einer lauten weiblichen Stimme. Ich drehte mich auf meinem Sitzplatz, um besser zum angrenzenden Tribünenabschnitt sehen zu können, aber ein großer Mann, der seinen Vorrat an Hotdogs und Bier vor sich hertrug, versperrte mir die Sicht.

Die Beleidigung war nicht übel gewesen, das musste ich zugeben. Ich persönlich rief ja dem Schiri nie etwas zu – schon gar nicht diesem Typen Gleeson. Die Spieler andererseits waren den ganzen Tag lang Freiwild. Ich wollte nur nicht aus dem Stadion geschmissen werden und Teile des Spiels versäumen. Und dem Schiedsrichter auf den Sack zu gehen war die beste

2 · SYLVIE STEWART

Methode, wie man sich mit seinem Arsch am schnellsten hinter dem Zaun wiederfand.

»Komm schon, Frank! Den kriegst du!« Ich legte die Hände um den Mund, obwohl mich der Pitcher der Guardians sowieso nicht hören konnte. Meine Stimme würde nicht annähernd so weit getragen werden wie die der Mieze im Block 104. Ich stöhnte, als der Batter einen Teil von Franks Curveball erwischte und die Hufe den ganzen Weg bis zur zweiten Base schwang. Es stellte sich heraus, dass Gavin und Emerson nicht viel versäumten. Mein bester Freund und sein Mädchen hatten mich zum ersten Spiel dieser zwei hintereinander stattfindenden Spiele begleitet, aber sie hatten sich vor Beginn des zweiten Spiels entschuldigt – zweifelsohne, um einander besinnungslos zu ficken. Wenigstens würde ich nicht zu Hause sein und es durch die Wand hindurch hören, falls sie sich entschieden, in meine und Gavins Wohnung zu gehen.

So wie die zwei es trieben, würde aber bald nur noch ich dort wohnen, vermutete ich. Ich konnte die Vorzeichen erkennen. Alle, die ich kannte, hatten jetzt einen Partner, und das machte mich langsam eine wenig paranoid. Aber ich stellte mich clever an. Ich war vorsichtig. Bei meiner nächsten Beziehung sollte sie die Richtige und die Gründe die richtigen sein. Schluss mit hübschen Titten, die mich zum Ständer auf zwei Beinen machten und mit »Fußabtreter« abstempelten.

Scheiße. Das war ein fürchterliches Bild vor meinem geistigen Auge. Ich sah zu meinem Schritt hinunter und entschuldigte mich stumm bei meinem Schwanz.

Der nächster Batter der Kings schlug einen Line Drive ins linke Feld und erreichte die erste, aber es kam zum Wechsel in dem Inning, als er zu großspurig wurde und das finale Out bekam, weil er versuchte die zweite zu erlaufen, während der Pitcher den Ball warf. Er würde wieder bei den Anfängern landen, wenn er sein Urteilsvermögen nicht besser in den Griff bekam.

»So ist's gut, Horner! Weiter so, dann machst du heut' Abend noch richtig Punkte!« Da war wieder das Gebrüll, dieses Mal an den neuen zweiten Baseman der Guardians gerichtet – so einen großen Kerl namens Troy Horner. Er wandte sich der Tribüne zu und ließ seine weißen Zähne aufblitzen, während unser Shortstop, Joey Martel, in dieselbe Richtung schaute und das Gesicht verzog.

Interessant. Es sah so aus, als wäre da jemand heute Morgen auf der falschen Seite des Bettes aufgewacht.

Als ich dieses Mal die Quelle der Kommentare suchte, entdeckte ich sie. Sie schrie zwar nichts mehr, aber es konnte nur sie gewesen sein. Die junge Frau sah ungefähr aus wie zwanzig und war ausgestattete mit einem grün-goldenen Guardians-Trikot, in dem sie mit ihrer zarten Figur verschwand. Lange schwarze Haare fielen in Kaskaden über ihren Rücken hinab, unter der hellgrünen Schirmmütze, und eine riesige Sonnenbrille bedeckte ihr kleines Gesicht. Ich spürte, wie meine Mundwinkel bei dem Anblick nach oben gingen. Für jemanden, der so winzig war, konnte sie einen ganz schönen Radau machen.

Ich schaute auf die Tribünen und bemerkte, dass die Menge sich gelichtet hatte – nicht ungewöhnlich bei einem Doppelspiel so zeitig in der Saison. Aber wo war diese Mieze während des ersten Spiels gewesen? Ich wusste, dass sie mir aufgefallen wäre. Anscheinend würde ich an diesem Abend mehr Unterhaltung geboten bekommen, als ich vorhergesehen hatte.

Für mich gibt es nichts Schöneres als einen Sonnabend im Stadion. Baseball liegt mir im Blut, dank Papa und Großpapa. Als Kind hatte ich davon geträumt, es in die Majors zu schaffen, aber ich habe früh erfahren, dass man über gutes Koordinationsgefühl und echtes Talent bei diesem Spiel verfügen muss, um es weit zu bringen. Mit einem Wort, ich bin eine Null. Aber das hat mich nie davon abgehalten, der größte Fan zu sein, den es gibt. Fragt mich irgendwas zu dem Spiel, ich werde es euch erklären können. Manche von uns, Gavin etwa, sind zum Spielen geboren. Andere zum Verehren, zur Besessenheit und zum Genießen der simplen Perfektion des Spiels. Das bin ich, durch und durch.

Ich nahm einen Schluck von meinem Bier und beobachtete mein Team – also eines meiner Teams –, wie es sich aufs Schlagen vorbereitete. Die Greensboro Guardians sind ein Double-A-Minors-Team, aber die Tatsache, dass ich ihr Stadion in fünfzehn Minuten von der Wohnung mit dem Auto erreichen kann, macht sie zu dem Team, das ich mir am häufigsten anschaue. Dann gibt's noch die Knights und die Bulls, die aus Charlotte beziehungsweise Durham kommen. Die Typen sind Tripel-A und nur ein paar Stunden entfernt – die besten 25 Dollar, die man als Kerl ausgeben kann, um ein paar berühmten Namen beim Ballwerfen im örtlichen Stadion zusehen zu können. Aber Scheiße, Mann, gebt mir irgendein Spiel – ich bin dabei. Emersons Bruder spielt zum Beispiel für die North High School, und ihm schaue ich mindestens einmal in der Woche zu. Dieser Junge hat eine große Zukunft vor sich, das kann ich euch sagen.

Unser erster Spieler war mit dem Schlagen dran, ich hielt den Atem an und wartetet gespannt, ob die kleine Zwischenruferin sich zu Wort melden würde. Ein kurzer Blick in ihre Richtung verriet, dass ihre Aufmerksamkeit auf das Spielfeld geheftet war. Verdammt, das war eine Frau, wie ich sie liebte. Der Pitcher der Kings warf einen Fastball und überraschte unseren Batter. Ich seufzte und dann kam auch schon das Gekreische.

»Komm schon, Schiri! Der war tief. Das ist Baseball, nicht Bowling!«

Ich lächelte in mich hinein und schüttelte den Kopf. Das Mädel würde noch Ärger kriegen.

Der nächste Batter traf genau den Sweet Spot und schwang die Hufe, bis er sicher auf der zweiten ankam.

»Is' nich' schlimm, Pitcher! Zumindest deine Mama hat dich lieb!«

Um mich herum war mehrfaches Kichern zu hören, einschließlich das der Kings-Fans. Wie es schien, war niemand vor ihrem Spott sicher.

Gedankenlos griff ich nach meinem Bier und erhob mich von meinem Sitzplatz. Dann schob ich mich den Gang nach oben zur Höhe der Eingangshalle, ehe ich mir meinen Weg hinüber zum Block 104 bahnte. Niemand kontrollierte die Tickets, denn so spät am Nachmittag hatte das keinen Sinn. Sie saß in der ungefähr fünfzehnten Reihe von oben, und ich konnte nur ihren Hinterkopf sehen, der bedeckt war von dieser grünen Kappe und diesen dunklen, glänzenden Haaren. Ich richtete bewusst meine Aufmerksamkeit wieder auf das Feld. Die Guardians hatten nur den einen Spieler auf der zweiten, und dieser Neue, Horner, war mit dem Schlagen dran – der Typ, dem sie nach dem Spiel etwas Action versprochen hatte. Ehe ich überhaupt wusste, was ich tat, brüllte ich plötzlich mit höchster Lautstärke drauf los.

»Der Kerl hat seit der Junior Prom keinen mehr nach Hause gebracht!«

Ein paar leise Lacher waren um mich herum zu hören, dann drehte sie sich um. Sie hielt an, als sie mich ortete, und ich starrte sie an, bis sie ihre riesige Sonnenbrille senkte und mich mit Blicken durchbohrte. Ich konnte nicht anders. Ich lachte drauf los und mir entging nicht, dass ihre Lippen leicht zuckten, ehe sie den Kopf wieder zurückdrehte, um das Geschehen auf dem Feld zu beobachten.

Noch ein Out und ein paar lebhafte, dem Schiedsrichter entgegengeschleuderte Beleidigungen, dann entdeckte ich zwei Sicherheitsleute die Treppe in ihre Richtung hinuntergehen. Scheiße. Nicht, dass ich das nicht hatte kommen sehen, aber ich wusste, wie ich mich nach meinem Rauswurf fühlen würde.

Plötzlich folgte ich den Wachmännern den Gang hinunter

und glitt in die Reihe hinter der jungen Frau, als diese in die Reihe vor ihr schlurften.

»Wir müssen Sie leider bitten, Ihre Sachen zu nehmen und uns zu folgen.«

»Wie bitte? Warum?«

»Sie stören den Schiedsrichter bereits den ganzen Abend lang.«

Sie zuckte mit ihren kleinen Schultern in diesem riesigen Trikot und machte keine Anstalten, aufzustehen. »Ich sage eben, wie's ist. Das ist doch nicht verboten.«

»Im Grunde schon. Hören Sie«, sagte der andere Wachmann, »Jubel ist erwünscht, aber wenn Sie mit Obszönitäten anfangen und die Mutter des Kampfrichters beleidigen, dann haben wir ein Problem.«

Ich hob die Hand, um die Aufmerksamkeit des Wachmanns auf mich zu lenken. »Sir.« Drei Paar Augen betrachteten mich, eines jetzt bar der lächerlichen Sonnenbrille. »Ich glaube, die Dame meinte den Porzellanschrank von Gleesons Mutter.« Sie sahen mich allesamt an, als hätte ich am Imbissstand ein wenig zu tief in den Pappbecher geschaut. Ich schüttelte nur den Kopf und machte munter weiter. »Das ist ein häufiger Irrtum. Ich könnte mir vorstellen, dass der Schrank sehr große *Schubladen* hat – *cajones*.« Ich mimte das Öffnen einer Schublade, obwohl ich mir immer noch nicht sicher war, warum zum Teufel ich mich einmischte. »Es bedeutet Schubladen … Sie wissen schon, auf Spanisch.« Ich beäugte das Mädchen und drängte sie stumm, mitzuspielen. Ich konnte das hier nicht alles alleine machen.

Sie nickte schließlich und drehte sich zu den Wachmännern zurück, wobei sie ein so falsches Lachen ausstieß, wie ich es noch nie gehört hatte. »Ach so, Sie haben gedacht, ich hätte dem Schiri gesagt, seine Mutter hätte größere …« Sie deutete dem einen Wachmann versteckt in den Schritt. » … als er, ja?«

Ihr Kopf wechselte zu einem Schütteln.»Oh nein. Ich bin eine Dame. Ich würde niemals—«

Ich unterbrach sie, bevor sie noch weitere Schichten Bockmist auftragen konnte.»Wie ich schon sagte, häufiger Irrtum. Das, woran Sie denken, schreibt sich mit zwei O.« Ich lächelte unschuldig und kratzte mich am Bart.

Die junge Frau drehte wieder den Kopf, um mich anzusehen, und biss sich auf die Lippe, um nicht lachen zu müssen. Als sie ihre Miene dann wieder unter Kontrolle hatte, wandte sie sich erneut den Wachmännern zu.»Ja. Ich bin Möbelhändlerin. Missiz äh Gleeson ist eine meiner besten Kundinnen. Was soll ich sagen? Cajones sind mein Leben.« Sie breitete die Arme aus in einer *Was-werden-Sie-tun*-Geste.»Tut mir leid wegen der Verwirrung.«

Die Augen der Sicherheitsleute gingen zwischen mir und der Unruhestifterin hin und her, dann blieben sie bei mir hängen. Der mir am nächsten stehende zeigte mit einem Finger auf sie.»Ich will von Ihnen keinen Mucks mehr hören, verdammt noch mal, außer es sind Lobesworte, kapiert?«

Sie hob die Hand und machte eine Geste, die mehr nach vulkanischem Gruß aussah, als irgendeinem Pfadfinderehrenwort.»Jawohl, Sir.«

Der zweite Sicherheitsmann kniff die Augen zusammen und sah uns beide streng an, ehe die uniformierten Männer sich wieder die Treppe hochschlichen.

»Also mal danke dafür.« Sie drehte sich wieder zu mir. Ich setzte mich einen Sitz weiter, damit sie sich den Hals nicht verrenken musste. Ihre normale Sprechstimme war seidig und tief, sodass ich mich vorbeugen wollte, um sicherzustellen, dass ich jedes Wort mitbekam.»Nette Rettung, das mit dem Spanisch-Quatsch.«

Ich schüttelte den Kopf.»Alles wahr. Das schwöre ich. Wusst' ich's doch, dass der jahrelange Unterricht bei Señora Berkovich sich eines Tages bezahlt machen würde.« Ich imitierte ihre lächerliche Grußgeste und sie kicherte los, Mann. Der Klang war wie der von gedämpften Glocken, und meine Jeans war plötzlich unbequem eng.

»Ich bin mir nicht sicher, ob ich Ihnen glaube oder nicht, aber Sie haben mich davor bewahrt, das Spiel meines Freundes zu verpassen, also werde ich werde das jetzt mal zu Ihren Gunsten auslegen.«

Uuuuuund da senkte er sich wieder, mein Halbsteifer.

»ALSO MOMENT MAL. Wie zum Teufel sind sowohl dein Cousin, als auch dein Freund beide im gleichen Team gelandet? Das ist statistisch unmöglich.« Ich versuchte, das Wort Freund nicht geknurrt klingen zu lassen. Nicht, dass ich hätte überrascht sein sollen, dass eine so coole Frau vergeben war.

Nachdem sie sich zum zehnten Mal umgedreht hatte, um mir gegenüber Kommentare abzugeben, nachdem die Sicherheitsleute gegangen waren, lud Liv Sun – eine Abkürzung für Olivia, weil ihre Mutter irgendwie den Film *Grease* gut fand – mich ein, neben ihr Platz zu nehmen. Wir nippten an unseren Bieren und redeten über Baseball. Sie war bei ihrem Cousin aufgewachsen, dem Shortstop mit der finsteren Miene von vorhin, und war von Klein auf in den Sport indoktriniert worden. Sie gab zu, dass sie im Allgemeinen immer das jeweilige Team anfeuerte, in dem ihr Cousin gerade spielte, aber ansonsten schlug ihr Herz für die Teams aus Carolina. Das freute mich dermaßen, dass man es schon als unpassend betrachten konnte. Ich befürchtete, dass ich ein bisschen im Arsch war.

»Pures Glück vermutlich. Troy und Joey waren in ihrem ersten Minors-Team schon zusammen, und dann haben beide ein paar Jahre in anderen Farmteams gespielt. Sie sind nur zufällig dieses Jahr in meiner Ecke gelandet, was sich gut ergeben hat, denn das Trikot habe ich schon.« Sie zog an ihrem Shirt und ich musste mich beherrschen, meinen Blick nicht auf ihre Brüste fallen zu lassen. »Obwohl sie beide natürlich gerne die Gelegenheit für einen Aufstieg ergreifen würden.«

Ich nickte verständnisvoll. Diese Jungs wurden viel herumgeschoben, und es kam nicht selten vor, dass einige mitten in der Saison direkt aus der Doppel-A-Liga für kurze Zeit in die Major-League geholt wurden.

Livs Blick richtete sich wieder auf den Pitcher, der sich gerade aufwärmte. »Ich kenne Troy schon, seit sie das erste Mal zusammen gespielt haben, aber wir gehen erst seit Ende der letzten Saison miteinander. Er und Joey haben außerhalb der Saison hier in der Stadt einen Job als Fliesenleger bekommen und waren deshalb schon in der Gegend.«

Ich nickte, denn es war das einzig Höfliche. Troy Horner schien ein ganz guter Spieler zu sein, das heißt, wenn man Second Basemen mochte. *Was denn? Weiß doch jeder, dass es an die zweite Base die größten Arschlöcher zieht.*

»Also warum hast du ihm dann vorhin eigentlich was zugerufen? Er ist doch in deinem Team?« Sie warf mir einen giftigen Blick zu.

Ich lachte nur. »Vielleicht taten mir die Kings leid. Die Fans von denen können alle nicht ordentlich anfeuern.«

Sie zog die Nase kraus und ich bemerkte, dass Sommersprossen die goldene Haut auf ihrer Nase und ihren Wangen sprenkelten. »Du bist seltsam.« Dann bot sie mir Popcorn an und schmunzelte. »Kein Wunder, dass du alleine hier bist.«

»He«, protestierte ich. »Es ist nicht meine Schuld, dass meine Freunde schon gegangen sind.« Ich zeigte vage zum Eingangsbereich. »Mein Kumpel und sein Mädchen waren zum ersten Spiel da, aber sie mussten—« Ich hörte abrupt auf, ehe mir der Rest des Satzes herausrutschte.

Livs Stirn legte sich in Falten. »Sie mussten was?«

Ich blickte aufs Feld und versuchte, das Thema zu wechseln. »Das Spiel läuft also gut für deinen Cousin.«

»Nicht so schnell!« Sie packte mich am Handgelenk, wodurch ein Knistern zu meiner Schulter hochfuhr. Dann lachte sie. »O mein Gott. Sie sind zum Vögeln abgehauen! Haha!«

Bei ihrer Berührung riss es mich aus der Benommenheit und ich sah, wie ihre Lippen sich hochzogen zum breitesten und schönsten Lächeln, dass ich jemals gesehen habe. Ich ließ ihr Lachen über mich ergehen und mein Herz pochte laut in meiner Brust. Ich rang mir ein lässiges Schulterzucken ab und gab ein Lächeln retour.

»Ach, ich mag deine Freunde, Brett. Und ich mag dich. Ich sehe schon, wir werden Freunde werden.« Sie lehnte sich auf ihrem Sitz zurück und schob sich eine Handvoll Popcorn in den Mund.

Na fabelhaft. Genau das, was ich mit gewünscht habe. Noch so eine scharfe Braut, die mich ihren guten Freund nannte.

»Da. Hier geht's lang.« Liv packte mich wieder am Arm und zerrte mich hinter sich her, den bemalten Betonziegel-Flur entlang. Bei der Helligkeit des Neonlichts musste ich blinzeln. Mein Arm war trotz der kühlen Feuchte im Untergeschoss des Stadions warm, wo sie ihn berührte.

Wir näherten uns dem Umkleideraum des heimischen Teams und Liv hielt ihren Passierschein dem Wachmann hin, der das Ende des Flurs blockierte. Er winkte uns weiter.

»Also nur, damit du dich auskennst. Troy und Joey rechnen nicht damit, dass ich jemanden mitbringe, ich übernehme also keine Verantwortung für ihr Benehmen.«

Wie auf ein Stichwort öffnete sich die Tür zum Umkleideraum und Joey Martel trat heraus, bekleidet mit einer Jeans und einem Polohemd, die Haare nass vom Duschen. Bevor ich blinzeln konnte, hob er Liv hoch und umarmte sie innig, wobei er sie komplett einhüllte in seinen viel größeren Körper.»Livvy!« Er schwang sie hin und her, ihre Beine baumelten wie die einer Flickenpuppe. Als er sie endlich wieder absetzte, musterte er sie von Kopf bis Fuß und registrierte ihren Guardians-Dress und die grünen Converse-Sneaker.»Hübsch! Siehst wie immer toll aus.« Er zupfte an ihrer Schirmmütze.»Du hast uns gefehlt beim ersten Spiel. Dein Mundwerk wäre nützlich gewesen, um die Kings zu schocken.«

Sie strahlte ihn an und die gegenseitige Zuneigung zwischen Cousin und Cousine war deutlich zu erkennen.»Ich musste heute Nachmittag arbeiten, wie sich herausstellte. Aber du hast da draußen wieder toll ausgesehen heute Abend!«

Er nickte mit seinem dunklen Haupt.»Danke. Einen von zweien – hätte besser sein können, hätte aber auch schlechter sein können.«

Liv schien sich an mich zu erinnern, warf mir ein kurzes Lächeln zu und bedeutete mir, ich solle näherkommen.

»Joey, das ist mein Freund Brett. Er ist ein eingefleischter Guardians-Fan, auch wenn er sich nicht so kleidet.« Sie schüttelte den Kopf angesichts des schlichten grauen Henleys und der zerrissenen Jeans, die ich anhatte.

Ich sah sie an, zog eine Braue hoch und näherte mich ihrem Cousin.»Schön, dich kennenzulernen, Mann. Brett MacKinnon.« Ich reichte ihm meine Hand.

Er nahm sie und lächelte gutmütig.»Joey Martel.« Dann zu seiner Cousine:»Seid ihr Arbeitskollegen?«

Liv lachte.»Nein. Tatsächlich haben wir uns erst heute kennengelernt. Brett hat mich davor bewahrt, rausgeworfen zu werden.«

Joey hüstelte ein Lachen.»Ich habe mich schon gefragt, wieso du bereits zu Anfang des Spiels verstummt bist.«

»Wer hat da mein Mädchen rauswerfen wollen?«, ertönte

eine tiefe Stimme hinter uns. Liv und ich drehten uns gleichzeitig um und sahen Troy Horner in der Tür zur Umkleidekabine stehen. Aus der Nähe war er noch größer. Seine Augen waren auf mich gerichtet und sie zeigten nicht die Spur von Humor.

Ich meinerseits wollte die Augen verdrehen. Dieser Kerl war ungefähr doppelt so groß wie ich und hätte meinen Schädel mit einem Fingerschnippen an der Wand zertrümmern können. Trotz meiner besten Bemühungen war ich nie über die Fünf-Fuß-und-acht-Zoll-Marke gekommen. Die Gene spielen nicht herum, und vom ersten Tag an hatten sie mich in puncto Körpergröße gelinkt. Obwohl ich darauf achtete, regelmäßig ins Fitnessstudio zu gehen und meine Muskelmasse aufzubauen, hatte es eben Grenzen, was man mit Bankdrücken und Mr. Gold erreichen konnte.

Liv warf sich in Troys Arme, ehe er noch einen Muskel bewegen konnte. »Tolles Spiel, Baby!« Sie küsste ihn ordentlich auf den Mund und erst da wandte er seinen Blick von mir ab.

Vermutlich ist es nicht ganz so einfach, jemanden visuell an die Wand zu nageln, wenn man mit der Zunge im Rachen der Freundin steckt.

Scheißleben, echt.

Wie auch immer die Frage lautet, Sex ist wahrscheinlich die Antwort

~~~~

LIV

IRGENDWAS HAT ein frisch geduschter Mann nach einer offensichtlichen Darbietung athletischen Könnens an sich, das mich immer geil macht. Okay, ich geb's zu, viel braucht's nicht – ich bin so ziemlich immer geil. Man hat mir mal gesagt, dass ich in dieser Hinsicht die beste Art von fester Freundin bin. Auf den anderen Gebieten gibt es anscheinend noch Nachholbedarf.

»Troy!« Ich schlug nach meinem heißen Freund, als er mich vom Boden hochhob und um die Ecke hinter den Umkleideraum trug – wo uns keiner sehen konnte.

»Troy braucht sein Mädchen für sich«, murmelte er gegen meine Lippen, bevor er mit der Zunge in meinen Mund fuhr.

Okay, erinnert ihr euch an diese anderen Gebiete, von denen ich gesprochen habe? Tja, also das war eines davon. Ich konnte scheinbar nicht verhindern, dass ich bei Troys lästiger Angewohnheit, über sich selbst in der dritten Person zu sprechen, innerlich mit den Augen rollte. Ich werde nicht lügen. Es ging mir auf die Nerven. Und zwar ganz gewaltig.

Aber es verlor seine Wirkung, wenn er fachmännisch seinen Mund im genau richtigen Winkel neigte und meine Beine hochzog und sie um seine Taille wickelte. Verflucht, wie gut der das konnte. Ich konnte spüren, wie seine Erektion an die Naht meiner Jeans presste, und überlegte mir bereits, wo die nächstgelegene horizontale Fläche sein könnte. Ich erwiderte seinen Kuss enthusiastisch und spürte, wie meine Innenmuskeln sich dabei anspannten und mein Höschen feucht wurde.

Ich riss mich los, um die dringend benötigte Luft zu holen, und Troys Zunge zog eine Spur entlang meines Kiefers zu meinem Ohr. »Hat Liv, was Troy braucht?«

Igitt. Ich holte mir seinen Mund wieder, damit er die Klappe hielt und mich einfach nur küsste, um Himmels willen! Irgendwie im Hinterkopf fiel mir ein, dass Leute auf uns warteten – Leute, die es wahrscheinlich nicht zu schätzen wüssten, wenn wir es auf dem Flur trieben. Scheiße. Ich wich zurück und legte beide Hände auf Troys breite Brust.

»Baby, das können wir nicht tun. Wir müssen zu Joey zurück. Und ich möchte dich meinem Freund vorstellen.«

Troy drückte meine Arschbacken und stürzte sich wieder herab. Ich schwenkte den Kopf zur Seite, wodurch er allerdings auch nicht lockerließ von mir. Mein Mann war ein ganzer Mann – und es schadete nicht, dass ich ein Schwächling war. »Der Drecksack bedeutet mir nichts. Nur du.«

Ich gab ihm einen Klaps auf die Brust. »Redet man so über seinen Teamkollegen?!«

Er wich zurück und verzog das Gesicht. »Ich habe deinen kleinen Kumpel gemeint. Wo hast du den denn überhaupt aufgegabelt? Hat er vor dem Stadion um Kleingeld gebettelt?«

Ich hielt erschrocken die Luft an und versuchte, mich aus seinem Griff loszureißen, doch er wollte mich nicht gehen lassen. Er benahm sich wie ein Arschloch. Okay, also Brett war vielleicht kein mustergültiger Alpha-Phi-Irgendwas-Produkt, aber er war ein netter Kerl.

»Lass mich runter, Troy.« Ich sah ihn zornig an und wand mich noch ein bisschen. Er zuckte zusammen, als ich durch meine Bewegungen seine rechte Schulter anstieß – jene, die er mit Eis behandelte, als er das letzte Mal in der Stadt war –, aber er rückte noch immer keinen Zentimeter ab. Langsam wurde ich sauer. »Du kennst den Kerl nicht mal! Er hat verhindert, dass ich aus dem Stadion geworfen wurde!«

Er lachte bissig. »Ich weiß alles, was ich wissen muss. Typ is'n Irrer.«

Da stutzte ich. Ich drückte noch fester gegen seine Brust, es war mir egal, ob er Schmerzen hatte, und er ließ mich endlich los, sodass meine Converse auf dem versiegelten Betonboden quietschten. »Weil er einen Bart und ein paar Piercings hat? Vorurteile?«

Troy sagte verächtlich: »Meinetwegen. Ich mag ihn nur nicht.«

Dieses Mal verdrehte ich die Augen wirklich. »Mensch, Troy, du bist so entwickelt.« Wahrscheinlich hatte es keinen Sinn zu hoffen, dass Menschen sich keine Urteile rein auf Basis der äußerlichen Erscheinung machten. Es war sogar total lachhaft. Das hatte ich als chinesische Amerikanerin mit zwei eingewanderten Elternteilen vor langer Zeit gelernt. Es musste mir aber nicht behagen, wie mein Freund jemanden belächelte, nur weil dieser es vorzog, eine andere Art der Gesichtsbehaarung oder des Körperschmucks zu tragen. Als ich das letzte Mal nachgesehen hatte, sollten wir noch Diversität leben.

Vermutlich hat Troy dieses Jahr in der Highschool übersprungen. Wahrscheinlich war er damit beschäftigt gewesen, Bierdosen auf seinem Schädel zu zerquetschen und sich flachlegen zu lassen. Troy war das Aushängeschild des weißen amerikanischen Athleten mit seinen kurzgeschorenen blonden Haaren, der markanten Nase und den definierten Muskeln.

Ich wandte ihm den Rücken zu und wollte gehen, da packte Troy mich am Arm. »He, Liv! Komm mal wieder runter, verdammt. Ich hab dich doch nur aufgezogen.« Ich warf einen Blick zurück auf ihn, er deutete ein Lächeln an. Hmm. Ich kniff die Augen zusammen und verschränkte die Arme.

»Oooh, Troy liebt es, wenn Liv gereizt ist.«

Ach, verfickt noch mal.

»SAG BITTE, dass er nicht so redet, wenn er über seinen Penis spricht«, ächzte Haley am Telefon. Dann senkte sie die Stimme um etwa zehn Oktaven »Der kleine Troy liebt Livs kleine Muschi.«

Unweigerlich stieg mir das Lachen im Hals hoch, während ich die Tür zum Apartment aufschloss. »Wahrscheinlich sollte ich mich in der Hinsicht glücklich schätzen. Damit könnte ich mit Sicherheit nicht gut umgehen.«

»Nach dem, was ich gehört habe, zu urteilen, bist du recht gut *damit umgegangen*.«

Ich tat so, als würde ich vor Empörung nach Luft schnappen. »Du hast gut reden! Wie läuft's übrigens bei deinem kleinen Projekt?« Meine beste Freundin hatte sich auf die Mission begeben, ihren Nachbarn zu verführen, einen heißen jungen College-Professor, der nicht zu wissen schien, dass sie existierte – eine Tatsache, die ihn mir aus Prinzip unsympathisch machte.

»Noch immer nichts.« Haley seufzte. »Aber er hat ›Entschuldigung‹ gesagt, als er mir heute Morgen im Fahrstuhl auf die Zehen getreten ist.«

Ich stellte meine Tasche auf den Lehnsessel in meinem Wohnzimmer ab und machte ein sorgenvolles Gesicht wegen der Bestürzung in ihrer Stimme. »Hales.« Mein Tonfall sagte schon alles.

»Ich weiß. Ich weiß. Wenn er mich nicht mag, ist das nur zu seinem Nachteil.«

»Auf jeden Fall!«

»Aber er ist so niedlich. Und diese Brille. Hach.«

Ich biss mir auf die Lippe und versuchte, nicht zu lachen. Mein Mädchen liebte diese Nerd-Jungs.

»Okay. Beruhige deine Eierstöcke. Wenn ich nächste Woche in der Stadt bin, werden wir uns etwas ausdenken, wie wir den Mann aus seiner Nerd-Höhle locken.«

»He!«, protestierte sie.

»Was denn? Du kennst mich doch.«

»Ja, ja. Von mir aus.« Ihr Ton wurde freudiger und ich konnte durch die Leitung hören, dass sie eine Flasche öffnete. »Jetzt erzähl mir von diesem Typen, den du getroffen hast.« Sie hörte sich verdächtig interessiert an. Haley konnte verdammt schlecht lügen, daher wusste ich auch, dass sie Troy nicht besonders mochte. Es war allerdings nicht so, dass ich vorhatte, den Kerl zu heiraten, daher störte mich das nicht sonderlich. Bei Troy und mir ging es eher um den Spaß, um Sex und um Baseball. Ich war noch nicht bereit, an das Ganze mit dem Heiraten und dem Kinderkriegen zu denken.

»Haha! Du würdest ihn wahrscheinlich lieben, wenn ich es mir genau überlege. Er hat ungefähr deine Größe, braune Haare, die ein bisschen zu lang sind, und einen Bart. Ach ja! Und er hat Plugs in den Ohren und mindestens zwei Tattoos, soviel ich weiß.« Ich folgte Haleys Beispiel und zog eine Flasche Childress aus dem Kühlschrank.

»Hmm. Interessant. Was macht er beruflich? Weißt du das?«

»Dazu sind wir nicht wirklich gekommen. Aber er scheint clever zu sein. Und witzig.«

»Was du nicht sagst. Und er liebt Baseball? Hört sich mehr wie dein Typ an, Livvy«, neckte mich Haley.

»Klappe. Er ist einfach nur ein netter Kerl. Ich könnte einen neuen Freund gebrauchen – besonders weil du dich ja davon-gemacht und mich sitzen lassen hast!« Das tat ich gerne, meiner Busenfreundin hart zuzusetzen, aber in Wirklichkeit war ich ziemlich stolz auf sie. Sie war gerade nach Wilmington gezogen, um einen Job in einer Tierarztpraxis anzunehmen, und das war etwas ganz Besonderes.

»Was soll ich sagen? Die Tiere haben mich gebraucht. Und die Bezahlung ist auch nicht übel.« Sie kicherte. »Aber im Ernst jetzt. Du solltest mit diesem Typen abhängen. Es hört sich an, als hättet ihr vieles gemeinsam, und wenn du nur Troy und Joey hast, die dir Gesellschaft leisten, ist dein IQ in echter Gefahr.«

»Dir ist schon klar, dass du da gerade nicht nur meinen Freund, sondern auch mein Fleisch und Blut beleidigt hast, oder?« Ich holte ein Glas aus dem Schrank, schenkte meinen Wein ein und beobachtete die Kondensation, die sich sofort bildete. Verflixt. Bald würde ich die Klimaanlage einschalten müssen. Ich hatte immer versucht, dass solange wie möglich hinauszuzögern, aber in North Carolina konnte es im April geradezu tropisch heiß werden. Ich nahm einen kleinen Schluck und seufzte.

»Jawohl«, erwiderte sie unverfroren.

»Nicht alle Athleten sind dumm, wie du weißt. Du propagierst da eine unfaire Stereotype.«

»Als ich das letzte Mal mit den beiden abgehangen habe, haben sie sich dreißig Minuten lang darüber unterhalten, warum die Menschen in Belgien Wafflers genannt werden sollten.« Darauf wusste ich wirklich keine Antwort. »Und das eine Mal davor haben sie ihren Plan umrissen, wie sie den Welthunger besiegen, indem sie in armen Ländern Franchise-Filialen von McDonald's aufmachen.«

Ich nippte an meinem Wein, bis mir eine Antwort einfiel, und entschied mich schließlich für: »Sie haben andere gute Eigenschaften!« Sie lachte und wir beließen es beide dabei, denn wir wussten, dass es ein harmloser Spaß war. »Ich freue mich schon riesig, dich nächstes Wochenende zu sehen. Du fehlst mir so sehr, Mädel.«

Haley seufzte theatralisch. »Ich weiß. Geht mir auch so. Aber juhu! Du wirst mich besuchen und wir werden einen Mordsspaß haben!«

»Ja! Und wir werden an den Strand gehen – mir egal, wenn das Wasser kalt ist. Mein Bikini wird aus der Überwinterung geholt!«

»Na klar, meine Liebe! Und mein sehr züchtiger Einteiler ebenfalls.« Sie lachte.

Nachdem wir aufgelegt hatten, suchte ich in der Speisekammer nach einem Imbiss. Natürlich hatte ich mich schon im Stadion mit Hotdogs, weichen Brezeln und Popcorn vollgestopft, aber ich konnte trotzdem was zwischen den Zähnen gebrauchen. Ich neigte dazu, bei Sorgen zu essen, aber dieses Gefühl wollte ich nicht näher untersuchen, ich schrieb es stattdessen der Tatsache zu, dass mir meine beste Freundin fehlte. Ich entdeckte eine Schachtel Thin Mints und fand, dass sie meinen Tag der Völlerei perfekt abrunden würden.

Haley und ich hatten gemeinsam in einem gemieteten Haus gewohnt, bis sie vor ein paar Monaten nach Wilmington gezogen war. Ich war nicht so recht dazu bereit, ins kalte Wasser zu springen und mir eine Wohnung zu kaufen, also mietete ich mir ein Apartment am westlichen Stadtrand, bis ich mir meinen Schlachtplan überlegt hatte.

Um ehrlich zu sein, war ich zufrieden, solange die Wohnung eine Badewanne von halbwegs normaler Größe hatte und große Hunde erlaubt waren, daher wusste ich nicht, wieso ich so lange brauchte, mich festzulegen. Als hätte er meine Gedanken gelesen, kam Tambo in die Küche getapst, hinter sich eine Speichelspur zurücklassend. Mit der Zeit hatte ich gelernt, dass große Hunde auch große Speichelmengen absonderten, und viel größere Hunde als die Deutsche Dogge gibt es nicht. Tambo war, wie viele große stramme Burschen, die ich nennen könnte, ein großes Baby.

Ich nahm seine dunkelgrauen Ohren in die Hände und streichelte nach unten. »Wie geht es dir, mein großer Tölpel?« *Ja, ich spreche mit meinem Hund wie mit einem Baby. Ich bin kein Monster.* »Bist du heute schön brav gewesen? Natürlich warst du das.« Okay, also manchmal gehe ich mir damit auch selbst auf die Nerven.

»Zeit für einen Imbiss, Bo.« Da hob er die Ohren. Im Allgemeinen schaute mein Hund immer verschlafen drein, erwähnte man jedoch Futter, gingen seine Ohren und Augenbrauen auf höchste Alarmstufe. »Lass uns essen und dann sauber machen. Troy wird heute Abend vorbeikommen.«

Tambo stöhnte. Der Hund stöhnte tatsächlich – als würde er feststellen, wie sehr Troy sein glamouröses Hundeleben beeinträchtigte.

»Was denn? Du hast es doch gern, wenn Troy herkommt.« Na ja, genaugenommen stimmte das eher nicht. Troy steht nicht besonders auf Hunde. Er sagt, es sei der Sabber, der ihn anekelt, aber ich weiß nicht, was daran so schlimm sein soll. Man wischt ihn einfach weg und macht weiter. Und außerdem zeigt Tambo damit seine Zuneigung – je mehr man vollgesabbert wird, desto lieber hat er einen. Ich muss wohl nicht erwähnen, dass ich oft Wäsche wasche.

Wir schlugen in geselliger Stille zu, während ich meine E-Mails und das Arbeitspensum für die Woche nachsah. Ich hatte ein paar Nachrichten von der Besitzerin eines Pferdehofs bekommen, mit dem ich viel zusammenarbeitete. Ich klickte sie an und las sie. Eines ihrer Pferde hatte sich in dieser Woche verletzt und erholte sich nicht so gut, wie sie gehofft hatte. Ich schrieb schnell eine Antwort, in der ich der Besitzerin mitteilte, dass ich am nächsten Tag gerne vorbeischauen könnte, obwohl ich normalerweise an Sonntagen nicht arbeitete. Die Vorstellung, dass der Wallach Schmerzen ertragen musste, gab mir keine Ruhe, wo ich doch wusste, dass ich helfen konnte. Ihre Antwort kam sofort und wir vereinbarten einen Termin für den folgenden Nachmittag.

Als ich zu meinem Hund hinübersah, musste ich lächeln. Er war direkt neben seinem Napf eingeschlafen, die Zunge hing halb heraus. War das nicht entzückend?

Das Geräusch der sich schließenden Eingangstür ließ meinen Kopf automatisch in diese Richtung schwingen, kurz darauf kam Troy um die Ecke. Er sah heiß aus und sein großspuriges Grinsen verriet mir, dass ich meine Gedanken laut und deutlich ausgestrahlt hatte.

»He, Baby.« Seine Stimme war heiser und erreichte ohne Umweg sofort meine Geschlechtsteile.

»He, schöner Mann.« Ich stand auf, ging hüftschwingend zu ihm hinüber und packte mit den Händen sein T-Shirt, sobald ich nah genug war. »Hast du schon zu Abend gegessen?« Ich wusste, dass das Team nach Abendspielen normalerweise gemeinsam im Stadion aß.

Er nickte. »Ein paar der Jungs und ich sind ins Blue Denim eingefallen und haben uns was zu essen geholt.«

Jetzt, wo ich nahe an ihm dran war und mich in seine Angelegenheiten einmischte, hätte ich mir wahrscheinlich so etwas denken können. Keine Spur mehr von dem Duft wie frisch geduscht. Stattdessen war da ein stechender Geruch von Meeresfrüchten und Bier. Nicht, dass ich diese zwei Köstlichkeiten nicht zu schätzen wusste, aber mir waren sie auf dem Teller lieber als an meinem Kerl.

Dann erinnerte ich mich daran, was er gesagt hatte. Ich versuchte, mir meine Überraschung nicht anmerken zu lassen. Entgegen der landläufigen Meinung, machen Spieler der Minor League nicht das große Geld. Soll heißen, sie würden ihr Gehalt verdoppeln, wenn sie gelernt hätten »Pommes dazu?« zu sagen. Es war kein Job für schwache Nerven, aber die Leute tolerierten Schlimmeres, um ihren Träumen hinterherzujagen.

Ich hatte mich daran gewöhnt, Troy und Joey Mahlzeiten zu spendieren, so oft ich konnte, und ich tat es gern. Es sah ihnen nicht ähnlich, dass sie ihr kümmerliches Gehalt für eine schöne

Fischmahlzeit und Craft-Bier zum Fenster rauswarfen. Na ja, vielleicht hatten sie ja fürs Ausgehen gespart. Wer weiß?

Ich bekam noch eine Nase voll von Troys Shirt. »Ich habe eine tolle Idee.«

Seine Augenbrauen gingen nach oben, während er mich rückwärts an den Küchentresen schob.

»Ich muss mir das Baseballstadion abduschen. Komm doch mit und schrubbe mir ... den Rücken.«

Troy musste nicht zweimal gebeten werden. Ich wurde sogleich in die Richtung meines Schlafzimmers gedreht und seine Hände zogen mir unterwegs das Shirt aus.

Wenn das Wörtchen Wenn nicht wär
(If wishes were horses)

❧

BRETT

»AUF GAR KEINEN FALL«, murmelte ich in mich hinein, als ich die Nummer des eingehenden Anrufs registrierte. Gavin beäugte mich neugierig von seinem Platz auf der Couch aus. Ich ignorierte ihn und tippte auf mein Handydisplay, ehe der Anruf in die Mailbox umgeleitet wurde.

»Hallo?« Cool wie immer.

»Brett?«

»Ja.« Vor Geist sprühende Konversation liegt mir nicht.

»He, hier ist Liv. Vom Spiel gestern?« Sie hörte sich jetzt unsicher an, und ich fühlte mich wie ein Arschloch.

Ich stand auf vom Lehnstuhl und ging rasch in die Küche. »Hi, Liv. Wie geht's?« Schon besser.

Ihre Stimme entspannte sich wieder. »Prima. Ich hoffe, es macht nichts, dass ich anrufe.«

»Nein! Ich meine, das ist völlig in Ordnung«, antwortete ich viel zu schnell. »Ich bin froh, dass du angerufen hast.« Wir hatten vor dem Stadion unsere Nummern ausgetauscht, aber ich hatte nicht gedacht, dass sie tatsächlich anruft.

»Ja. Ich hatte Spaß gestern. Und dank dir spreche ich jetzt ein wenig Spanisch.«

»Señora Berkovich wäre stolz. Ich bin mir sicher, sie hat davon geträumt, dass ihre Schüler über Eier reden.« Sie kicherte, und das machte mich saumäßig glücklich.

»Rufst du an, weil du noch weiteren Spanischunterricht benötigst? Denn dann müsste ich wohl was dafür verlangen.«

»Nur zum Teil. Obwohl es mein Lebensziel ist, auf Spanisch fluchen zu lernen, habe ich auch noch einen anderen Grund, weshalb ich dich am Sonntag stören muss.«

»Ach so? Was denn für einen?«

»Was hälst du von Pferden?«

»Moment mal.« Meine Kinnlade fiel herunter, dadurch wurde Liv auf mein Gesicht aufmerksam. Sie zog eine Braue hoch und ich fuhr fort mit meinem Gedanken. »Du steckst das jetzt«, ich deutete auf die lange Nadel, die sie in ihrer behandschuhten Hand hielt, »da rein?« Mein Blick schweifte über die riesige Fläche des enorm großen Pferdes neben ihr.

Liv grinste und nickte ihren Werkzeugkasten an. »Ich werde sogar *alle* diese hier dort reinstechen.« Sie deutete mit ihrem Kinn auf das Vieh. Ich trat unfreiwillig einen Schritt zurück, woraufhin Liv laut auflachte. Die Frau, die neben ihr stand, lachte gemeinsam mit ihr über meinen Gesichtsausdruck.

»Warten Sie nur ab. Doktor Sun ist eine Wunderheilerin«, informierte mich die Frau, die mir als Pam Sutton, Besitzerin der Red Maple Horse Farm vorgestellt worden war.

Ja klar. Nicht nur, dass Liv verdammt reizend, unterhaltsam und sexy war, sie war auch noch eine verdammte Ärztin. Genauer gesagt, eine Tierärztin, die sich, wie ich soeben erfahren hatte, auf veterinärmedizinische Akkupunktur spezialisiert hatte. Vor fünf Minuten hatte ich noch nicht einmal gewusst, dass dieser Scheiß existierte.

Ich konnte mir nicht vorstellen, wie verrückt man sein musste, um Nadeln in ein Pferd zu stechen, dass zehnmal größer war als man selbst, aber ich würde es gleich erleben. Diese Frau hatte mega ... Eierstöcke.

Ich sah erstaunt zu, wie Liv vorsichtig die erste Nadel setzte und sie mit der Fingerspitze fachmännisch in die Flanke des Pferdes stieß. Das Pferd blieb völlig unbeeindruckt und ich starrte hin und nahm nicht einmal mehr die fremdartige Mischung süßer und saurer Düfte oder die Fliegen, die rund um uns in der Scheune summten, wahr. Eine zweite Nadel folgte prompt, als Liv sich um verschiedene Stellen am Bein und dem Rücken des Pferdes bewegte. Ich registrierte die wohltuenden Berührungen, die das Tier beruhigen sollten, und die leise Stimme, die sie benutzte, um es ruhig zu halten. Ehe ich mich versah, war ich näher herangerückt, um mir die Szene genauer anzuschauen, und stand neben Pam.

Sie neigte sich zu mir. »Was habe ich ihnen gesagt?«

Ich nickte nur und sah weiter zu. Livs Haare waren zu einem Pferdeschwanz zusammengebunden, der sie ihr aus dem Gesicht hielt und mir ungehinderte Sicht auf ihre goldene Haut und den hinreißenden Mund bot. Verflixte Scheiße. Diese Frau war nichts weniger als bemerkenswert.

Als sie ihre letzte Nadel platziert hatte, arbeitete Liv sich vor zum gefleckten Kopf des Pferdes, streichelte sein Gesicht und sprach mit ihm.

»Was fehlt ihm denn?«, flüsterte ich Pam zu.

Ihre Mundwinkel gingen nach unten. »Er wird älter und neigt zu Verletzungen und Muskelzerrungen. Eines der jüngeren Pferde hat ihn neulich aufgebracht und seither sind seine Streckmuskeln verspannt. Wir können eigentlich nur Zeit und Ruhe anbieten – abgesehen von der Akkupunktur. Die ist wirklich ein Geschenk des Himmels.«

Liv ging zu ihrer Zubehörtasche zurück und holte eine Schachtel mit Regelknöpfen und einen Beutel Drähte heraus. »Was hat sie denn damit vor?«

Pam nickte. »Elektroden. Sie wird sie an bestimmte Nadeln anschließen, um an ein paar der Muskeln Stromimpulse zu schicken.«

Ich drehte mich zu ihr. »Kein Scheiß? Ich meine, im Ernst?«, korrigierte ich mich rasch.

Pam grinste und sah mich an. »Kein Scheiß.«

Ich nickte und drehte mich wieder, um Liv bei der Arbeit zuzusehen. Ich war beeindruckt. Das war megacool.

Eine halbe Stunde später wurden alle Nadeln entfernt und das Pferd wurde mit ein paar Möhren belohnt. Liv zeigte mir, wie man das Pferd füttert, ohne einen Finger einzubüßen, und ich bot ihm eine Möhre an, die er enthusiastisch verschlang, sodass ich mit einer Hand voller Pferdesabber dastand.

Ich sah auf meine Hand und dann Liv an, die nur mit den Schultern zuckte und lächelte. Also wischte ich mir die Hand an meiner Jeans ab und streichelte dem Pferd die Nase, wie sie es zuvor gemacht hatte. Sein Fell war warm und staubig und er lehnte sich gegen meine Berührung. »Unglaublich.«

»Ich weiß.Das sind herrliche Geschöpfe, oder nicht?«

Ich nickte. »Ich bin ihnen bisher eigentlich nur auf Landwirtschaftsmessen und solchen Sachen begegnet. Bist du mit Pferden aufgewachsen?«

Sie lachte teilweise und schnaubte zum Teil, einen Ton, der irgendwie nicht lächerlich, sondern niedlich war. »Sicher nicht. Das einzige Haustier, das wir als Kinder hatten, war eine Katze namens Tess. Sie war der Teufel in Person.« Sie zischte und imitierte, wie sie mir mit den Nägeln die Augen auskratzen würde. War es falsch, dass mich das in gewisser Weise geil machte? Moment. Nicht beantworten.

Ich hob die Hände zum Schein und sie fuhr fort. »Meine Eltern sind Biochemiker. Sie sind nicht gerade tierverliebt. Aber mich hat es immer zu den Tieren gezogen. Als ich dann auf die Highschool kam, hatte ich meine Eltern endlich dazu überredet, dass ich Reitstunden nehmen darf, und dann war es um mich geschehen. Die meisten Mädchen verlieben sich mit sieben in Pferde. Ich habe doppelt so lange gebraucht, aber mich hat's genauso schwer erwischt. Ich hatte zwar nie ein eigenes Pferd oder so – ich war zu sehr mit der Schule beschäftigt und zu oft pleite, um mir ein eigenes leisten zu können. Aber es gibt viele Pferdebesitzer, die Hilfe brauchen, damit ihre Pferde ausreichend Bewegung bekommen. Und ich kann ganz schön hartnäckig sein.« Sie zeigte mir ein breites Grinsen und ich lachte. Das kaufte ich ihr definitiv ab.

»Also bist du Tierärztin geworden.«

»Jo.« Sie griff nach oben und tätschelte das Pferd seitlich am Hals. »Es war ein langer Weg, aber ich würde nichts anderes mehr machen wollen.«

Meine Brauen zogen sich zusammen. »Bist du nicht ein bisschen jung für eine Tierärztin?«

Darauf antwortete sie abschätzig: »Ich bitte dich. Hast du nicht gehört, dass ich gesagt habe, dass meine Eltern Biochemiker sind? Studieren war bei uns zu Hause ein Vollzeitjob.« Dann fuhr sie mit dem Kopf herum und nagelte mich mit ihrem Blick fest. »Moment mal. Für wie jung hältst du mich denn?«

Ich zuckte mit den Schultern, um etwas Zeit zu gewinnen. Scheiße. Das war ein Minenfeld. Schätzt man sie zu jung ein, ist man geliefert. Schätzt man sie zu alt ein, ditto. Ich persönlich fand ja, dass sie nach ungefähr zwanzig aussah, aber das wollte ich nicht sagen. Ich addierte die Zahlen im Kopf und das war statistisch einfach nicht möglich. »Äh, vierundzwanzig?«

Sie studierte meine Miene, entdeckte wahrscheinlich eine Lüge, entschied sich dann aber glücklicherweise dafür, es zu vernachlässigen. »Sechsundzwanzig.« Ihr Tonfall war verdächtig.

Ich griff nach ihrem Pferdeschwanz und zog daran. »Siehst du. Ich war nahe dran.«

Sie schlug meine Hand weg und trat zurück, um mich mustern zu können. »Wie alt bist du?«

Ich zögerte nicht. »Fünfundzwanzig.«

Sie nickte, wodurch ich null Hinweise auf ihre Gedanken bekam. Bevor mein Bart gewachsen war, hatten die Leute mich immer für viel jünger gehalten, als ich tatsächlich war. Es war so schlimm, dass ich mich sogar bei Filmen, die ab siebzehn Jahren freigegeben waren, ausweisen musste. Doch dann bin ich in meinen neuen Look hineingewachsen und ich glaube, ich fing an mich einfach in meiner Haut besser zu fühlen. Ich weiß, dass ich nichts Besonderes bin, aber ich achte auf meinen Körper, versuche täglich zu trainieren, und mir gefällt, wie ich aussehe. Auch wenn manche Menschen (z.B. Troy Arschgesicht), glaube ich, nicht der Ansicht sind.

Da ich Liv nicht noch mehr die Oberhand überlassen wollte, als sie sie bereits hatte, trat ich einen Schritt zurück und machte ihr die gemächliche Begutachtung nach. Sie trug eine ausgebleichte Jeans, ein schwarzes T-Shirt mit einem Bar-Logo und ein Paar Botten. Mit anderen Worten, sie sah echt perfekt aus.

Sie lachte über meine unverfrorene Musterung, wandte sich der Koppel zu und deutete mir, dass ich ihr über den Kiesweg folgen sollte. Sie lehnte sich an den Zaun, die Ellenbogen auf die oberste Latte gelegt. Ich tat es ihr gleich.

»Du hast mir noch gar nicht erzählt, was du so machst, Brett.«

»Du meinst, du kannst es nicht erraten?« Ich deutete in mein Gesicht und auf meinen Körper, den sie gerade in aller Ruhe taxiert hatte. Dafür erntete ich einen Ellbogen in die Rippen.

»Okay, na schön. Ich werde mal raten.« Sie knabberte an

ihrer Lippe und hielt einen Augenblick inne, dann hob sie triumphierend einen Finger. »Aha! Du bist ein Auftragsmörder und hast noch einen letzten Job zu erledigen, ehe du in den Ruhestand gehen kannst.«

Ich warf ihr einen traurigen Blick zu. »Sehr witzig. Ich arbeite in der Marketingabteilung bei Centroe.«

Vor Überraschung fiel ihr der Mund auf. Mann, für so schockierend hatte ich das nicht gehalten. »Du willst mich verarschen.«

»Bei Auftragsmorden scherze ich nie. Auch nicht beim Marketing«, sagte ich todernst.

»Meine Eltern arbeiten bei Centroe!«

»Im Ernst?« Obwohl das vermutlich nicht allzu weit hergeholt ist. Sie hatte ja gesagt, dass sie Biochemiker*innen wären, und Centroe ist eine Pharmafirma von ansehnlicher Größe. Außerdem arbeiteten dort nahezu fünftausend Menschen aus der Gegend. »Wie klein die Welt doch ist.«

»Absolut mikroskopisch klein.« Liv schüttelte den Kopf.

Wir ließen beide unsere Blicke zu den Pferden schweifen, die auf der Koppel grasten. Durch die Sonne wurde meine Haut warm und ich wünschte mir allmählich, ich hätte eine Kappe auf.

Als würde sie meine Gedanken lesen, hob Liv eine Hand und hielt sie sich zum Schutz vor der Sonne vor die Augen. »Perfektes Wetter für ein Spiel. Schade, dass heute kein Spiel stattfindet.«

Ich sah sie mit vorgetäuschtem Entsetzen an. »Frevlerin! Es findet immer ein Spiel statt. Wir sind in North Carolina und es ist Frühling.«

»Mach dir mal keinen Knoten in den Schlüpfer. Ich habe gemeint: kein Spiel der Guardians.«

Ach so, klar. Ich hatte vergessen, dass es immer nur um ihren Schatz Troy ging. Mag sein, dass ich den Kerl nicht kannte, aber nach dem, was ich gestern so mitbekommen hatte, war ich nicht allzu begeistert davon, unserer Bekanntschaft zu vertiefen. Der Typ war ein Arschloch.

Warum Liv ihre Zeit mit dem verschwendet, sei dahingestellt.

Ich zuckte nur mit den Schultern, denn eine Antwort wagte ich nicht.

Wieder war es so, als könnte sie meine Gedanken lesen. »Troy ist nicht so übel. Er ist bloß nicht so ... aufgeschlossen.«

Okay, also ich bin nicht von gestern. An dieser Stelle musste ich die Fresse schön zulassen. Keine Antwort, die ich auf diese Aussage gab, würde etwas Gutes bewirken.

Sie biss sich auf die Lippe und beobachtete wieder die Pferde. »Am Anfang, als wir miteinander gingen ...«, setzte sie an, doch dann verstummte sie. Eine schwache Brise blies ihr ein paar Haarsträhnen in die Wimpern, sodass ich hingreifen und sie ihr wegstreifen wollte. »Ich meine, er ist echt unterhaltsam, und er ist ein anständiger Kerl, wenn man ihn besser kennt. Er ist halt einfach ein sehr männlicher Typ.« Sie wandte sich wieder zu mir um und sah mir in die Augen. Die ihren waren dunkelkastanienbraun und goldgesprenkelt. »Weißt du, was ich meine?«

Äh, nicht wirklich. Aber ich nickte trotzdem verhalten. Ein sehr männlicher Mann? Ich glaube, sie meinte Neandertaler. Sie könnte was viel Besseres kriegen, als ein Arschloch wie den.

Ich war die weitaus bessere Wahl, falls sie Vorschläge haben wollte. Ich meine, vielleicht kann ich körperlich nicht mit dem Typen mithalten, aber wenn es um Geistesgegenwart, Reife und ... äh ... darum ging, nicht die Fingerknöchel am Boden schleifen zu lassen, dann war ich dem Kerl mit Sicherheit überlegen.

»Okay, Schluss mit Troy. Wie wär's, wenn wir das Thema wechseln und übers Essen reden?« Auf ihrem Mund machte sich ein schelmisches Grinsen breit.

Damit hatte sie meine Aufmerksamkeit. »Ich höre.« Wie auf

ein Zeichen knurrte mein Magen laut, woraufhin wir beide große Augen machten.

»Irgendwas verrät mir, meine nächste Idee wird dir gefallen.«

Ich war mir ziemlich sicher, dass mir jede verdammte Idee gefallen würde, die Liv hervorzauberte.

»Liv. Himmelherrgott.«

Mein Pimmel schmerzte auf die beste Art und Weise, während ich ihren Namen stöhnte. Ich konnte nicht anders. Die Vorstellung, wie sie meinen steinharten Schwanz mit ihren Lippen umschloss, ließ mich die Kontrolle verlieren. Leider war die Vorstellung reine Fantasie. Ein Produkt meiner sehr aktiven und schmutzigen Fantasie.

Ich strich mir selbst darüber, mit Druck an den richtigen Stellen und in einer gut geübten Choreographie. Was soll ich sagen? Ich bin ein Mann. Das tun wir eben, wenn wir mit niemandem gehen oder schlafen. Okay, also dann tun wir's auch. Wir sind im Grunde Tiere, ich weiß.

Meine Augen gingen fest zu und mein Kopf fiel in den Nacken, als ich spürte, wie das vertraute Kribbeln nach unten zu meinem Steißbein raste. Ich konnte ihre verführerischen zarten Stöhnlaute hören, während ihre Lippen, ihre Zunge und ihre Hände sich an meinem Schwanz zu schaffen machten und meine Eier liebkosten. Ihre Augen waren zu mir hochgewandt, während sie mich bis hinten in ihren Rachen schob. Um mich war's geschehen. Ich verschoss meine Ladung und strich weiter, bis das letzte Zucken meinen Körper durchfuhr und ich zufrieden ächzte. Es war eine Zufriedenheit, die nur ein paar Sekunden währte.

Meine Hand war kein Ersatz für Liv, verdammt. Diese Frau machte mich wahnsinnig, so sehr begehrte ich sie, und es gab scheiß gar nichts, was ich dagegen tun konnte. Ich bin kein Betrüger, und ich mag Leute nicht, die betrügen. Und ich bezweifelte sehr, dass Liv der Typ war, der betrog – was eine gute Sache war. Irgendwie.

Scheiße.

Das Beste, worauf ich hoffen konnte, war, dass sie irgendwann das Interesse an Troy, diesem Vollpfosten, verliert und feststellt, dass sie mich stattdessen mochte. Ich konnte geduldig sein, wenn sich das Endergebnis lohnte.

Und sie war mehr als nur lohnend. Das wusste ich einfach.

Warum man immer ein Maßband dabeihaben sollte

~~~

LIV

ICH STRECKTE DIE ZUNGE HERAUS, um die Bratensoße aufzufangen, die mit übers Kinn lief. Brett hörte mit dem Kauen auf und starrte herüber.

Gütiger Himmel.

Ich wollte lachen, weil Männer so durchschaubar waren. Ein kurzer Blick auf unsere Zunge, schon stellten sie sich vor, was man damit anfangen könnte. Nicht, dass ich solche Gedanken bei meinem neuen Freund fördern wollte. Freund. Das war's. Troys Eifersucht stieg mir langsam zu Kopf.

Ich nahm meine Serviette und wischte mir den Rest der Soße ab, hoffentlich so, dass jede ungute Situation vermieden wurde. Brett machte sich wieder ans Kauen und grinste.

Es war Donnerstag und wir hatten beschlossen, uns zum Mittagessen im Smith Street Diner zu treffen, bevor ich ins Stadion der Guardians ging, um mir noch ein letztes Spiel anzusehen, ehe ich am Wochenende nach Wilmington fuhr. Troy und Joey würden zur Tour aufbrechen, bevor ich zurückkam, es war daher meine letzte Chance, sie in den nächsten Wochen spielen zu sehen.

Das Team reiste ständig und war auch ganz schön beschäftigt, wenn es in der Stadt war. Das bedeutete also, dass Troy und ich nicht viel Zeit für einander hatten, obwohl er bei einer Lokalmannschaft war. Die Saisonpause war toll gewesen, die Jungs hatten reguläre Arbeitszeiten gehabt, doch dann kam das Frühlingstraining und jetzt die Saison. Und obwohl die Baseball-Saison unser aller Lieblingsjahreszeit war, gehörte es zu den besonderen Geschenken, wenn das Team ein paar Heimspiele hintereinander hatte, so wie in der letzten Zeit. Troy und ich hatten in den vergangenen Tagen ein paar dringend benötigte schöne Stunden miteinander einschieben können.

Okay, also Xbox, Trinken und Sex zählen nicht alle zu den schönen Stunden, aber eine Sache von dreien ist nicht schlecht. Ich hätte Joey niemals gestatten sollen, dass er diese verdammte Xbox in meine Wohnung mitbringt. Er weiß, dass ich nicht nein sagen kann, wenn der Fehdehandschuh gefallen ist.

Aber es war eine unterhaltsame Woche gewesen und ich war traurig, dass ich die Jungs verabschieden musste.

Das stimmte, größtenteils. Versteht mich nicht falsch – ich liebe es, Zeit mit den Jungs zu verbringen. Aber ein Mädchen braucht ein wenig Raum zum Atmen nach all dem Testosteron. Obwohl Joey und Troy sich während der Saison eine Wohnung mit ein paar anderen Spielern teilten, hingen sie vorzugsweise in meiner Wohnung ab, nach einer Woche bildete sich darin deshalb dieser Kraftsack-Mief. Und, ehrlich, wäre ich gezwungen gewesen, auch nur einen »epischen« Pizza-Rülpser auszuhalten, hätte ich mich vor einen Bus geworfen.

Weil ich nicht so eine Ziege sein wollte, bei der »das Gras auf der anderen Seite immer grüner ist«, konzentrierte ich mich stattdessen auf meinen Lunch-Partner. Brett trug ein blaues Button-down-Hemd, das perfekt zu seinen Augen passte, und eine dunkelgraue Hose. Das Ensemble wurde von eingetragenen Chukka-Stiefletten abgerundet, die ich ihm am liebsten geklaut hätte. Seine Hemdsärmel waren hochgerollt und zeigten eines der Tattoos, das ich an dem Tag entdeckte hatte, als wir uns kennenlernten.

Ich griff mit einer Hand über den Tisch und tippte auf die getuschte Haut. »Erzähl mir was darüber.«

Brett hielt einen Finger in die Höhe, während er fertigkaute, und wischte sich dann den Mund mit einer Serviette ab.

Danke! Niemand musste diesem Kerl beibringen, dass man sein halbverdautes Essen nicht herzeigt.

Als er schließlich sprach, verschluckte ich mich an meinem Getränk.

»Ich hab's mir in einem Bordell in Thailand machen lassen.«

Ich klopfte mir auf die Brust und bewarf ihn mit meiner Serviette.

»Okay, na schön. Ich hab mich mit meinem Freund Gavin volllaufen lassen und konnte den Tätowierer irgendwie davon überzeugen, ich sei nüchtern genug, um mich stechen zu lassen. Ich habe geblutet wie ein Schwein und der Kerl hat mich gezwungen wiederzukommen, um es beenden zu können.«

Ich verdrehte die Augen über den Idioten. »Warum hast du dieses Design gewählt?« Es war eine bunte Darstellung eines Löwen, die mich an C. S. Lewis erinnerte. Vielleicht bestand ja ein Zusammenhang.

»Ehrlich?«

Ich nickte und nahm einen kleinen Schluck von meiner Limo.

»Ich habe keinen blassen Schimmer. Ich war stockbesoffen.« Er schüttelte den Kopf und lächelte. Er hatte ein tolles Lächeln – gerade weiße Zähne, und ein Mundwinkel ging immer weiter nach oben als der andere. Und dann war da noch der Bart.

Ich kicherte über ihn. »Warum hast du es nicht zu etwas anderem umändern lassen, als du wieder hingegangen bist?

Am ersten Abend ist er doch sicher nicht allzu weit gekommen.«

»Ich hatte fast den ganzen verdammten Umriss! Was hätte ich denn tun sollen?«

Ich machte *tsss* und antwortete dann: »Na ja, wenigstens ist es hübsch.«

Brett sah mich mit zusammengekniffenen Augen an. »Sag *niemals*, dass die Tätowierung eines Kerls hübsch ist. Was ist bloß los mit dir, Frau?«

Ich kicherte und sein Lächeln kehrte zurück.

»Was zum Teufel ist das denn?«

Ich drehte abrupt den Kopf und entdeckte Joey und Troy, die neben unserem Tisch standen. Scheiße. Ich hatte Troy wohl nicht erzählt, dass ich mit Brett zu Mittag essen wollte.

Es war nämlich so, dass Troy, als ich neulich von der Behandlung des Wallachs im Red Maple heimkam, vor meiner Wohnung auf mich gewartet hatte. Er hatte wegen irgendwas, das beim Training passiert war, bereits eine beschissene Laune, und deshalb war er nicht erfreut gewesen. Wir stritten uns und er stieß wieder abschätzige Bemerkungen über Brett aus, woraufhin ich ihm sagte, dass er mich mal könne. Wir haben uns dann schließlich wieder versöhnt und hatten ziemlich herausragenden Wiedergutmachungssex, aber mir hatte das Ganze das Gefühl gegeben, dass ich meine Freundschaft zu Brett vorerst lieber geheim halten sollte. Ich würde mit keiner Information über die Zeit, die ich mit meinem neuen Freund verbringen wollte, freiwillig rausrücken, außer Troy fragte danach. Außerdem musste Troy sich keine Sorgen machen. Brett und ich waren ja nur befreundet. Wie ich schon sagte.

Ungeachtet aller Entscheidungen, die ich getroffen hatte, schien es so, als würde Troy sich seine eigene Meinung über die Situation bilden. Ich musste zugeben, es sah nicht sehr gut aus. Nach der puterroten Färbung von Troys Gesicht zu urteilen, hatte ich mich wohl verrechnet, mutmaßte ich.

Ich setzte ein Lächeln auf und begrüßte die Jungs. »Hallo Jungs! Was macht ihr denn hier? Solltet ihr nicht im Stadion sein?«

Joey rieb sich den Nacken und sah zwischen mir und Troy hin und her. »Äh, hast du schon rausgeschaut?«

Ich schielte an ihnen und den anderen Anwesenden im vollbelegten Diner vorbei und bemerkte zum ersten Mal, seit ich mich Brett gegenüber hingesetzt hatte, dass es draußen aus Eimern schüttete. Wieso war mir das nicht aufgefallen?

»Ach so«, war alles, was ich sagen konnte. Weil ich aber fest entschlossen war, mich wieder zu fangen, zeigte ich auf die freien Sitzplätze an unserem Tisch. »Setzt euch zu uns.« Mein Lächeln war so verkrampft, dass ich damit Glas hätte schneiden können.

Troy verschränkte die Arme, starrte Brett böse an und weigerte sich, in meine Richtung zu schauen. »Nein danke. Wir holen was zum Mitnehmen für die Jungs vor unserem Team-Meeting.«

Ich warf einen Blick auf Brett und bemerkte, dass er sich seinerseits weigerte, den Blick von Troy abzulassen. Warum mussten die das tun? Ich hatte ein Maßband in meinem Wagen – gerne hätte ich es für sie geholt, damit sie Dinge ein für alle Mal regeln konnten.

Ich hörte, dass Troys Name aufgerufen wurde, woraufhin er sich ohne ein weiteres Wort umdrehte und zum Tresen ging, um die Tüten mit dem Take-away zu holen. Joey warf mir einen mitleidsvollen Blick zu und erübrigte ein beklommenes Lächeln für Brett. »Schön dich zu sehen, Mann.«

Brett hob sein Kinn in Erwiderung. »Gleichfalls.«

Joey machte kehrt, um meinem launischen Freund zu folgen, als ich ihm nachrief: »Könntest du ihn bitte zur Vernunft bringen?« Er zeigte ein Friedenszeichen über seine Schulter. Vielleicht konnte Joey ja eine Delle in Troys harten Schädel machen.

Da mir der Appetit gründlich vergangen war, schob ich meinen Teller zur Seite und stützte mein Kinn auf meine Hand. Brett, der sich offensichtlich nicht derart belastet fühlte, nahm sein Sandwich wieder in die Hand und biss anständig hinein. Er kaute langsam, den Blick unentwegt auf mein Gesicht gerichtet. Ich konnte bei bestem Willen nicht sagen, was er für eine Miene machte.

»Was ist?«, fragte ich schließlich, als er hinuntergeschluckt hatte.

Er ließ sich Zeit mit der Antwort. »Ich habe in letzter Zeit nicht nachgesehen, aber ich denke, dass dein Name wahrscheinlich angeführt ist als einer der fünf Hauptgründe für Gewaltverbrechen. Entweder das oder Geisteskrankheiten. Ich kann mich nicht entscheiden.«

Mein Aufschrei der Entrüstung wurde übertönt von dem Geräusch einer laut zufallenden Restauranttür.

SCHÜSSE HALLTEN IM EINGANGSBEREICH, als ich ein paar Stunden später mein Apartment betrat. Da ich mir den Nachmittag für das Spiel freigenommen hatte, war es richtig ätzend, dass ich nach Hause kommen musste, aber ich wusste, dass ich mich mit Troy aussprechen musste. Außerdem war das für die nächsten Wochen die letzte Gelegenheit, Zeit mit ihm zu verbringen. Und wenn man es als ein Zeichen werten konnte, dass feindliche Soldaten zu Tode gehackt wurden, dann saß er auf meiner Couch und schmollte. Die Tatsache, dass Tambo nirgends zu sehen war, war ebenfalls ein guter Hinweis darauf, dass Troy anwesend war.

Bevor ich um die Ecke bog, holte ich tief Luft und atmete sie wieder aus. Ich sagte mir, dass ich ruhig bleiben und versuchen musste, fair zu sein.

»Verflucht! Knall ihn ab, bevor er mich umbringt, du Arschloch!« Mein Freund trug Kopfhörer und tauschte Flüche mit Gott weiß wem aus. Versteht mich nicht falsch, ich mag Videospiele, aber der Gedanke, Stunde um Stunde in einem simulierten Blutbad zu verbringen, ist so gar nicht meine Vorstellung vom Spaßhaben. Gebt mir *Forza Horizon*, dann fahre ich mit euch Rennen, bis ich ein Karpaltunnelsyndrom bekomme. Ich stand noch eine Minute lang da und sah zu, weil ich dachte, Troy würde mich bemerken, dann musste ich mich schließlich doch vor den Fernseher stellen.

Troy verzog das Gesicht und sah mir sogar ins Gesicht, ehe er mir deutete, ich solle aus dem Weg gehen. Diese Unterhaltung lief nicht allzu gut. Nennen wir es ein Gefühl.

Ich machte mich auf die Suche nach Tambo und fand ihn, wie er unter meiner Tagesdecke kauerte. »Hallo, Bo.« Ich tätschelte ihn am Rücken und platzierte einen Kuss auf sein Haupt. »Hat dich das ganze Gebrüll verschreckt? Möchtest du rausgehen?« Er spitzte die Ohren und ich machte kehrt, um wieder hinauszugehen, den Hund bei Fuß. Wir mieden beim Hinausgehen den grantigen Soldaten und befanden uns schon bald auf der Treppe, die von meinem Apartment hinunter auf die Straße führte. Tambo war sicher angeschnallt in seinem Geschirr und ich hatte den Schirm griffbereit.

Es war eigentlich nicht Troys Art, so eifersüchtig und besitzergreifend zu sein. Ich hatte schon mit vielen Ballspielern abgehangen, seit wir miteinander gingen, daher fragte ich mich, was Brett für ihn zu solch einem Dorn im Auge machte. Diese ganze Sache von wegen ein ganzer Kerl sein war ausgesprochen unattraktiv und machte es schwieriger, sich in Erinnerung zu rufen, wieso wir überhaupt miteinander gingen.

Ich meine, zwischen Troy und mir hatte es von Anfang an gefunkt, und dann war da die Liebe zum Baseball, die wir teilten, und unser natürlicher Konkurrenzgeist. Aber er war charmant und rücksichtsvoll gewesen in diesen ersten Monaten, hatte immer ein Kompliment oder ein Lächeln nur für mich übriggehabt. Die Trennung während des Frühlingstrainings war hart gewesen, und die neue Saison bedeutete, dass wir weniger Zeit füreinander hatten. Aber vielleicht waren Beziehungen so. Ich hatte noch nicht genügend gehabt, um sagen zu können, es muss so oder so sein, aber ich hatte von anderen Menschen gehört, wie sie schwierige Phasen überstanden hatten, und dies war wahrscheinlich so etwas in der Art. Oder vielleicht war er einfach nur gestresst wegen der neuen Saison und hatte noch nicht seinen Rhythmus gefunden.

Ich trat hinaus auf den Fußweg, doch sobald mein Weichei von einem Hund den ersten Regentropfen spürte, legte er mit seinem riesigen Hintern den Rückwärtsgang ein und weigerte sich, mir ins Freie zu folgen. »Ach, komm schon, du großes Baby. Das ist doch nur ein bisschen Regen.«

Er zog unaufhörlich an seiner Leine, wobei die Tatsache, dass er schwerer war als ich, kein bisschen zu meiner Sache beitrug. »Du wirst nicht schmelzen, und ich weiß, dass du musst.« Gott, wenn meine Klienten mich jetzt sehen könnten. Schöne Tierflüsterin. Ich ließ die Leine schließlich los und ging ins Freie, Tambo am unteren Treppenende zurücklassend. Es dauerte bei ihm nur eine weitere Minute, dann überkam ihn die Neugier – oder der Harndrang – und er folgte mir rasch hinaus, um sein Geschäft zu erledigen. Danach raste er mit seinem Arsch schnurstracks zurück zu meiner Apartmenttür.

Dieses Mal traf ich auf Schweigen, die Schlacht war fürs Erste scheinbar vorbei. Bo schlenderte in die Küche und ich ging zurück, um Troy zu suchen. Er saß auf der Couch, hatte seine typische Uniform bestehend aus einer kurzen Turnhose und einem schweiß-transportierenden T-Shirt an, und tippte etwas in sein Handy. Ich näherte mich und stellte mich geistig auf einen Kampf ein.

»Ist mit uns alles okay?«

Er sah nicht auf von seinem Handy. »Was glaubst *du* denn?«

Ich versuchte, nicht zu seufzen. »Du hast in dem Diner mehr als nur ein wenig angefressen geguckt.«

»Das ist dir also aufgefallen, ja?« Noch immer kein Blick zu mir.

Schließlich setzte ich mich neben ihn auf die Couch und bedeckte sein Handy mit meiner Hand. »Könntest du mich bitte ansehen, wenn du dich in Sarkasmus übst?«

Was ich bekam, war ein böser Blick. Seine Aufmerksamkeit hatte ich aber zumindest.

»Was soll ich deiner Meinung nach denn sagen? Meinst du, ich sollte total cool dir gegenüber sein, wenn du mit diesem Verlierer Brian abhängst?«

Ich wollte knurren. »Er heißt Brett. Und er ist kein Verlierer. Außerdem ist er nur ein Freund. Seit wann darf ich keine Freunde haben?«

Troy stieß ein freudloses Lachen aus. »Seit dieser Freund einen Schwanz hat.«

Da musste ich stutzen. »Warum sollte das von Bedeutung sein – insbesondere da du ja ständig behauptest, dass er ein Verlierer ist? Ich hätte nicht gedacht, dass du ihn für eine Bedrohung hältst.«

»Pah! Dieser kleine Saftarsch ist keine Bedrohung für mich.«

Ich zog die Augenbrauen hoch, in dem Wissen, dass ich wahrscheinlich einen Bären knuffte.

Der Bär brummte. »Er will dich doch nur nageln, Liv! Bist du blind?« Er rollte mit den Schultern.

Ich versuchte, es zurückzuweisen, aber ich war mir nicht vollkommen sicher, ob diese Möglichkeit zum Teil nicht tatsächlich bestand. Aber ich hatte doch, verdammt noch mal, das Recht, einen Freund zu haben!

Troy fuhr sich mit einer Hand über sein kurzes Haar. »Ich möchte dich mal so fragen: Wie würdest du dich fühlen, wenn ich anfange, mit irgendeiner Puppe abzuhängen und essen zu gehen uns so 'nen Scheiß?«

Meine Lippen kräuselten sich. Hm. So hatte ich das noch gar nicht betrachtet. Ich meine, wir waren immer nur wir zwei, daher war mir nie der Gedanke gekommen, das infrage zu stellen. Ich öffnete den Mund, um etwas zu sagen, schloss ihn aber wieder.

»Na eben, hab ich mir doch gedacht.« Troy fing wieder an, auf seinem Handy herum zu tippen.

Ich biss mir auf die Lippe und dachte noch ein wenig über die Idee nach. Ich hatte Troy noch nie betrogen, daher hatte ich es für keine besondere Sache gehalten, einen männlichen Freund zu haben. Hatte er gedacht, ich würde ihn betrügen wollen? Und wieso verstimmte mich der Gedanke, er könnte mit einer anderen Frau abhängen, so sehr? Ich machte mir ein wenig Sorgen, was das über den Grad an Vertrauen in unserer Beziehung aussagte.

»Ich würde dich niemals betrügen, Troy. Das musst du wissen.« Diesmal nahm ich ihm das Handy aus der Hand, und er ließ mich.

Er sah mich an und seine Augen suchten mein Gesicht ab, als suchten sie nach einem Anzeichen für meine Unehrlichkeit.

Ich machte weiter. »Und würdest du mir erzählen, dass du mit einer Frau abhängst – rein platonisch –, würde ich dir vertrauen.« Das war vielleicht eine Lüge. Hoppla. Ich *hoffte*, dass ich ihm vertrauen würde, aber hundertprozentig sicher war ich mir nicht. Eher fünfundachtzig. Okay, eher fünfundfünfzig. Scheiße.

Er kniff die Augen zusammen, schätzte meine Aufrichtigkeit wieder ab, und ich hielt das Gesicht bewusst still. Er verzog den Mund. »Okay, na vielleicht werde ich dann halt einen neuen Freund bekommen.«

Ich rang meinen Lippen ein Lächeln ab. »Großartig.«

»Großartig«, wiederholte er.

»Also ich bin froh, dass wir das abgehakt haben.« Es war die einzige Antwort, die mir einfiel. Aber es fühlte sich an, als hätten wir die Situation soeben mordsmäßig verkompliziert. »Wie wär's damit? Ich verspreche, dass ich dir im Voraus sage, wenn ich vorhabe, mit Brett abzuhängen – oder irgendeinem anderen männlichen Freund – und du tust das Gleiche.«

Er sah gar nicht glücklich drein, aber er protestierte auch nicht. Und ehrlich gesagt würde ich am Morgen ja wegfahren und er in ein paar Tagen auf Tour gehen, also wollte ich nicht, dass wir uns mitten in einem Streit trennten.

»Abgemacht«, sagte er. Dann legte er einen Arm um mich. »Hast du Lust, *Call of Duty* zu spielen?«

Ach, die Dinge, die ich für die Liebe tue … na ja, für *Zuneigung* jedenfalls.

Botschaftsüberbringer sind horrend unterbezahlt

BRETT

»KANN NICHT WAHR SEIN, dass ich mich von dir dazu hab überreden lassen!« Ich musste praktisch brüllen, um über das Dröhnen der Musik und die Rufe der Menge gehört zu werden.

Mein Freund Jake drehte sich um und brüllte zurück. »Ich habe Bailey eine große Menschenmenge zu ihrem Geburtstag versprochen. Da wollte ich dich doch nicht zu Hause lassen!«

Mein Blick fiel auf die gut besuchte Tanzfläche des Klubs, wo rote und violette Lichter über die Mädchen huschten, die am Rand versammelt waren. Bailey, Jakes Ehefrau, stand in der Mitte, sah aus, als würde sie sich ein wenig fehl am Platz fühlen, und war vielleicht ein wenig betrunken. Ich schüttelte den Kopf. Der Klub war offensichtlich nicht ihre Idee gewesen. Ich vermutete, dass sie die Terrasse eines Pubs an der Ecke gewählt hätte, anstatt die Techno-Dance-Schwingungen und glitzernden, auffallend kurzen Röcke, die sie auf der Tanzfläche umgaben. In der Hinsicht war sie ganz entschieden nicht mädchenhaft. Was mich in Gedanken natürlich sofort dazu führte, woran ich den ganzen Tag lang vermieden hatte zu denken. Liv. Das war noch so eine Frau, die ihren eigenen Weg ging und Sitten und Bräuche mied. Als mir einfiel, wie sie mehrmals den Schiedsrichter beleidigt hatte, fing ich an zu lächeln.

Aber ich konnte mich eigentlich nicht beschweren. Es war schön, mit Freunden abzuhängen, auch wenn es in einem Klub sein musste. Gavin war zur Bar gegangen, um uns noch eine Runde zu holen, und Emerson war auf der Tanzfläche mit Bailey und einer Handvoll anderen jungen Frauen, die ich kenne – hauptsächlich Freundinnen meiner Kumpel.

»Ich vermute, dass sie noch zehn Minuten durchhalten und dann zu den Mädels sagen wird, leckt mich und dass sie gehen will!«, brüllte Jake zurück. Er und Bailey hatten zu Hause ein kleines Mädchen und wollten nicht annähernd so oft ausgehen, wie der Rest von uns.

Ich fuhr mir mit der Hand über den Bart und wünschte mir eine Klimaanlage. »Ich melde mich freiwillig als ihr Begleiter!«

Dafür erntete ich einen bösen Blick, daher war ich froh, als ich Gavin mit den Bieren kommen sah. Das muss ich mir merken: Keine Witze machen über das Nachhausebegleiten der Freundinnen großer Kerle.

»He!«, brüllte Gavin und reichte mir mein Bier. »Ein paar der Spieler von den Guardians sind drüben im hinteren Teil vom Klub! Vielleicht ist deine neue Bekanntschaft auch dort!« Er grinste mich an, der Scheißkerl.

Natürlich hatte ich Gavin alles über Liv und ihrem Arschloch von einem Freund erzählt. »Sie ist nicht in der Stadt.« Herrgott, was würde mein Rachen wund sein von dem ganzen Gebrüll.

»Ich habe das Arschloch gemeint«, erwiderte Gavin.

Ach ja, na klar. Wenn ich raten müsste, war Troy wahrscheinlich dort drüben. Er kam mir vor wie so ein Typ, der sich nicht groß Sorgen machte, wenn er am Vorabend eines Spiels noch etwas trank.

Wir standen eine Weile da und schauten den Frauen beim Tanzen zu und versuchten erst gar nicht, uns bei dem Lärm zu unterhalten. Gavins Schwester, obwohl ziemlich scharf, war eine miserable Tänzerin. Und das wollte was heißen, wenn ich es sagte. Gavin hatte wenigstens den Anstand, sich peinlich berührt die Hand vor die Augen zu halten, als sie eine Art Stammes-Paarungstanz mit einer finster dreinschauenden Bailey ausführte.

Ich signalisierte Gavin, dass ich aufs Klo gehen würde, und schlängelte mich durch die verschwitzte Menge so gut ich konnte, bis ich die Toiletten fand. Dort drinnen war es nur geringfügig leiser, und wie jeder vernünftige Mann, verließ ich den Ort so schnell wie möglich. Auf dem Weg zurück zu meinen Freunden entdeckte ich die Gruppe Spieler, die Gavin erwähnt hatte. Und wie vorhergesagt, befand sich mittendrin Troy Horner. Ich sah ihn glasklar, aber er sah mich ganz bestimmt nicht. Wie hätte er denn sollen, wo er doch damit beschäftigt war, eine Brünette in einem kurzen silbernen Kleid zu befummeln. Seine Augen waren anderweitig beschäftigt.

Oweia, schöne Scheiße.

»MOMENT MAL. Bist du dir denn sicher, dass er es war?«

Ich hob eine Braue, als ich Bailey ansah, und fragte mich, ob die mich alle für so blöd hielten.

Ihre Hände gingen zur Abwehr nach oben. »Tut mir leid, Mann.«

Ich nahm noch einen großen Schluck von meinem Bier und kehrte meinen Blick den fünf Frauen zu, die sich mit mir den Tisch teilten. Aus der Perspektive eines Außenstehenden musste ich an diesem Abend wohl wie der glücklichste Mensch im McCoul's gewirkt haben. Doch das genaue Gegenteil war der Fall.

Nachdem ich Troy Arschgesicht dabei erwischt hatte, wie er eine Fremde betatschte, stand ich wie angewurzelt da. Nicht, dass ich ein solches, für ein Arschloch typisches Benehmen dem Kerl nicht zugetraut hätte, aber ich war eben schockiert, dass er es so ungeniert in der Öffentlichkeit tat. Bei einem raschen Blick in die Menge entdeckte ich kein Anzeichen von Joey, was vermutlich gut war. Ich fände es nicht gut, wenn Livs Cousin so etwas so Wichtiges vor ihr verbirgt. Obwohl ... wer weiß? Es könnte gut sein, dass Joey sehr wohl davon wusste und ein genauso großes Arschloch war wie sein Teamkollege. Was wusste ich denn schon?

Troys Hand kam unter dem Saum des Kleides der Frau wieder hervor und er benutzte sie, um sie damit an den Haaren zu packen und für ein Zungenbad an sich zu ziehen. Ach, verfickt nochmal.

Ich hatte mehr gesehen, als ich ertragen konnte, also zwang ich meine Füße, mich zurück zu meinen Freunden zu bringen, wo ich den Jungs prompt mitteilte, dass ich abhauen wollte. Wie es schien, bot ich den Jungs (und Bailey) damit genau die Gelegenheit, auf die sie gewartet hatten, also gingen wir alle auf die Straße hinaus. Als wir uns draußen in der ersehnten kühleren Luft befanden, erzählte ich Gavin leise, was ich gesehen hatte, was sich jedoch als riesige Fehleinschätzung erwies, denn er erzählte es prompt Emerson, die es jeder verdammten Frau in unserer Gruppe weitererzählte.

So fand ich mich auf der Terrasse eines irischen Pubs an einem Tisch mit fünf neugierigen Frauen wieder, anstatt mich mit den Jungs über Baseball zu unterhalten oder einfach nach Hause zu gehen und mich hinzuhauen. Herrgott.

»Wieso lassen sich clevere Frauen immer mit so Megawichsern ein?« Das kam von Laney, Gavins Schwester.

Die Antwort darauf hätte ich auch gerne gekannt. Obwohl

meiner Erfahrung nach auch clevere *Jungs* dazu neigten, sich mich Fremdgängerinnen und Miststücken einzulassen. Ich hatte eine Liste als Beweis.

»Ich muss annehmen, dass das Karma sich Notizen macht. Zumindest hoffe ich das«, sagte ein anderes Mitglied unserer Crew, eine winzige Blondine namens Fiona.

»Ich glaube, die große Frage ist: Wirst du es ihr sagen?« Emerson, stets die praktisch orientierte, stellte die wichtige Frage.

Ich schüttelte den Kopf. »Ich habe keinen verdammten Schimmer.« Ich befand mich hier auf unbekanntem Gebiet.

»Also wenn ich du wäre, ich würde zurückgehen und das Arschloch in die Eier treten«, empfahl Bailey, was mich, nicht zum ersten Mal, um das kleine Mädchen fürchten ließ. Ich stellte mir vor, wie Bailey mit der Schrotflinte fuchteln würde, wenn die kleine Dani ins Flirtalter kam.

Emerson schüttelte den Kopf. »Viel zu reaktionär. Brett muss hier der Erhabenere sein. Sich in einen Kampf verwickeln zu lassen, wäre für ihn ein Rückschritt auf die Stufe eines Neandertalers, wie es bei diesem Trottel von einem Freund der Fall ist.«

Ich behielt die Ansicht für mich, dass ich mit absoluter Sicherheit im Krankenhaus landen würde, sollte ich Holder auch nur anfassen.

Ari, Emersons beste Freundin, schüttelte sich die Haare aus dem Gesicht. »Du musst vorsichtig vorgehen, soviel ist sicher. Wenn du dieser Frau an die Wäsche willst, darfst du nicht der Überbringer der Botschaft sein. Die landen meist abgeknallt in der Ecke. Wollte es nur erwähnen.«

»Wer sagt denn, dass ich ihr an die Wäsche will? Wir sind nur befreundet«, protestierte ich, ein wenig zu laut vielleicht.

Die Frauen sahen einander alle an und waren kurz still, ehe sie in Gelächter ausbrachen – und dazu auf den Tisch klopften und sich die Tränen abwischten, als wäre ich das verdammt

Witzigste, das sie jemals in ihrem Leben zu Gesicht bekommen hatten.

Himmelherrgott.

Mein Blick fuhr zu den Jungs, die ein paar Tische weiter saßen, aber die, die nett genug waren, mir in die Augen zu sehen, schüttelten nur mitleidsvoll die Köpfe und kehrten wieder zu ihren Getränken zurück. Arschlöcher.

NACH MEINEM ABENDLICHEN Ausflug mit dem gackernden Hexenzirkel war ich fest entschlossen, Liv das von Troy auf keinen Fall zu erzählen. Mir gefiel nur der Gedanke nicht, dass man sie betrog, also musste ich mir einen anderen Plan einfallen lassen.

Überraschte stellte ich fest, dass mir Liv selbst die perfekte Lösung lieferte.

Liv: He! Hast du ein schönes Wochenende?

Ich: Klar. Und du? Wie geht es deiner Freundin?

Liv: Prima! Außer, dass sie mich nicht im Meer schwimmen lässt.

Ich: Ich nehme an, es ist arschkalt.

Liv: Ihr seid beide Weicheier.

Ich: Bitte lass dich nicht aufhalten, Liv.

Liv: Haha! He, kann ich dich um einen Gefallen bitten?

Ich: Sicher. Aber zuerst musst du das mit dem Weichei zurücknehmen.

Liv: Na schön. Du bist ein großer Macho-Mann mit riesigen Eiern. Besser?

Ich: Sehr viel. Also, was brauchst du?

Liv: Joey hat vergessen, meinem Hunde-Sitter den Schlüssel dazulassen. Er hängt im Stadion fest und der Bus fährt in ein paar Stunden. Könntest du vielleicht zu ihm rüberfahren und ihn holen? Ich weiß, das ist viel verlangt …

Ich: Das kann ich selbstverständlich.

Liv: Du bist ein Lebensretter! Der arme Hund ist sicher schon nahe dran, mir aufs Bett zu pinkeln!

Sie gab mir Joeys Nummer und ich versprach ihr, ihn anzurufen und etwas zu vereinbaren.

Was Liv nicht wusste war, dass ich auch vorhatte herauszufinden, ob Joey etwas über das Fremdgehen wusste. Man kann seinen eigenen Cousin nicht umbringen, wie man das mit irgendeinem Kerl machen würde, den man im Stadion kennengelernt hat. Und außerdem war es besser, wenn jemand aus ihrem Umfeld es ihr sagte.

Ein paar Stunden später wartete ich vor den Stadiontoren auf Livs Cousin. Joeys Blick schweifte über den Bürgersteig, ehe er auf mir zu ruhen kam. Er hob das Kinn zum Gruß und kam auf mich zu.

»He, Mann«, begrüßte er mich und streckte mir die Hand entgegen. »Vielen Dank, dass du hergekommen bist. Liv dreht durch wegen diesem Hund, und ich hätte ganz schön in der Scheiße gesteckt.«

»Kein Problem. Wohin fahrt ihr denn?« Ich schüttelte seine Hand und steckte dann meine Hände beide in die vorderen Taschen meiner Jeans.

»Richmond. Nicht so schlecht. Wir sollten denen schon die Hölle heiß machen können.« Er grinste und ich erkannte eine winzige Ähnlichkeit mit Liv. Sie hatte mir erzählt, dass Joeys Mutter Chinesin war und sein Vater französischer Kanadier. Das und die Entfernung ihrer Verwandtschaft machte es nicht verwunderlich, dass ich die Familienähnlichkeit nicht früher entdeckt hatte.

Ich spürte, wie meine Handflächen zu schwitzen anfingen, als ich mich in die nächste Phase unseres Gesprächs warf.

»Ich habe ein paar deiner Teamkollegen gestern im Fever gesehen.«

Er schüttelte den Kopf. »Idioten. Ich wollte sie in den Arsch treten. Glücklicherweise hat keiner der Trainer was mitbekommen.« Dann zog er eine Augenbraue hoch. »Ich hatte dich nicht in die Schublade Tänzer gesteckt. Nichts für ungut«, fügte er hastig hinzu.

Ich lachte. »Schon gut, glaub mir. Ich bin absolut *nicht* der Tanzklub-Typ. Ich wurde gegen meinen Willen dazu gezwungen.«

Joey nickte. »Aha, eine Mieze hat dich mitgeschleppt.«

Ich lachte abermals. »Nicht so, wie du dir das vorstellst, aber ja.« Das war meine Gelegenheit. »Und ich habe Troy gesehen.«

Joey verdrehte die Augen, und dann beobachtete ich, wie der allgemeine Ärger aus seinem Gesicht wich und es ausdruckslos wurde. Er neigte den Kopf und studierte mich. Ich blieb stumm, aber ich hielt den Augenkontakt. Mann, das war ätzend. Der Augenblick zog sich gefühlt ewig hin, dann sah Joey endlich zu Boden und murmelte ein paar Flüche.

Die Tatsache, dass ich nicht einmal eine Erklärung liefern musste, verriet mir alles, was ich wissen wollte. Aber ich wollte erst gehen, wenn ich wusste, welche Absichten Joey hatte.

Er stemmte die Hände an die Hüften, blies Luft aus und sah dann mit zusammengekniffenen Augen zur Sonne hoch. »Tja, sieht so aus, als müsste ich da jemanden in den Arsch treten.«

Und das waren genau die Worte, die ich hören wollte.

»Sieht so aus.« Wir standen noch kurz so herum, dann gab er mir den Schlüssel und fuhr sich frustriert – und wahrscheinlich ziemlich wütend – mit beiden Händen durch die Haare. »Ich dachte mir, sie wird es besser aufnehmen, wenn es von dir kommt, aber lass es mich wissen, falls ich etwas tun kann.« Ich beschloss, ihn seinen Gedanken zu überlassen, und ging zurück zu meinem Wagen. Beim Gehen gab ich ihm einen kräftigen Klaps auf den Arm.

Jetzt konnte ich nur noch warten. Und hoffen, dass Livs Herz nicht allzu schlimm brechen würde.

Crush

LIV

AN DIESEM SONNTAGABEND tat es mir leid, dass ich Haley verlassen und nach Hause zurückkehren musste. Wir hatten ein tolles Wochenende miteinander verbracht und ich erinnerte mich daran, wie viel Spaß wir immer gehabt hatten, als wir noch zusammenwohnten, sowohl in Virginia, wo wir auf der Uni Veterinärmedizin studiert hatten, und danach dann in Greensboro. Ich hatte gute Lust, meine Taschen zu packen und rüber nach Wilmington zu ziehen. Allerdings hatte ich mir meinen Kundenstock an meinem jetzigen Wohnort hart erarbeitet, daher stand das nicht wirklich zur Debatte. Ich musste mich einfach mehr anstrengen, um in meiner eigenen Stadt mehr Freunde zu finden. Zu all meinen Freunden und Freundinnen aus der Highschool hatte ich den Kontakt verloren, als ich auf die tierärztliche Hochschule gegangen war, und die Arbeit allein bot nicht viele Möglichkeiten, neue Beziehungen aufzubauen. Aber es war an der Zeit, dass ich hinausging unter die Menschen, die keine Baseball-Spieler waren.

So wie Brett. Es war mir unangenehm gewesen, ihn um einen so großen Gefallen bitten zu müssen, aber er hörte sich an, als wollte er tatsächlich gerne helfen. Es war schön, jemanden zu haben, auf den man zurückgreifen konnte, wenn man in der Klemme steckte. Selbst wenn das abermals betonte, wie wenige Freunde ich hatte.

Er hatte mir gesimst, dass der Schlüssel sicher unter meinem Türvorleger verwahrt und mein Bett, hoffentlich, unbesudelt war. Ich hatte ihn nicht gebeten, hineinzugehen und nach Tambo zu sehen, denn ich wusste, dass mein großer Junge einschüchternd wirken konnte, wenn man Hunde nicht gewohnt war. Ich wusste, dass das Nachbarskind aus der Highschool, der als Dogsitter fungierte, sich um Bo kümmern würde. Dann fiel mir ein, dass ich bei der Sache wahrscheinlich ein ungutes Gefühl hätte haben sollen, weil ich einem Kerl, den ich gerade erst kennengelernt hatte, mit einem Schlüssel zu meinem Apartment geschickt hatte, nur, dass es sich für mich eben überhaupt nicht seltsam anfühlte. Entweder konnte ich Menschen gut einschätzen, oder ich war ein Schwachkopf. Die Zukunft würde es zeigen.

»Okay, wie sehe ich aus?« Haley wirbelte herum und sah mich über die Schulter an, um meine Reaktion auf ihren Hintern in dem Kleid, das sie soeben angezogen hatte, abschätzen zu können. Ihr rotblondes Haar hatte nach dem Bürsten einen perfekten Glanz und ihre Wangen waren leicht gerötet.

»Oh ja, Mädel! Ich wünschte, ich hätte deine Kurven.« Sie hatte einen tollen Hintern, auch wenn er ihr nicht gefiel, und bei diesem Kleid würde sich Professor Nerdboy selbst auf den Hintern setzen.

Wie geplant hatten wir am Vortag einen »zufälligen« Zusammenstoß mit Haleys Nachbarn orchestriert. Ich muss zugeben, dass es ein wenig übertrieben gewesen ist, aber man muss schließlich aufs Ganze gehen oder nach Hause gehen, nicht wahr? Wir hatten ihn beobachtet, als er zu einer Joggingrunde aufbrach, schließlich waren wir artige Stalker, und hatten uns dann daran gemacht, uns eine halbe Stunde später vor dem Gebäude zu platzieren. Natürlich sahen wir dabei verdammt hübsch aus und hatten Haleys ebenso hübschen Hund Tank dabei. Als unser ahnungsloses Opfer zurückkehrte – gut in Form und errötet, möchte ich hinzufügen –, taten wir so, als hätten wir uns ausgesperrt.

Ted, auch bekannt als Professor Nerdboy, bot uns freundlicherweise an, in seinem Apartment zu warten, bis unsere frei erfundene Freundin mit dem Ersatzschlüssel eintraf. Haley hatte recht gehabt. Ted sprach nicht mehr als eine Handvoll Worte mit ihr und sah ihr auch nicht in die Augen. Das bedeutete aber nicht, dass er nicht einen tollen Anblick zu Gesicht bekam, wenn Haley ihm ihren Rücken zugewandt hatte. Ted war total verknallt. Es stellte sich heraus, dass der Typ schüchtern war und wahrscheinlich sogar verliebt in meine beste Freundin. Was er auch sein sollte. Ich konnte fast nicht verhindern, mich entweder schiefzulachen über die beiden, wie sie einander unbeholfen begehrten, oder einzugreifen.

Glücklicherweise gelang Haley und Ted schließlich ein halbwegs normales Gespräch, und sie gingen sogar soweit, Pläne zu schmieden, gemeinsam unter Menschen zu gehen – auch wenn es nur zu irgendeiner Veranstaltung für seine Arbeit war. Mann, seither strahlte Haley nur noch wie die Sonne. Und der Kerl war ja *wirklich* süß – sie hatte nicht gelogen. Er hatte eine schwarzumrahmte Brille, umwerfende Wangenknochen und ein träges, einladendes Lächeln.

»Bist du sicher?«, fragte Haley und spielte mit ihrer Lippe.

»He! Du wirst dir den Lippenstift ruinieren. Lass Ted das machen.«

Wir kicherten beide wie Teenager. »Versprich mir, dass du mich anrufen wirst, wenn du nach Hause kommst ... oder am Morgen, falls dich der Abend dorthin führt.«

Sie *tss*-te mich. »Ich bin mir nicht einmal sicher, dass das ein richtiges Rendezvous ist, Liv. Und außerdem weißt du ja, dass ich an Abend Nummer eins nicht die Hüllen fallen lasse.«

Ich hob die Hände in die Höhe. »Dies ist eine urteilsfreie Zone. Sei so, wie du bist. Aber mir steht eine dreistündige Fahrt bevor, ich brauche schmutzigen Tratsch, bevor ich heute Abend in den Sack hüpfe.«

»Ich wünschte, du müsstest nicht fort.« Haley kam in ihren Riemchenkeilsandalen auf mich zu und umhüllte mich in einer Umarmung. Mein Scheitel erreichte ihr Kinn. Verdammte Gene! Verdammte Converse-Sneaker!

»Ich auch.« Ich erwiderte ihre Umarmung. »Aber machen wir uns doch nichts vor. In meinen Breiten gibt es mehr Nutztiere. Die neigen nicht dazu, am Strand abzuhängen, egal was in den Zeichentrickserien angedeutet wird.«

Sie lachte und ließ mich los. »Stimmt. Aber ich bin mir sicher, dass du deinen Kundenstock auf Delphine ausweiten könntest ... oder all die verdammten Touristen, von denen es in diesem Ort wimmelt.«

Ich lächelte. »Ich werde darüber nachdenken, sobald in deinem Wohnblock Hunde erlaubt sind, die so groß wie Pferde sind. Und jetzt geh und unterhalte dich gut mit deinem scharfen Nachbarn!«

Es klopfte an der Tür, es kam wie gerufen. Wieder einmal waren Ted und Haley dermaßen unbeholfen im Umgang miteinander, dass ich seufzen musste. Scheinbar laut, denn Haley warf mir einen besorgten Blick zu, ehe sie mich aus der Wohnung scheuchte.

Waren Troy und ich bezaubernd? Ich meine, wir hatten einen heißen Draht, soviel stand fest, aber haben wir uns jemals nacheinander gesehnt? Ich war mir ziemlich sicher, dass die Antwort nein lautete.

IN DIESER WOCHE war verrückt viel los in der Arbeit. Ich sicherte mir noch ein paar Klienten dank Pams Empfehlung und der eines weiteren Pferdehofs. Ich traf auch eine Kuh namens Xanadu, was ich sehr lustig fand und mich bewog, meine Mutter anzurufen, die der größte Fan von Olivia Newton-John (und möglicherweise der einzige noch lebende) auf der Erde war. Xanadu war trächtig und hatte Schwierigkeiten aufgrund des Anschwellens. Ich tat, was ich konnte, und schlug dann dem Besitzer vor, dass Disco vielleicht ein guter Name wäre, wenn das Kalb dann kam. So sehr ich Rindvieh auch mochte, ich hätte nicht gewollt, dass man eines nach mir benannte – irgendwo musste man eine Grenze ziehen. Meine Mom lachte sich tot, als ich es ihr erzählte.

Wir unterhielten uns über meinen Dad und meine Klienten, und ich versprach ihr, bald bei ihnen zu Hause vorbeizuschauen. Wir gingen auch unsere übliche Checkliste durch. Aß ich richtig? Hatte ich mein Pfefferspray dabei, wenn ich neue Kunden besuchte? Hatte ich meinen Medikamentenschrank nach abgelaufenen Medikamenten durchforstet? Hatte ich noch einmal darüber nachgedacht, ein Kinderbuch mit dem Titel *Koko und der Killerbrunnen* zu schreiben? Das waren die Gesprächsthemen, wenn man ein Einzelkind war und beide Eltern Biochemie-Fanatiker.

Bei Letzterem wechselte ich immer das Thema, denn ich war mir nie so ganz sicher, wie ich es formulieren sollte, dass Sechsjährige nichts über tote Katzen lesen wollen. Stattdessen spielte ich ihren Interessen entgegen und erzählte ihr, wie Pam von der Red Maple mich vor ein paar Monaten auf die Idee gebracht hatte, die abgelaufenen Tiermedikamente bei den Klienten einzusammeln, damit sie ordnungsgemäß entsorgt werden konnten (und keine Kokos mehr sterben mussten). Das gefiel meiner Mom irrsinnig gut und gab den Anstoß für eine weitere ihrer Tiraden über Menschen, die Medikamente in die Toilette warfen und dadurch die Wasservorräte vergifteten.

Als Kind war ich aufgrund ihrer Geschichten paranoid geworden, denn ich war überzeugt gewesen, dass mir ein dritter Arm wachsen würde, sollte ich verunreinigtes Wasser trinken. Ich habe Troy diese Geschichte erzählt, als wir gerade anfingen, miteinander auszugehen, und er hat sich daraufhin einen Monat lang geweigert, Leitungswasser zu trinken. Glücklicherweise hatte ich die Angst mit dem Alter verloren und lenkte sie jetzt in eine einfache Sache um, die meine Tierarztpraxis tun konnte, um der Gemeinschaft etwas zurückzugeben. Und meine Mutter hoffentlich davon abzuhalten, dieses erschreckende Buch zu schreiben.

Wir unterhielten uns noch ein wenig über ein Forschungsprojekt, an dem sie bei Centroe arbeitete, und ich erwog sogar, sie um ihren Rat zu bitten, was Troy anging, überlegte es mir schließlich aber anders. Sie und ich, wir konnten uns über witzige Kühe, die Sinatra-Sammlung meines Dads und über dreiarmige Kinder unterhalten, aber mein Liebesleben lag etwas außerhalb unser beider Komfortzonen. Wir beendeten unser Telefongespräch, ohne dass Troy überhaupt auch nur erwähnt wurde.

Er und ich hatten ein paar Mal am Telefon miteinander gesprochen, und er erinnerte mich mehr an den Troy, mit dem ich ursprünglich liiert gewesen war. Sein Verhalten neuerdings wollte mir allerdings nicht aus dem Sinn gehen, trotz der wohligen Gefühle, die die Telefonate hervorriefen.

In Wahrheit aber war ich einsam. Ich traf die ganze Woche niemanden außer meine Klienten und deren Besitzer. Als das nächste Wochenende kam, war ich so ein mieses Häufchen Elend, dass Tambo, hätte er Daumen besessen, wahrscheinlich in der Klapsmühle angerufen hätte.

Am Freitagabend gab ich schließlich nach und schickte Brett eine SMS. Es hieß entweder das tun oder mein zweites Puzzle der Woche legen, und niemand sollte jemals so tief sinken müssen. Wir hatten uns unter der Woche schon ein paar Mal geschrieben, nur um Hallo zu sagen, und ich natürlich, um von Xanadu der Kuh zu berichten, aber wir hatten keine Pläne gemacht und uns nicht getroffen. Was sogar gut war. Meine Befürchtungen, dass Brett einen Annäherungsversuch machen könnte, wurden durch den Abstand getilgt, auf den er gegangen war. Daher war es ein Selbstläufer, dass ich mich bei ihm meldete, und ich hatte nicht das Gefühl, dass ich etwas tat, weswegen Troy sich Sorgen machen musste.

Ich: Hallöchen.

Brett: He. Was läuft?

Ich blickte von meinem Handy zu dem Haufen mit den Puzzleteilen auf meinem Couchtisch. Nö, kein Wort darüber.

Ich: Nichts Besonderes. Hast du dieses Wochenende schon was vor?

Ich schnappte mir den Karton und hielt ihn seitlich an den Tisch, während ich rasch alle losen Teile hineinschob und den Deckel fest darauf setzte. Ich musste aufhören, diese verdammten Dinger zu kaufen.

Brett: Komme gerade von einem Spiel der North High School. Bin mit der Schwester des Pitchers befreundet.

Ich: Ach ja? Taugt er was?

Brett: Ich will es mal so ausdrücken: Ich habe ihn schon um sein Autogramm gebeten, als Teil meines Rentenplans.

Ich schob die Box unter den Tisch und lehnte mich auf der Couch zurück.

Ich: Dayum!

Brett: Aber nein. Für morgen noch nichts geplant.

Ich: Lust abzuhängen?

Brett: Bist du dir sicher, dass Holder nichts dagegen hat?

Ich knurrte leise, was Bo auf seinem Platz in der Ecke des Wohnzimmers dazu veranlasste, den Kopf zu heben.

Ich: Er ist nicht mein Chef.

Brett: Ach, tut mir leid. Ich dachte, die Drittklässler müssten schon längst im Bett sein.

Ich: Halt's Maul. Du weißt, was ich meine. Außerdem kommt er erst nächste Woche zurück.

Es gab eine lange Pause. Die drei Punkte verrieten mir, dass er an der Antwort schrieb, aber sie tauchten auf und verschwanden immer wieder. Was dauerte denn so lange, verdammt noch mal?

Brett: Wie geht's Joey?

Okay, das war jetzt aber eine seltsame Frage. Ganz zu schweigen, dass sie aus dem Left Field kam, kein Wortspiel beabsichtigt.

Ich: Gut, nehme ich an. Wieso?

Wieder eine Pause. Ich legte die Füße auf den Couchtisch, während ich wartete. Was war hier los, verdammt noch mal? Moment mal, vielleicht stand Brett auf meinen Cousin! Ich konnte mich nicht entscheiden, ob Troy sich dadurch besser oder schlechter fühlen würde. Dann verwarf ich die gesamte Idee und entschied mich dafür, dass Brett wahrscheinlich abgelenkt worden war.

Brett: Nur so. Jedenfalls bin ich gerne morgen Abend dabei, wenn ich alle meine Zähne behalten darf.

Ich: Juchu! Was willst du unternehmen?

Brett: Ich werde dich überraschen.

Wie versprochen simste ich Troy rasch, bevor ich schlafen ging, und erzählte ihm, dass ich am nächsten Tag mit Brett abhängen würde. Aber als ich mir die Decke bis zum Kinn hochzog und mich in mein Kissen kuschelte, versuchte ich zu ignorieren, dass ich von Ohr zu Ohr grinste.

»Du verlogener falscher Mistkerl!«, schrie ich.

Brett stand auf der anderen Seite des Pool-Billard-Tisches, den Queue in der Hand und ein verschlagenes Lächeln in seinem bärtigen Gesicht. »Ich habe nicht behauptet, dass ich es nicht kann. Ich habe nur gesagt, dass ich nicht schlecht bin.«

Wir waren eine Stunde zuvor im Jake's angekommen und hatten uns einen Bissen zu Essen geholt, ehe wir zu den Billardtischen gegangen waren. Ich war keine Abzockerin wie ein Pool Shark, aber ich hielt mich für eine ganz gute Spielerin. Doch Brett hatte mir soeben meinen Billardhintern versohlt wie einer aufmüpfigen Untergebenen in einer Auspeitscherfabrik. Mein Ego war praktisch grün und blau.

Ich schnappte mir mein Bier von dem hohen Tisch, der daneben stand, und nahm einen Schluck, während ich Brett über den Rand hinweg beäugte. Es ist nicht so, dass ich eine schlechte Verliererin bin, ich will nur eben solange spielen können, bis ich allen einen kollektiven Tritt in den Hintern gegeben habe. *Was denn?* Ist doch nichts falsch an ein bisschen gesundem Wettkampfgeist.

Ich stellte mein Bier ab und schritt hinüber, um die Kugeln wieder im Rack aufzubauen. Für ein Wochenende war das Lokal wenig besucht und die Geräusche der Musik, der Gespräche und der klackenden Kugeln drifteten durch die Luft.

Brett stand auf der anderen Seite des Tisches und drehte seinen Queue auf seinem Schuh. »Ich kann mit der linken Hand schießen, wenn du willst. Es ein bisschen ausgeglichener machen.«

Es verschlug mir den Atem laut, ehe ich überhaupt wusste, dass ich einen Laut von mir gegeben hatte, und Brett lachte sich praktisch tot über meinen Gesichtsausdruck.

»Ich werde dich fertigmachen!« Ich zeigte es ihm mit meinem Finger, mein Kiefer war angespannt.

Er öffnete den Mund, um darauf zu antworten, klappte ihn aber wieder zu.

Ich sah ihn rätselnd an. »Was ist?«

»Nichts.« Er schüttelte vehement den Kopf und kratzte sich an der Wange. »Nur zu, bau auf.«

Ich kniff die Augen zusammen, machte aber weiter mit dem Einsammeln der Kugeln auf dem Tisch.

»Hat dir schon mal jemand gesagt, dass du unheimlich bist.«

Er schien sich von seinen Schwierigkeiten vorhin erholt zu haben. »Ich glaube, das hast du mir bis jetzt mindestens schon ein Dutzend Mal erzählt.«

Ich lächelte und hoffte, dass es ein böses Lächeln war. Brett ging ans andere Ende des Tisches, machte locker den Eröffnungsstoß und fuhr dann fort, mir wieder einmal einen Tritt in den Arsch zu verpassen.

Da ich keine weitere Erniedrigung erdulden konnte, schlug ich einen Kurswechsel vor und Darts zu spielen. Brett stimmte zu, aber nur unter der Bedingung, dass ich ihn zu einem überlegenen Pool-Billard-Spieler erklärte. »*Master of All Things Billiards*«, war, glaube ich, sein Ausdruck. Ich murmelte schließlich meine Zustimmung, dann zogen wir weiter. Nach einem weiteren Bier ließen wir auch das Darts sein, nachdem wir beide jeweils ein paar Runden gewonnen hatten.

»Hmm«, sagte Brett, der sich den Bart streichelte und das riesige Vier-Gewinnt-Spiel, das vor ihm stand, musterte.

Mein Blick folgte der Bewegung seiner Finger und ich bekam das seltsame Verlangen, hinzugreifen und ihm mit meinen eigenen Fingern durch den Bart zu fahren. Die Farbe unterschied sich ein wenig von jener seines Kopfhaars, zeigte Spuren von Rot und Gold, und ich fragte mich, ob er sich wohl stachelig oder weich anfühlen würde. Er sah auf und entdeckte mich anscheinend dabei, wie ich ihn anstarrte, denn er warf mir einen fragenden Blick zu. Ich rüttelte mich auf und zuckte mit den Schultern.

»Hast du Lust darauf?« Er deutete auf das riesige Spiel.

Ehe ich antworten konnte, rief hinter uns eine weibliche Stimme Bretts Namen. Wir drehten uns beide um und sahen, wie sich eine hübsche Frau mit großen Dingern und einer roten

Mähne mit Strähnen uns näherte. »Dacht' ich's mir doch, dass du das bist.« Sie lächelte über das ganze Gesicht, als sie Brett um den Hals griff und ihn umarmte.

Meine Brauen zogen sich in die Mitte zusammen und ich spürte, wie etwas in meinem Bauch sich rührte. Vielleicht waren die Nachos keine so gute Idee gewesen.

»Hallo, Ginger.« Ich konnte Bretts Gesicht nicht sehen, und seine Stimme verriet mir nicht das Geringste. Wer war diese Frau?

Diese Ginger wich zurück, strahlte ihn aber immer noch an. »Cammie und ich hängen am anderen Ende der Bar ab. Du solltest rüberkommen und dich zu uns gesellen.« Sie musste erst noch in meine Richtung sehen, und ich fühlte mich mehr als nur ein wenig unbehaglich – oder vielleicht angefressen. Ich war mir nicht sicher. Soweit es diese großbusige Frau betraf, befanden Brett und ich uns bei einem Rendezvous. Und da hatte sie die Frechheit, herzukommen und ihn zu umarmen und ihm die Dinger ins Gesicht zu drücken? Okay, also wir hatten nicht wirklich ein Rendezvous. Und ich hatte einen festen Freund. Aber das wusste sie doch nicht!

Ich räusperte mich und setzte ein Lächeln auf. Brett nahm eine Habachtstellung ein und drehte den Kopf. »Äh, Ginger, das ist Liv. Eine Freundin von mir.« Ich streckte eine Hand aus und ignorierte den wachsenden Klumpen in meinem Magen. Himmelherrgott, vermehrten sich diese Nachos da drinnen? Ginger musterte mich von oben bis unten und schüttelte dann meine Hand ohne eine Spur von Enthusiasmus. »Hi.«

»Hi«, erwiderte ich. »Brett und ich wollten gerade Vier Gewinnt spielen.« Deswegen können wir nicht am anderen Ende der Bar Billard spielen mit deinen großen falschen Möpsen. Herrgott, was war ich nur für ein Arschloch.

Ginger beäugte mich noch einmal und dann klebte ihr Blick auf Brett, während sie seinen Arm auf und ab streichelte. »Also du weißt ja, wo ich bin, falls du es dir anders überlegst.« Dann winkte sie Brett kurz zu und stöckelte schwankend zu irgend-einem Loch, aus dem sie gekrochen war.

Als Brett sich zu mir umwandte, zog ich die Augenbrauen hoch. Es kam aber nichts. Er bückte sich nur, um einen der Spielsteine aufzuheben und warf ihn in einen Schlitz.

Ich musste schlucken, denn mir wurde zum ersten Mal klar, dass ich vielleicht ein ganz klein wenig in Brett MacKinnon verschossen war.

Auweia. Schöne Scheiße.

*Falls du mich brauchst, ich bin hier
drüben in der Kumpelzone*

BRETT

ICH WAR EIN ARSCHLOCH.

Wie konnte ich nur Zeit mit Liv verbringen und so tun, als wäre alles in Ordnung, wo ich doch dieses Riesengeheimnis vor ihr verbarg? Ich hatte mich absichtlich rar gemacht in dieser vergangenen Woche, in der Hoffnung, Joey würde mit ihr reden. Ich sagte mir, dass ich ihr deshalb ihren Freiraum ließ, damit sie selber draufkommen und darüber nachdenken konnte. Mein Gespür sagte mir, dass sie der Typ Frau war, der einen Kerl vor die Tür setzt, wenn er sie so respektlos behandelt, wie Troy es tat. Aber einfach war die Sache nicht. Ich war praktisch der Esel zu seinem Langohr, so wie ich diese Lüge da draußen stehenließ. Ich spielte immer wieder Aris Worte in meinem Kopf ab, denn ich wusste, dass ich keinesfalls der tote Überbringer sein wollte. Aber das war verdammt egoistisch, was ich mir langsam auch selbst eingestand. Scheiß Troy.

Als Liv mir simste, war ich so verdammt glücklich, dass sie sich bei mir meldete, dass ich nicht in der Lage war, nein zu sagen, als sie mich bat, mit ihr abzuhängen. Joey hatte nicht, wie sich herausstellte, mit ihr gesprochen – was ich mir wahrscheinlich hätte denken können angesichts der Tatsache, dass dies ein Gespräch war, das man nicht gerne am Telefon führt. Also sagte ich scheiß drauf und führte Liv ins Jake's.

Womit ich keinesfalls gerechnet hatte, war, Ginger zu begegnen. Diese Tussi muss stockbesoffen gewesen sein, dass sie sich dachte, ich würde mit ihr und ihren Freundinnen abhängen wollen. Als ich sie das letzte Mal sah, wischte ich ihre Kotze aus meinem Auto, nachdem ich herausgefunden hatte, dass sie mich betrogen hatte. Das war damals, als ich ein Fußabtreter war. Ich konnte nicht fassen, dass ich so dämlich gewesen bin.

Es war nicht zu übersehen, dass Liv die ganze Geschichte hören wollte, nachdem Ginger sich davongemacht hatte, aber ich wollte mich bestimmt nicht vor ihr derart demütigen lassen. Das Treffen zerstörte so gut wie die ganze lockere Stimmung des Abends, sodass wir kurz darauf gingen.

Aber ich wusste nicht, wann ich das letzte Mal so viel Spaß mit einer Frau gehabt hatte seit … na ja, immer. Das heißt, bis Ginger herübergetrappelt kam. Liv und ich teilten Spitzen gegen den anderen aus und erzählten uns Geschichten, und sie war so verdammt süß, als sie sauer wurde, weil ich sie beim Billard geschlagen hatte. Ich musste an mich halten, um ihr nicht den Schmollmund aus dem Gesicht zu küssen. Sie war sarkastisch und

urkomisch und brillant. Und sie aß wie ein Burschenschafter und genoss Craft-Bier. Mit einem Wort, sie war perfekt.

Aber sie gehörte nicht mir.

Ich fuhr mir mit der Hand durchs Haar und versuchte, mich auf den vor mir stehenden Computerbildschirm zu konzentrieren. Der Job erforderte nicht viel Konzentration, da ich nur ein paar Presseaussendungen korrigierte, aber ich musste mich zwingen, nicht an Liv zu denken oder die wenig vornehmen

Gedanken, die ich hatte, wenn ich an sie und ihren straffen kleinen Körper dachte.

Mein Handy pingte mit einer SMS und flugs hatte ich das Ding aus meiner Tasche gefischt. Logischerweise war ich enttäuscht, als es nicht Livs Name war, den ich auf dem Display sah.

Gavin: Kommst du heute Abend mit auf ein Bier?

Ich sah wieder auf meinen Computerbildschirm und dann auf die Uhr. Ach was. Ich kam sowieso nicht voran und es war schon fast fünf Uhr.

Ich: Na klar. Hast du kein Training?

Gavin war Trainer in einer Baseball-Akademie und arbeitete abends meistens.

Gavin: Fehler im Terminkalender, daher habe ich den Abend frei. Wo willst du hingehen?

Ich war geneigt, Jake's zu sagen, aber das würde bedeuten, dass es mir dann nicht gelingen würde, nicht an Liv zu denken.

Ich: Treffen wir uns im Joymongers. Ich werde der sein, der sich an der Bar den Kummer von der Seele säuft.

Gavin: Es geht um eine Frau, oder? Du musst im früheren Leben ein Riesenschwanz gewesen sein.

Als mein bester Freund war Gavin natürlich Zeuge aller meiner Niederlagen beim Dating gewesen. Es war ein Wunder, dass er mir noch nicht mehr Verstand reingeprügelt hatte.

Ich: Bis später.

»ICH WÜRDE SAGEN, dass du mal wieder flachgelegt werden müsstest, aber das ist ja meistens die Wurzel deines Problems. Nicht, dass ich an deinem Schwanz was auszusetzen hätte oder so. Das ist wirklich sein einziger Job.« Gavin hob sein Glas, anscheinend, um auf meinen Schwanz zu trinken. Wie konnte mein Leben bloß dazu verkommen?

»Kumpel, könnten wir aufhören, über mein Gehänge zu reden?«

»Ganz meine Meinung«, sagte Fiona und stellte ihr Getränk auf den Tisch. Sie und ihr Freund Mark hatten beschlossen sich im Joymongers, einer örtlichen Kleinbrauerei, zu uns zu gesellen. Emerson hatte noch zu arbeiten, was nicht allzu ungewöhnlich war, denn sie war eine Wirtschaftsanwältin, und eine sehr erfolgreiche obendrein.

Ich starrte Fionas Getränk an, als sie sich auf den Barhocker setzte, den Rock richtete und ihre blonden Haare über die Schulter schüttelte. Mark beobachtete wie immer jede einzelne ihrer Bewegungen. »Was zum Teufel trinkst du da?«, musste ich fragen, denn im Joymongers wird nur Bier serviert, und ihr Glas enthielt etwas, dass entschieden nicht aus der Bierfamilie stammte.

Sie tat es mit einer Handbewegung ab. »Ach, einer der Barkeeper bewahrt hinten ein paar Weinflaschen für seine Freundin auf. Ich habe ihn dazu gebracht, dass er mit mir teilt.«

Ich nickte nur, denn es wunderte mich nicht. Fiona könnte sich mit ihrem Charme aus einem Hochsicherheitsgefängnis hinausschummeln, dass sie ein kostenloses Glas Wein in einer Brauerei bekam, war also zu erwarten gewesen.

Mark drehte sich zur Bar und hatte plötzlich einen geraden Rücken. »Welcher?«

Fionas Hand stoppte ihn, ehe er aufstehen konnte. »Ach, um Himmels willen. Er ist doch nur nett gewesen, du großes Biest. Hast du den Teil mit der Freundin nicht gehört?« Widerwillig ließ Mark sich wieder auf seinen Hocker sinken und nippte an seinem Bier. Mark war noch so einer von diesen Kerlen, die mich mit hinter den Rücken gebundenen Händen niederprügeln könnten. Glücklicherweise zählte ich zu seinen Freunden, wir wären also auf der gleichen Seite, sollte eine Prügelei losgehen. Oder die Zombies auferstehen.

»Und? Hat sich deine Baseball-Freundin jetzt von ihrem

kleinen Arschbeisser-Freund getrennt?« Fiona nippte an ihrem Wein und alle Blicke fielen auf mich.

Ich schüttelte den Kopf. »Nein. Sie weiß noch nichts von dem Verrat. Aber ihr Cousin weiß es, also glaube ich, dass er es ihr erzählen wird, wenn das Team wieder in der Stadt ist.«

»Moment mal. Du gehst also mit dieser Frau aus, obwohl sie noch immer einen festen Freund hat?«, fragte Mark. Das brachte mich dazu, lachen zu wollen, denn es hieß, dass Mark der schlimmste Hurenbock von allen gewesen ist, bevor er und Fiona anfingen rumzumachen. Und jetzt war er plötzlich der Mister Sensitive? Aber ich lachte natürlich nicht, denn ich wollte auf seiner Seite bleiben, falls die Zombies sich Greensboro für ihr schreckliches Treiben aussuchten. Ich bin ja kein Idiot.

»Ich gehe nicht mit ihr aus. Wir sind nur ›befreundet‹.« Ich malte diese bescheuerten Anführungszeichen in die Luft.

Mark und Gavin zuckten beide zusammen. »Als Kumpel eingespannt. Das ist hart.«

»Ja. Anscheinend denkt jede heiße Frau auf dieser Welt, dass ich ›nett‹ bin.« Noch so doofe Anführungszeichen und noch ein Zusammenzucken bei den Jungs.

»Das ist 'n scheiß Todeskuss«, sagte Gavin und klopfte mir dann unbeholfen auf die Schulter, denn scheinbar fühlte er sich verpflichtet, mir irgendwie Trost zu spenden. Ich trank mein Bier zur Hälfte aus.

»Ach, bitte.« Fiona verdrehte die Augen. »Hör auf, in Selbstmitleid zu schwelgen und unternimm etwas dagegen.«

»Was soll ich deiner Meinung nach denn tun? Sie sieht mich nicht auf diese Weise!«

Sie warf mir einen Blick zu – auf die Art, wie es nur manche Frauen können. »Dann bring sie dazu, dass sie dich wahrnimmt! Hör auf, so verdammt höflich zu sein und schnapp dir das Mädel einfach und küsse sie!«

»Sie hat einen Freund, Fiona.« Ich setzte meinen Blick ein, aber damit blitzte ich bei ihr ab.

»Details. Der Mist wird sich schon bald von selbst erledigen. Und wenn sie es vorzieht, bei diesem Bekloppten zu bleiben, dann hat sie dich nicht verdient.«

Ich sah sie böse an und sie lächelte nur.

»Ja, das hört sich nach dem schlechtesten Plan im Universum an. Die Frau dazu bringen, dass sie mich mag, indem ich sie dazu zwinge, ihren Freund zu betrügen – den, der ein Arschloch ist, weil er sie betrügt. Toller Plan.«

»Na schön. Dann warte einfach, bis sie sich von dem Kerl trennt, und benutze deinen Status als netter Kerl dazu, derjenige zu sein, der sie tröstet. Dann machst du sie an und holst dir das Mädel. So einfach.« Wieder ein Schütteln der Haare.

Dieses Mal lachte ich doch. Als wäre es so einfach. »Du bist total verrückt.«

»Normalerweise würde ich dich bei Beleidigungen verteidigen, Shortcake, aber hier stimme ich Brett zu«, sagte Mark. »Aus der Kumpelzone auszubrechen ist nicht leicht. Zumindest stelle ich mir vor, dass es nicht leicht ist. Nicht, dass ich jemals dieses Problem gehabt hätte.« Eingebildetes Arschloch.

Er und Gavin lachten beide leise und ich war geneigt, ihnen ihre Biere auf den Schoß zu kippen. Aber dann hätte ich noch eine Runde springen lassen müssen.

Fiona sah ihren Freund empört an. »Du Armer. Das muss eine Qual gewesen sein, dass du für die Frauen nur ein wandelnder Penis warst.«

Mark verging das Lachen, Gavin lachte lauter.

»He!« Mark sah Fiona finster an. »Das habe ich damit nicht gemeint.«

Sie tätschelte lediglich seinen Arm. »Sei froh, dass sie dich als Schwanz betrachtet haben, nicht als Arschloch.« Dann lächelte sie ihn glückselig an, sodass ich kurz meinen Wunsch nach einer Freundin anzweifelte.

ICH: Hallo. Nichts von dir gehört. Alles okay?

Keine Antwort. Es war eine Woche her, seit ich das letzte Mal von Liv gehört hatte. Ich dachte schon, unsere Freundschaft sei zu Ende, was mir ein beklemmendes Gefühl in der Brust verursachte – nicht, dass ich es nicht verdient hätte. Aber ich zog auch die Möglichkeit in Betracht, dass sie untergetaucht war und sich die Wunden leckte, nachdem Joey ihr das mit Troy erzählt hatte.

Als ich am nächsten Morgen immer noch nichts von Liv gehört hatte, beschloss ich, Joey direkt anzusimsen. Der Gedanke, dass die quirlige, herausragende Liv allein in ihrem Apartment vor sich hin weinte, bereitete mir Magenschmerzen.

Ich: He. Brett hier. Liv wird vermisst. Hast du es ihr schon gesagt?

Drei Punkte tauchten auf und ich wartete, mit dem Fuß unter dem Tisch wippend.

Joey: Wir werden in circa einer Stunde wieder in der Stadt sein. Werde sie in meiner Pause suchen. Sollte ich sie nicht finden, mach ich es nach dem Spiel.

Ich: Viel Glück.

Joey: Ich glaube, das werde ich auch brauchen. Ach, und falls du heute Abend auftauchen solltest, wundere dich nicht über die zwei Veilchen, die Horner jetzt trägt. Ich habe dem Arschloch die Nase gebrochen.

Ich: Die besten Neuigkeiten, die ich heute gehört habe.

Na ja, wenigstens gab es eine Sache, die mich zum Lächeln brachte. Ich wollte nicht darüber nachdenken, was das über mich verriet, dass eine gebrochene Nase und zwei blaue Augen mich ausgesprochen fröhlich stimmten.

Ich hatte immer noch dieses zufriedene Grinsen im Gesicht, als ich mit Vic, einem der anderen Jungs im Marketing, zum Parkplatz ging, um mir etwas zu essen zu holen. Als ich gerade nach meinem Türgriff greifen wollte, riss mich eine Hand an der Schulter zurück und ich stand Angesicht zu Angesicht Troy Horner gegenüber.

»Wieso kannst du dich nicht um deine eigenen verdammten Angelegenheiten kümmern, du Freak?!« Er knurrte mir ins Gesicht und kam so nah heran, dass ich die Kapillaren in seinen Augen erkennen konnte. Die Augen, die mit violett- grünlicher Haut umgeben waren. Er hielt immer noch mein Hemd in seiner Faust.

»He, Troy. Ich freue mich auch, dich zu sehen.« Jawohl, ich forderte das Schicksal heraus, aber ich konnte nicht anders. Das führte nur dazu, dass er die Faust herumriss und ich die Balance verlor. Aber keine Sorge – es gelang ihm prima, mich ganz alleine hochzuhalten.

»Ach du Scheiße«, hörte ich Vic auf der anderen Seite des Wagens murmeln – wo er übrigens auch blieb. Nicht, dass ich ihm das vorwarf.

»Halt die Fresse, du Schlaumeier! Das geht nur mich und Liv etwas an, und du wirst gefälligst verschwinden. Kapiert?«

Ich wollte mir die Spucke aus dem Gesicht wischen, die gerade auf meiner Wange gelandet war, hielt dies jedoch nicht für den geeigneten Zeitpunkt.

Aber scheiß drauf. Ich wollte nicht mehr klein beigeben.

»Na wenigstens sind wir uns in einem Punkt einig, Horner.« Troys Brauen zogen sich zusammen und ich fuhr fort: »Es geht wirklich nur dich und Liv etwas an.« Leiser sprach ich weiter. »Und mal nur zwischen dir und *mir*: Ich hoffe, dass sie dir deinen verdammten Kiefer bricht.« Ich fixierte das Pflaster auf seiner Nase, sah ihn an und hob eine Braue.

Troy schürzte abschätzig die Lippen und ließ mein Hemd los. Dann platzierte er seine Faust punktgenau auf meinem Magen und ich ging zu Boden wie ein Baum bei seinem Holzfäller.

Männer nerven — na ja, meistens jedenfalls

LIV

»HE! Das ist aber eine nette Überraschung.« Ich stand auf, ging um meinen Schreibtisch herum und verschwand prompt in Joeys großen Armen. Tambo grunzte sein hallo aus der Ecke meines Büros und legte seinen Hundekopf wieder hin, um sein Schläfchen fortzuführen. »Ich habe deine Statistik der letzten paar Serien gesehen. Sieht gut aus, Vetterchen!« Endlich ließ er mich dann los, trat zurück und lehnte sich an meinen Schreibtisch. Joeys Erscheinen war ein glücklicher Zufall, denn ich suchte eine Ablenkung. Ich hatte schon meine Kundenkartei in der Reihenfolge der Niedlichkeit geordnet und meine Mom angerufen, um über nichts Besonderes zu quatschen.

»Danke.« Er steckte die Hände in die Taschen seiner Trainings-Short und blickte unter seiner Baseballmütze hervor, mir aber nicht in die Augen. Was zum Teufel sollte das denn?

»Joey?« Mein Blick wurde schmal.

»Äh, ich hatte 'ne Pause, also habe ich mir gedacht, ich schau mal vorbei, um zu sehen, wie's dir geht.«

Na das zu erzählen, könnte ja ein paar Stunden dauern, daher wählte ich die Kurzfassung, auch weil ich mir sicher war, dass das nur eine Verzögerungstaktik war. »Mir geht's gut. Was ist mit dir? Du siehst irgendwie seltsam aus.«

Er zeigte mir ein gequältes Lächeln. Okay, damit war jetzt Schluss,

Ich stieß mich von meinem Tisch ab. »Was ist denn los? Du siehst aus, als wärst du entweder schuldbewusst oder verstopft – ich kann mich nicht entscheiden. Also spuck's aus.«

Joey zog eine Grimasse und sprach dann in einem Redeschwall: »Troy ist dir untreu und ich habe ihm die Nase gebrochen. Er ist ein totales Arschloch und du verdienst was viel Besseres. Es tut mir leid.« Er saugte Luft ein und hielt sie an, während er mich genau beäugte.

Ich starrte ihn sprachlos an, bis seine Worte bei mir ankamen. Troy betrog mich.

Mein Freund ging fremd.

Ich neigte den Kopf und verschränkte die Arme. »So wie in: Er flirtet mit ein paar Stollenschuh-Jägerinnen? Oder so wie in: Er steckt seinen Schwanz in sie rein?« Das war nicht der Augenblick, um subtil zu sein.

»Letzteres.« Joeys Stimme war leise, als er sich mit einer Hand an den Nacken fasste.

Mein Kopf ruckte. Wow. Ich meine, echt wow! Ein Bild schoss mir plötzlich durch den Kopf, wie Troy in irgendeine Göre hineinstößt, die ein nuttiges Krankenschwesternkostüm trägt. Fragt mich nicht, wieso sie in meiner Fantasie zu einer Stripperin wurde. Dies war meine persönliche Horrorgeschichte – ich konnte mir die Figuren aussuchen, wie sie mir gefielen. Mein Magen krampfte ein wenig und ich holte tief Luft und sammelte mich.

»Wie lange läuft das schon?« Meine Stimme war seltsam ruhig.

»Seit dem Frühlingstraining, da bin ich mir ziemlich sicher.«

Er zuckte zusammen, als würde ihn das Erzählen physische Schmerzen bereiten. Ach Joey.

Ich ließ diese Neuigkeit sich noch einen Augenblick setzen. »Und wie lange weißt du es schon?« Seltsamerweise schien die Antwort auf diese Frage fast noch wichtiger zu sein.

Joey schluckte. »Ich habe es an dem Morgen herausgefunden, als wir nach Richmond aufgebrochen sind, und dann habe ich mich umgehört, um die ganze Geschichte herauszufinden.«

Okay. Das war nicht so schlimm, wie ich befürchtet hatte.

»Und wie hast du es herausgefunden? Hast du ihn erwischt … mit jemandem?« Bei der Vorstellung wollte ich kotzen.

Er richtete sich seine Kappe und wandte den Blick ab. »Äh, eigentlich hat dein Freund Brett es mir erzählt. Er hat Troy mit so einer Tussi im Fever gesehen.«

Was zum Teufel noch mal? Ich hatte Brett erst letztes Wochenende gesehen, und er hatte kein Wort gesagt! Himmelherrgott noch mal! Dann fielen mir seine seltsamen Textnachrichten über Joey ein und es ergab sich langsam ein Bild. Verdammt!

Das erklärte auch, wieso Troys Anrufe und Textnachrichten in der letzten Woche so besonders besorgt gewesen waren und so gar nicht zu seiner Laune neulich passten – oder seiner Statistik in letzter Zeit. Er schmierte mir Honig ums Maul, in der Hoffnung, dass ich ihn nicht vor die Tür setzte. Der konnte sich auf eine schöne Überraschung gefasst machen, soviel war sicher!

»Bist du okay?«, fragte Joey und trat näher an mich heran.

Ich holte Luft, legte das mit Brett fürs Erste beiseite und konzentrierte mich auf die riesige Sauerei mit Troy. Etwas in meinem Unterbewusstsein hatte mich mehr als nur einmal gequält und mir gesagt, dass etwas gar nicht stimmte, wenn ich mir bei Troys Treue nicht einhundert Prozent sicher war. Warum hatte ich nicht darauf gehört?

Wahrscheinlich hatte mich sein scharfer Körper und all die

Orgasmen, die er wie Zuckerwerk verteilte, abgelenkt. Genau. Aber ich war nicht die einzige, an die er es verteilte. Ich spürte, wie mir die Galle wieder hochkam und holte noch einmal Luft. Zum Glück hatten wir immer Kondome benutzt.

Joey zog mich wieder in seine Arme und Tränen landeten auf seinem Shirt. Ich fühlte mich … traurig. Verraten. Stocksauer. Aber seltsamerweise überhaupt nicht todunglücklich wegen eines gebrochenen Herzens.

»Könntest du etwas für mich tun, Joey?«

»Alles. Was du willst.« Er drückte mich noch ein wenig fester.

»Könntest du mir bitte bis ins kleinste Detail schildern, wie sich das angefühlt hat, ihm die Nase zu brechen?«

Joey stieß einen Lacher aus und küsste mich aufs Haupt. »Nichts würde mich glücklicher machen.«

»Ich werde diesen Trottel umbringen! Wie kann er es wagen?!« Möglich, dass Haley noch mehr sauer war als ich. Entrüstung donnerte durch die Leitung, während sie weiter ihren Plan umriss, wie sie Troys Penis fein würfelig schneiden und den wilden Hunden verfüttern würde, während er zusah. Ich machte mir eine Notiz, Haley niemals zu verärgern.

»Danke, Hales, aber ich würde nicht wollen, dass du im Gefängnis landest. Das ist er nicht wert.« Ich blickte durch meine Windschutzscheibe auf das Bürogebäude gegenüber.

Sie machte ein Knurrgeräusch und ich war dankbar dafür, dass sie nicht die Richtung einschlug »den Kerl hatte ich nie gemocht«. Aber ich wünschte mir mehr denn je, wir würden noch zusammen wohnen. Wenn es eine Zeit gab, in der eine Frau sich auf ihre beste Freundin stützen musste, dann während der Trennung von einem fiesen Lügner und Betrüger.

Aber wir taten unser Bestes trotz der Meilen, die zwischen uns lagen.

»Livvy, ich werde dich besuchen kommen, sobald ich kann, und dann werden wir alles verbrennen, was auch nur entfernt mit diesem jämmerlichen Stück Mann zu tun hat. Und dann werden wir, so leid es mir tut, das sagen zu müssen, dann werden wir dich testen lassen.«

Ich schlug leise mit dem Kopf auf mein Lenkrad ein und hörte, wie Tambo auf der Rückbank winselte. Scheiße. Ich wusste, dass sie recht hatte, auch wenn Troy und ich immer Kondome verwendet hatten. Ein Ganzkörper-Schaudern durchfuhr mich, als ich daran dachte, mit wie vielen Frauen Troy möglicherweise zusammen gewesen war. Es machte mich noch wütender.

»Und danach betrinken wir uns«, versprach mir Haley.

Gott sei Dank, dass es beste Freundinnen gibt.

Nachdem wir aufgelegt hatten, rief ich im Verwaltungsbüro meines Apartmentgebäudes an und bat sie, die Schlösser an meiner Wohnung auszutauschen. Ich wusste, dass mich das was kosten würde, doch das war es wert. Es war spät am Nachmittag und ich wollte auf keinen Fall nach Hause kommen und riskieren, Troy zu begegnen. Er sollte bis nach seinem Spiel an diesem Abend im Stadion sein, aber so, wie er Zucker in mein Telefon blies, wollte ich nichts riskieren. Am frühen Nachmittag hatte ich einen Klienten besucht, und als ich zu meinem Wagen zurückkam, fand ich elf Nachrichten von dem Arsch in der Mailbox. Ich löschte sie, ohne mir eine einzige anzuhören und blockierte prompt seine Nummer.

Ich weiß wirklich nicht, wieso er sich etwas anderes erwartet hatte. Was mich betraf, war es aus zwischen uns. Joey konnte herkommen und ihm seine Sachen aus meiner Wohnung holen, denn ich hatte kein Bedürfnis, Troy jemals wieder zu erblicken. Was echt ein Mist war, denn er spielte in

Troys Team. *Würg.* Das machte ihn zu einem noch größeren Arschloch!

Da ich keine andere Idee hatte, wo ich hingehen sollte, fuhr ich zu einem Kino und kaufte mir eine Eintrittskarte. Bo ließ ich schlafend im Auto zurück. Dann versuchte ich ein paar Stunden lang alles zu vergessen, während ich Dinosauriern dabei zusah, wie sie Chris Pratt jagten, und einen Kübel voll Popcorn aß. Als der Film zu Ende war und die Türen sich öffneten, war, das wusste ich, das Spiel der Guardians zu Ende, also fuhr ich nach Hause.

Ich brauchte nur zehn Minuten, um eine Tasche zu packen und Tambos Sachen zusammenzusuchen, schon saß ich wieder hinter dem Lenkrad und hatte noch immer keine Idee, wo ich hinsollte. Kein Hotel würde meinen großen Hund aufnehmen, und ich konnte ja nicht gut zu Joey und Troy nach Hause – jetzt wären ein paar gute Freunde wirklich nützlich gewesen. Ich überlegte mir kurz, zu meinen Eltern nach Hause zu fahren, aber die hätten zu viele Fragen gestellt, und zu einer Inquisition mit der Intensität von Eltern war ich noch nicht bereit.

Bevor ich zu lange darüber nachdenken konnte, scrollte ich meine Kontakte durch und tippte auf Anrufen. Brett hob beim zweiten Klingeln ab.

»Ich bin momentan ein bisschen sauer auf dich, aber könnten mein Hund und ich heute Nacht bei dir auf der Couch schlafen?«

»He, großer Junge.« Brett kraulte Bo am Kopf und schon wollte mein Hund diesem Mann jegliches jemals begangenes Vergehen vergeben. Ein leichtes Opfer.

Ich stand auf der Schwelle zu Bretts Reihenhaus und fühlte mich mehr als nur ein wenig verlegen. Das war keine von meinen Topideen gewesen. Brett blickte zu mir zurück und schien irgendeine Inventur zu machen, ehe er ausatmete und zu lächeln versuchte. »Geht's dir gut?«

Er trat zurück, damit ich eintreten konnte. Ich ließ meine Tasche auf den Boden fallen und seufzte. »Es ging mir schon besser, das muss ich zugeben. Ich habe jedenfalls sicher nicht damit gerechnet, auf der Straße zu stehen.«

Brett lachte höflich leise über meinen lahmen Witz und nahm meine Tasche, ehe er mir deutete vorauszugehen. Seine Wohnung war gepflegter, als ich es bei einem Paar Jungs vermutet hätte, aber die Einrichtung war *durch und durch* männlich. Soll heißen, außer ein paar gerahmten Erinnerungsstücken hing nichts an den Wänden und alles war in verschiedenen Schattierungen von Langweilig gehalten.

Mein Hund begann sofort mit seinem Erkundungsgang der Wohnung, wie es sich für ihn als Hund gehörte und ziemte. Ich drehte mich zu Brett um. »Hoffentlich steht auf den Tischen oder Tresen kein Essen. Oder, sollte ich wahrscheinlich sagen, es *stand* hoffentlich kein Essen dort. Denn dann ist es längst weg.«

Er grinste mich an. »Vielleicht ein paar Krumen, sonst nichts.« Dann sah er auf seine Schuhe. »Möchtest du darüber sprechen, Liv?«

»Mir macht es nichts aus, wenn Bo deine Krumen frisst.« Ich fingierte ein Lächeln.

Brett sah mich genau so an, wie ein Teenager, der einen unerträglich uncoolen Elternteil zurechtweist.

Ich ächzte. »Du willst das wirklich jetzt tun? Ich bin gerade erst angekommen. Der Elefant hatte noch nicht mal die Gelegenheit, sich einzugewöhnen.«

»Haha. Na schön. Lass uns stattdessen ein Bier trinken.« Brett ging voraus in die Küche, blieb aber abrupt stehen, sodass ich mit ihm zusammenstieß. Meine Hände kamen hervorgeschossen, um mich abzustützen und landeten auf seinem Rücken. Ich war über die Härte und Wärme überrascht, auf die meine Hände trafen. Brett war wirklich kein großer Mann, aber der Kerl war irgendwie gut gebaut. Wer hätte das gedacht? Ehe mir überhaupt klar wurde, was ich tat, wanderten meine Finger nach oben zu seinen Schultern, sodass seine Muskeln sich durch meine Berührung anspannten. Wieder zu Besinnung kommend, trat ich zurück und spürte, wie ich errötete.

Brett drehte sich um und sein Kiefer zuckte. Ich konnte mir nicht vorstellen, was er sich dachte. Ich beschloss, dass die beste Vorgehensweise die Defensivhaltung wäre. »Warum bist du stehengeblieben?«

Seine Brauen zogen sich zusammen und dann blinzelte er ein paarmal. »Ach, mir ist gerade eingefallen, dass du böse auf mich warst, und dass es vielleicht nicht so klug ist, dir den Rücken zuzukehren.« Er schluckte schwer und sein Blick richtete sich auf meinen Mund.

War es heiß hier drinnen? Und warum starrte er meinen Mund an? Verdammt, war das unangenehm. Moment mal. Ich war *doch* wütend auf ihn – das hätte ich beinahe vergessen. Ich versuchte, meine vorherige Wut wiederzubeleben, es gelang mir allerdings nicht. »Ich dachte, wir wollten uns nicht darüber unterhalten.« Ich schob mich an ihm vorbei und ging direkt zu meinem Hund, den ich streichelte, um meine Hände zu beschäftigen.

»Ich werde uns das Bier holen.« Brett umkreiste mich, aber zwischen uns schien eine Spannung in der Luft zu liegen. Was für ein Fehler es doch gewesen war, hierherzukommen!

ICH KLOPFTE das Kissen zurecht und versuchte, es mir erneut bequem zu machen, während Tambo murrte, weil er im Schlaf gestört worden war. Kacke auf'm Kecks. Es nützte nichts.

Ich hatte es aufgegeben, mich mit Brett zu streiten, als er darauf bestanden hatte, dass ich sein Bett benutze. Seine Sturheit entsprach beinahe der meinen. Aber ich erkannte, dass sein männlicher Ehrenkodex es nicht gestattete, dass ich auf der Couch schlief, also gab ich schließlich nach – Bo zuliebe, natürlich. Mein Hund war ja so eine Diva. Doch an Schlafen war nicht zu denken.

Brett und ich hatten den Abend an gegenüberliegenden Enden seiner Couch verbracht und so getan, als würden wir uns *Westworld* ansehen. Zumindest tat *ich* so. Was zur Hölle war bloß los mit mir? Eben erst an diesem Morgen war mir von einem völligen Deppen das Herz herausgerissen worden und jetzt war ich schon hier und war … mir sowas von *bewusst*, dass … da dieser andere Kerl achtzehn Zoll zu meiner Linken saß. Ja, ich hatte es ausgerechnet. Ich war praktisch besessen von dem Flecken Beige, der uns trennte.

Sicher, wahrscheinlich war es eher mein Stolz, den Troy zerstört hatte. Und mein Vertrauen natürlich. Dennoch. Es war nicht okay. Und was noch schlimmer war: Ich konnte Brett nicht so recht deuten, wie es schien. Er interpretierte das Pokerface neu. Er und Lady Gaga waren praktisch die Urheber des Pokerface.

Keiner von uns erwähnte das Thema Troy oder wieso Brett mir nicht selbst erzählt hatte, dass der mich betrog. Vermutlich ahnte ich wieso, aber ich wollte trotzdem eine Erklärung von ihm haben.

Ich drehte mich auf den Rücken und riss das Kissen unter meinem Kopf hervor. Es war das Einzige, was ich zur Hand hatte, um mein Frustgeschrei zu dämpfen.

Animalische Triebe und enge kurze Hosen

~~~

BRETT

UND HÄTTE es noch so viele Schafe im Universum gegeben, sie hätten meinen geilen Arsch nicht in den Schlaf wiegen können. Ich hatte den Großteil des Abends damit verbracht, die Wölbung in meiner Hose zu verbergen, während Liv neben mir auf der Couch faulenzte und praktisch keine Kleidung trug. In manchen Kreisen würden ihre Mini-Shorts und ihr Tank-Top vermutlich als Pyjama durchgehen, aber meinen Gedanken dienten sie lediglich als Wegweiser ins verbotene Land.

Ich rieb mir mit den Händen durchs Haar und biss die Zähne zusammen. Einen runter zu rubbeln, war keine Option. Dazu waren die Wände viel zu dünn. Kurz zog ich in Erwägung, zum Auto zu gehen, doch dann fiel mir ein, dass ich *so* ein Kerl niemals sein wollte. Zum ersten Mal wünschte ich mir, Gav und Emerson hätten unsere Wohnung für ihr nächtliches Bumsfest gewählt. Dann hätte es mich wenigstens nicht dermaßen aus der Ruhe gebracht zu wissen, dass sich die Frau, die ich begehrte, in Reichweite befand.

»Verdammt.« Ich riss mir die Decke herunter und stapfte in die Küche, weil ich dachte, ein weiteres Bier könnte vielleicht helfen. Ich würde nicht zu gebrauchen sein am Morgen bei der Arbeit, wenn ich nicht wenigstens ein paar Stunden die Augen schließen konnte. Ich schnappte mir ein Hoppyum und öffnete es, den Hintern an den Tresen gelehnt. Ein schwaches Licht von der Lampe auf der hinteren Veranda schien herein, erhellte die Küche aber kaum. Ich spielte mit dem Kronkorken zwischen Daumen und Fingern und ließ die zackige Kante in meine Haut drücken, um mich abzulenken. Es half nicht. Ich warf ihn mit Wucht in Richtung des Mülleimers und verfehlte den. Sogar leblose Objekte hatten es darauf abgesehen, mich zu necken – ein Gedanke, der sich bestätigte, als ich mich bückte, um die Bierkapsel aufzuheben und mir bei der Aufwärtsbewegung den Hinterkopf anschlug. »Scheiße!« Ich griff mir mit einer Hand an den Kopf und stellte die Bierflasche mit einem Rumms auf den Tresen. Sofort trat der Schaum oben aus der Flasche und lief wie ein Springbrunnen über die Arbeitsfläche und weiter auf den Boden. »Gottverdammtnochmal!«

Ich griff nach einer Küchenrolle, doch ehe ich die Sauerei wegmachen konnte, wurde ich von einem haarigen Biest praktisch aus dem Weg gefegt, das dann in Rekordzeit mein IPA vom Boden sowie von den Schränken und den Arbeitsflächen leckte.

»Was zum Teufel ist denn hier los?« Das kam von der Frau, die hinter dem Ungetüm herkam. Von derjenigen in dem winzigen Pyjama und mit den zerzausten Haaren. Du lieber Gott.

»Nichts. Tut mir leid!« Ich rieb mir den Kopf und lauschte Tambo, der mit der Zunge schmatzte, doch trotz meiner Absicht driftete mein Blick direkt zu Livs Tank-Top und ihren steifen Nippeln, die gegen den Stoff drückten. Mein Schwanz erwachte wieder, als wäre er von ihren Brüsten gerufen worden und würde sich redlichst bemühen, so nah wie möglich an sie heran zu klettern. Ich senkte die Küchenrolle ab, um meine Erektion zu verbergen, doch dadurch wurde Livs Blick nach unten gelenkt. »Ich hatte nur ein Bier verschüttet. Hab's schon.«

Ihre Mundwinkel gingen nach oben. »Das kann ich sehen.«

Da wurde mir erst bewusst, dass ich ein T-Shirt, eine Retroshort und sonst nichts anhatte. Fick. Mich. Panisch riss ich die Bierflasche an mich und drehte mich zur Spüle. »Äh, ja. Also ich hoffe, dass es nichts ausmacht, dass dein Hund gerade Bier getrunken hat.«

»Bo!« Sie schimpfte mit dem Hund, hörte sich aber nicht an, als würde sie es ernst meinen. »Willst du etwa einer Studentenverbindung beitreten?« Ich hörte, wie sie ihn tätschelte. »Geh schon. Du hast das ja ordentlich weggemacht.«

Der Hund schmatzte noch einmal mit dem Maul und seine Krallen klackerten auf dem gekachelten Boden, als er sich ins Wohnzimmer zurückzog.

Ich warf einen Blick über die Schultern. »Tut mir leid, dass ich dich aufgeweckt habe.«

»Hast du nicht. Ich konnte nicht schlafen.« Sie schlich zum Tresen neben dem Spülbecken, wo ich stand und den Schritt an den Schrank drückte. »Du weißt schon. Fremdes Bett«, erklärte sie mir, dann lehnte sie sich vor und stützte eine Wange auf die Hand. »Was ist mit dir?« Ich schwöre, dass ich ein Schmunzeln im Anmarsch sehen konnte.

»Äh, ditto. Konnte nicht schlafen.« Das war doch lächerlich. »Möchtest du ein Bier? Ich habe noch ein paar im Kühlschrank. Außer du möchtest das zu Ende trinken, das dein Hund angefangen hat.«

»Nein, danke.« Sie stieß sich vom Tresen ab und ich drehte mich um, ohne nachzudenken. Ihr Blick fiel sofort auf mein Gehänge und ich zuckte innerlich zusammen. Meine einzige Hoffnung war, dass in der Dunkelheit nichts zu erkennen war.

Doch es nutzte nichts. Sie zog ihre Lippe zwischen ihre

Zähne, um ihr Lächeln zu kaschieren ... oder Lachen ... oder was zum Teufel auch immer sie sich gerade dachte.

Ich breitete die Arme aus und schoss dadurch die Küchenrolle über den Tresen bis ins nächste Zimmer. »Ich bin ein Mann! Was willst du von mir hören?« Ich führte eine Hand wieder zurück und führte eine vage Geste rauf und runter über ihre zierliche Figur aus. »Da spaziert eine Frau in ihrer Unterwäsche herum, klar, dass der Schwanz dann eigene Ideen entwickelt.«

Ihr Mund klappte auf und sie sah auf ihre Kleidung hinab. »Das ist nicht meine Unterwäsche!«

»Sieht aber danach aus«, feuerte ich zurück. Zu diesem Zeitpunkt hatte ich nichts mehr zu verlieren. Ich hätte genauso gut splitterfasernackt dort stehen können, mit einem Schwanz, der in der Luft herumwackelte.

»Du bist derjenige, der die Unterwäsche anhat!« Wieder richtete sie die Aufmerksamkeit auf meinen nach oben strebenden Schwanz, ehe sie so höflich war, mir wieder ins Gesicht zu sehen.

»Mit Sicherheit würde der Stoff, den ich anhabe, für sechs von dem reichen, was du trägst!«

»Das ist ein Pyjama.« Sie zupfte am Stoff ihres Oberteils, sodass es noch enger auf ihren Brüsten spannte.

»Das macht es nicht besser!«, rief ich, woraufhin ihre Aufmerksamkeit abermals auf meinen Schwanz gelenkt wurde. Wenn das jetzt so weiterging, würde er bald über dem Rand meiner Retroshort auftauchen.

Sie verschränkte die Arme. »Bist du dir sicher?« Sie zog eine Braue hoch und ich hielt es nicht mehr aus. Ich schritt an ihr vorbei. Nicht, dass ich die Situation nicht witzig fand – aber eher in ein paar Wochen dann. Es war nur so, dass ich für sie kein Witz sein wollte, und ich hatte Angst, dass das der Fall sein könnte.

»Es tut mir leid.« Sie packte mich am Arm, als ich an ihr

vorbeiging und als ich die Bewegung ihrer Finger auf meiner Haut spürte, wurde ich ruhig. »Manchmal kann ich nicht anders. Ich meine, du stehst in deiner Unterwäsche da und hast einen ansehnlichen Ständer. Den kann ich ja nicht einfach so ignorieren.«

»Mir wäre es eigentlich lieber, wenn du es tätest.« Dann hielt ich inne und ging ein paar Sekunden zurück. Sie hatte ansehnlich gesagt. Schön.

»Na ja, du schaust dir ja offensichtlich *meinen* Körper an. Da kannst du ja nicht erwarten, dass ich mir deinen nicht ansehe«, erwiderte sie.

Und das war der Punkt, an dem ich entschied: Scheiß drauf. Ich drehte mich um und taxierte Liv so gründlich von Kopf bis Fuß, dass ich daraufhin wahrscheinlich eine Dissertation über ihr Aussehen hätte schreiben können.

Liv wechselte das Standbein und verschränkte wieder die Arme, doch erst nachdem ich bemerkt hatte, dass ihre Nippel noch deutlicher unter ihrem Oberteil zu sehen waren als zuvor. Ha! Wie es scheint, war ich nicht die einzige betroffene Partei. Ich neigte den Kopf, zog eine Braue hoch und ließ wie ein total blöder Esel meinen Blick vielsagend von ihren Brüsten zu ihrem Gesicht wandern.

»Ach, um Himmels willen.« Sie verdrehte die Augen. Wären die Lichter an gewesen, hätte ich schwören können, dass sie trotz des Augenrollens errötet war.

»Wie ich sehe, bin ich dir auch ein wenig behilflich.« Ihr wisst schon, nur falls ich nicht schon Arsch genug war.

»Es ist kalt hier drinnen.« Sie schürzte die Lippen.

»Es hat mindestens 24 Grad.«

Sie schnaufte, es wollte ihr keine Antwort einfallen, und stattdessen machte sie es mir nach und stapfte an mir vorbei. Mein Schwanz in meinen Shorts zuckte. Liv in einem Tank-Top und winzigen Shorts war echt aufreizend, Liv in einem Tank-

Top, kurzen Shorts und schlechter Laune war pures Kryptonit für die Fleischeslust.

»Gute Nacht, Brett«, zischte sie und steuerte die Treppe an.

»Ach, komm schon, Liv! Das ist nur der Trieb, der tierische Instinkt. Darüber solltest doch gerade du Bescheid wissen.« Ich versuchte gar nicht, mein Lächeln zu verbergen, als sie mir einen bösen Blick über die Schulter zuwarf, ehe sie die Treppe hochging und verschwand. Tambo trabte hinter ihr her und ich legte mich wieder auf die Couch und schnappte mir die Fernbedienung, denn ich wusste, dass es eine Weile dauern würde, ehe ich einschlafen konnte.

Leider war das Beste, was lief, eine Dauerwerbesendung für einen Eiertrenner. Ich wusste gar nicht, dass man Hilfe beim Aufschlagen eines Eis benötigte, aber offensichtlich tat das jemand, denn unsere Wirtschaft läuft nach einem ziemlich gut funktionierenden Prozess von Angebot und Nachfrage. Als die ersten zehn Minuten vorüber waren, überlegte ich ernsthaft, ob ich nicht tatsächlich meine Kreditkarte zücken sollte. Ich meine, wer will schon Eierschalen im Plätzchenteig? Ich nicht, soviel ist verdammt sicher.

»Brett.« Beinahe hörte ich sie nicht, aber der weiße Blitz in meinem peripheren Sichtfeld führte mich zu Liv, die am Fuße der Treppe stand.

Ich setzte mich auf. »He. Ich schaue mir gerade—«

»Halt die Klappe.« Sie unterbrach mich und schritt dann zielstrebig auf mich zu. Was das Ziel war, konnte ich nicht mit Sicherheit vorhersagen, daher ließ ich die Fernbedienung fallen und hob die Hände. Liv wischte sie beiseite, packte mit den Händen mein Gesicht und platzierte einen festen Kuss auf meinen Mund.

Möglicherweise hat sie mir dabei die Lippe aufgerissen, doch das war mir scheißegal, und ich stieg stattdessen so rasch wie möglich in das Programm ein. Der Kuss war dringlich und ich neigte den Mund, um mich an ihren anzupassen, während

SO WIE DU BIST · 87

ich die ganze Zeit meinen Kopf mit Fragen füllte. Tat sie das, um zu beweisen, dass sie recht hatte? Um die Oberhand zu gewinnen? War der Kuss etwas, den sie sich schon genauso lange erdacht hatte, wie ich daran gedacht hatte? Und hauptsächlich: Meinte sie diesen Kuss *ernst*?

Liv knabberte sanft an meiner Unterlippe und ich hörte mich selbst stöhnen, ehe ich meine Hände in ihr Haar versinken ließ und mit der Zunge an ihren Zähnen vorbei in ihren Mund eintauchte. Sie schmeckte nach Minze und etwas Süßem, das ich nicht identifizieren konnte, und als ich einatmete, kam mir der Zitrusduft entgegen, den ich mit ihr assoziierte. Ihre Zunge fuhr über meine und wir kosteten einander, während wir uns weiter in den Kuss vertieften.

Ihre Hände verließen mein Gesicht und rutschten nach unten über meine Schultern und wieder zurück, woraufhin sie mich an sich zog. Zu diesem Zeitpunkt saß sie bereits rittlings auf meinem Schoß und meine Hüfte bohrte reflexartig nach oben zu der heißen Stelle zwischen ihren Beinen. Diese Shorts leisteten beschissene Arbeit, was die Wahrung ihres Anstands betraf, während ich den meinen schon vor einer Stunde aufgegeben hatte. Sie stöhnte mehrmals leise, als mein Schwanz sich fest an sie presste, und ich stand kurz davor, den Verstand zu verlieren.

Während unsere Lippen und Zungen tanzten, erkundeten meine Hände ihr seidiges Haar und gingen weiter nach unten über ihren Rücken und schließlich zu ihrem Po, den ich umfasste und drückte, was Liv noch mehr Geräusche entlockte.

Schließlich entriss sie mir ihren Mund, um uns einen Augenblick zum Atmen zu geben, und ich sah zu, wie ihre Lippen sich nach oben bogen und sie grinste.

Ach, zum Teufel, nein. Ich drehte sie auf den Rücken und sie tat überrascht einen Aufschrei, doch sie drehte sich wieder um und ich bedeckte ihren Mund mit meinem und brachte sie zum Schweigen. Sie wickelte ihre Beine um mich und ich küsste sie, als hätte ich eine dringende Weltuntergangsbotschaft zu verkünden und als ginge das nur durch Liv Suns heißen, feuchten Mund.

Als wir uns wieder voneinander losrissen – Sauerstoff war eine lästige Notwendigkeit –, drückte sie meinen Arsch und presste ihre Hüften hoch. Ich musste an mich halten, um nicht wie ein Teenager in den Wirren der Pubertät zu ficken. Livs Hand driftete zwischen uns und ich dachte mir, dass meine Nacht auf ein historisches Hoch zusteuerte. Doch als ihr Handrücken an genau die Stelle drückte, wo Horners Schlag mich getroffen hatte, stieß ich ein Zischen aus.

»Was ist denn?« Liv sah mir in die Augen und ich weidete mich an ihren erröteten Wangen und den angeschwollenen Lippen.

»Nichts.« Ich wollte mir noch einen Kuss abholen, doch sie drückte gegen meine Brust.

»Wohl eher nicht nichts. Du bist zurückgezuckt, als hätte ich dir wehgetan.« Ehe ich mich wehren konnte, hob sie mein Shirt hoch und hielt erschrocken die Luft an. »Was zum Teufel ist denn hier passiert?«

Ich versuchte, ihre Hand beiseite zu schieben, doch sie wollte nichts davon wissen. »Nichts.« Ihre Brauen gingen in Richtung Decke. »Nur Männerkram.« Ich beugte mich wieder zu ihr hin. »Und im Moment interessiert mich Mädchenkram viel mehr.«

Liv rutschte unter mir hervor und ging zur Lampe neben der Couch. Durch die Helligkeit musste ich blinzeln. Das Licht vom Fernseher hatte uns völlig gereicht. Das würde jetzt bestimmt nur komplett die Stimmung vernichten.

Sie riss mein Shirt hoch, wobei ich ihr in jeder anderen Situation sofort geholfen hätte. Aber ich konnte nichts tun.

»Du hast da Kontusionen.«

Aha, wie es schien, war Dr. Sun anwesend.

»Wo hat du noch Verletzungen?« Ihre Berührungen wurden klinischer, ein krasser Unterschied zu vorhin.

»Nirgends. Das schwöre ich.« Ich versuchte erneut, ihre Hände beiseite zu schieben, aber sie sah mich nur finster an.

»Es sieht so aus, als hätte dich ein Pferd in den Magen und die Rippen getreten. Aber ich garantiere, dass du nicht mehr in der Nähe von Pferden warst seit …« Sie stand plötzlich auf und trat von der Couch zurück. »O mein Gott. Das war Troy, nicht wahr?«

Ich dachte daran, zu lügen, aber ich hatte schon genug davon, Liv Dinge zu verheimlichen. Dafür hatte ich nur ein Geschwür und böse Blicke erzielt. Ich streckte die Hände aus. »Na schön. Er hat mich geboxt. Aber ich schwöre, dass es mir gutgeht. Das ist nicht das erste Mal, dass ich geschlagen wurde. Hättest du mich gekannt, als ich noch jünger war, wüsstest du, dass das keine große Sache ist.« Es hatte eine Zeit gegeben, da versuchte ich meine mangelnde Größe damit wettzumachen, dass ich Streit suchte. Glücklicherweise wurde ich mit dem Erwachsenenalter ein wenig klüger.

Liv fuhr sich mit den Händen durchs Haar und ihr Blick jagte durch den Raum. »Ich kann nicht glauben, dass er das tun konnte!« Sie schüttelte den Kopf. »Ich meine, *glauben* kann ich es, aber ich bin echt stocksauer!« Sie wandte sich der Treppe zu und ich stand auf, um ihr zu folgen. »Ich muss gehen.« Ihre Stimme war panisch. Besorgt.

»Liv, du musst nirgends hingehen. Es ist mitten in der Nacht.« Und wir befanden uns auch irgendwie mittendrin bei etwas.

Sie blieb stehen, den Rücken mir noch zugewandt, und ich beobachtete, wie ihre Schultern absackten. »Es tut mir ja so leid, Brett. Das hier war ein Fehler.«

Scheiße, nein. »Wovon redest du?« Ich war mir nicht mal sicher, ob sie ihren Aufenthalt bei mir meinte, oder dass wir rummachten, oder sogar, dass wir Freunde waren. Egal was, es war kein Fehler.

»O Gott, ich fasse es nicht, dass ich es soweit habe kommen lassen«, murmelte sie und sprintete dann die Treppe hoch.

Und damit hatte ich meine Antwort. Sie war unverkennbar in ihrem Ton, ihren Worten und ihren Rückzugsschritten. Bedauern. Sie bedauerte, dass sie zugelassen hatte, dass sich zwischen uns etwas Körperliches abspielte. Es war ihr soeben erst das Herz gebrochen worden und ich war das Arschloch, dass die Situation für sich ausgenutzt hatte. Anstatt ihr Freund zu sein, hatte ich versucht, mehr zu werden. Und das wollte sie nicht.

Selbst wenn ihr Körper eine andere Sprache sprach, waren ihr Herz und ihr Verstand doch auf der anderen Seite. Was ich respektieren und berücksichtigen musste – weshalb ich Liv auch nicht auf die Treppe nach oben folgte und kein Wort sagte, als sie und ihr riesiger Hund fünf Minuten darauf zur Tür hinausgingen.

Darauf hat Olivia Newton-John mich nicht vorbereitet

~~~

LIV

Es GAB im Urban Dictionary nicht genügend Schimpfnamen, die ich mir hätte geben können, aber ich entschied mich für einen Klassiker. Arschloch. Was war mir da bloß in den Sinn gekommen, dass ich Brett wie ein Arschloch behandelt hatte?

Als er anfing, mich neckisch herauszufordern, hatte ich jeglichen Verstand verloren. Ich ließ mich von dem Geplänkel mitreißen und schien nicht anders zu können. Die Folgen habe ich nicht bedacht, habe stattdessen *Scheiß drauf* gesagt und ihn im Grunde genommen besprungen.

Und es war so toll gewesen. Der Junge küsste, als wäre es eine olympische Disziplin und als hätte er einen Schrank voller Goldmedaillen. Aber ich bin so unfair gewesen. Wir waren befreundet, und was tat ich? Ich war bereit, das Ganze über Bord zu werfen, nur weil er mich herausgefordert hatte und ich ein klein wenig in ihn verschossen war.

Ich musste mit meinem Hirn, nicht mit meinen erogenen Zonen oder meinem Stolz denken. Troy hat Brett körperlich angegriffen. Und wenn ich etwas über Troy wusste, dann dass er einen Groll ewig hegte. Er würde nur allzu gern noch mehr von seiner Neandertaler-Gerechtigkeit walten lassen, wenn er Brett wiedersah. Herrgott. Was muss Brett wohl von mir gehalten haben? Erst vor Stunden hatte ich mich von diesem Barbaren getrennt, schon besprang ich ihn wie ein geiler Löwe auf seiner Couch, als er mir liebenswürdigerweise gestattet hatte, die Nacht bei ihm zu verbringen.

Brett hatte etwas Besseres verdient, als wie die zweite Wahl behandelt zu werden oder nur als Körper, den ich benutzen konnte, um meine Wunden zu lecken. Gott, er hielt mich wahrscheinlich nicht nur für ein Arschloch, sondern auch für eine unkritisches nuttiges Weibsstück. Gut gemacht, Liv.

Ich bog mit meinem Wagen auf den unbefestigten Vorplatz der Scheune und parkte. Tambo knurrte einmal auf dem Rücksitz, seufzte und schnarchte dann munter weiter. Es war noch immer dunkel, aber die Leuchten beidseits des Haupttores zur Scheune beleuchteten die weite Holzfläche. Nachdem ich Bretts Wohnung fluchtartig verlassen hatte, wusste ich nicht, wo ich hinsollte. Die Erinnerung an andere schlaflose Nächte führte mich dorthin zurück, wo ich mich zuhause fühlte.

Ich stieg aus und ging zu der verriegelten Tür. Ich bemühte mich, so leise wie möglich zu sein, um niemanden im Haupthaus aufzuwecken. Dies waren die Stallungen, in denen ich einen Großteil meiner Highschool-Jahre verbracht hatte, ganz zu schweigen von den unzähligen anderen Gelegenheiten, die ich seither gefunden hatte. Ich wusste, dass ich am Morgen todmüde sein würde, aber ich brauchte das.

Ich entriegelte die Tür und sie schwang mit einem gedehnten Knarren auf. Der Klang hallte durch die Scheune, als ich sie hinter mir schloss. Meine Schritte führten mich zum dritten Stehstall auf der linken Seite, wo ein schöner Palomino stand, umgeben von Dunkelheit. Der Geruch von Heu, Pferdeschweiß und Mist rief eine einfachere Zeit wach und ich atmete dankbar ein, als ich die Hand ausstreckte und Minkys lange Nase berührte. »He, Mädchen«, flüsterte ich.

Sie blinzelte und schnüffelte ein paarmal, ehe sie den Kopf neigte, um weitere Streicheleinheiten von meiner ausgestreckten Hand zu empfangen. Sie war etwas älter geworden, seit ich sie vor ein paar Jahren gesehen hatte, aber sie war noch immer ein hinreißendes Mädchen.

»Wie ist es dir ergangen, Minky Girl?«, ich fuhr mit den Fingern über ihr glattes goldenes Fell. Ich erwartete mir natürlich keine Antwort, aber ich fand, dass es höflich war, die Frage zu stellen. »Ich persönlich stecke momentan etwas in der Klemme, falls es dich interessiert.«

Sie senkte den Kopf und ich wertete das als Zusage.

»Ich habe mich gerade von diesem Kerl getrennt. Ich hätte es echt besser wissen müssen, als überhaupt mit ihm zu gehen. Er war ein Spieler, wie er im Buche steht.« Ich lehnte meinen Kopf an die Blesse auf Minkys Gesicht. »Und ich glaube, dass ich einen Freund ausgenutzt habe. Ich weiß nicht so recht, was ich dagegen tun soll.« Es fiel mir so schwer, meine Gefühle gegenüber Brett herauszufinden, mitten in dem ganzen Drunter und Drüber mit Troy. »Er ist ein guter Freund gewesen und ich habe vielleicht alles ruiniert.«

Minky brummelte etwas und ich hatte etwas Schwierigkeiten, es zu interpretieren. »Du meinst, ich sollte mit ihm reden?« Darauf kam keine Reaktion. »Ich wusste nicht, was ich sonst hätte tun sollen, deswegen bin ich fortgelaufen. Ich hätte wahrscheinlich bleiben und mich entschuldigen sollen.« Ja, das wäre eine weniger arschlochhafte Vorgehensweise gewesen, im Rückblick betrachtet.

Sie hatte nichts Weiteres zu dem Thema beizutragen, daher streichelte ich sie stumm ein paar Minuten lang, setzte mich dann auf den staubigen Scheunenboden und lehnte mich an ihren Stall. Wir unterhielten uns noch eine Weile, aber ich döste dann schließlich ein. Ihre gleichmäßige Atmung wiegte mich dort, wo ich saß, in den Schlaf, und die Gedanken an Bretts lange Finger auf meiner Haut ließen mich seufzend einschlummern.

DAS WAR EINE SCHLECHTE IDEE.

Was, wenn er mich nicht sehen wollte?

Was, wenn er nicht mit mir reden wollte?

Brett trat durch die Glastür und es war zu spät, um davonzulaufen. Trotz der hellen Sonne, die von jeder glänzenden Oberfläche auf dem Parkplatz reflektiert wurde, entdeckte er mich auf der Stelle – was vermutlich nicht überraschend war, denn ich saß auf seiner Motorhaube. Er blieb kurz stehen, ging aber dann mit undurchdringlicher Miene weiter. Es war einen Tag darauf, als ich aus seiner Wohnung gerannt war, und ich war zum Umfallen müde, nachdem ich herzlich wenig Schlaf bekommen und mein Tag voller Klientenbesuche gewesen war. Aber ich konnte das nicht so hängenlassen. Also setzte ich ein Lächeln auf und winkte ihm zu. Er winkte nicht zurück, aber er zeigte mir auch nicht den Stinkefinger, was ich als vielversprechendes Zeichen wertete.

Er trug ein graues Button-down und eine schwarze Hose, und unter den Augen hatte er dunkle Ringe, die mit Sicherheit meinen glichen.

»He«, sagte ich, als er nah genug war, dass ich nicht brüllen musste.

»He, Liv.« Seine Stimme war leise und das gefiel mir nicht. Er ließ den Blick zur Seite sinken, als er näherkam, und blieb ein paar Schritte von mir entfernt stehen. Abwesend fuhr er sich mit dem Zeigefinger über den Schnauzbart – jenen Schnauzbart, der über meine Oberlippe geglitten war, als wir uns gestern Abend noch wie geile Böcke geküsst hatten. Auweia.

»Wie war die Arbeit?«, fing ich wenig überzeugend an und deutete auf das riesige Backsteingebäude von Centroe hinter ihm.

Er zuckte mit den Schultern. »Wie immer, würde ich sagen.« Er sah mir immer noch nicht in die Augen, daher wusste ich, dass es an der Zeit war, mal ein bisschen weibliche Traute zu zeigen.

»Also äh. Tut mir leid, dass ich dich so überrumple, aber ich muss dich echt um Verzeihung bitten, und ich wollte mich persönlich entschuldigen.« Ich lehnte mich vor und stütze mich auf meinen nackten Knien ab, um meine plötzlich auftretenden Zappelbeine zu stoppen.

Brett sah mich endlich an, die Augen ein wenig zusammengekniffen – wegen der Sonne oder aus Skepsis, da war ich mir nicht sicher. Seine Lippen bewegten sich zur Seite, ehe er sprach. »Es gibt nichts, wofür du dich entschuldigen müsstest.«

Ich atmete durch. »Ich bin eine Närrin gewesen.«

Er schüttelte den Kopf. »Nein, warst du nicht. Ich verstehe schon, Liv. Du hattest einen schweren Tag, milde ausgedrückt, und dann habe ich—«

Ich unterbrach ihn: »Du hast gar nichts getan! Ich hätte nicht sollen – ich meine, weil Troy und ich gerade—«

Er hob eine Hand, er war jetzt an der Reihe und unterbrach mich. »Ich glaube, dass wir einfach vergessen sollten, dass etwas passiert ist.« Er seufzte und seine Hand fiel an seine Seite herab. »Und vielleicht sollten wir das Thema Troy ganz meiden.«

»Du meinst, einfach zurückkehren zu früher, bevor wir …«

»Ja.«

Ich dachte darüber nach. Konnten wir das tun, oder würde der Vorfall auf seiner Couch für immer zwischen uns stehen? Wollte ich überhaupt zurück? Darüber konnte ich noch nicht wirklich nachdenken. Es ging doch darum, dass er offensicht-

lich so tun wollte, als hätten wir diese Grenze gar nicht überschritten, also lag es sowieso nicht an mir.

Ich rang mir ein Lächeln ab. »Okay. Hört sich gut an.«

Er atmete durch und blies die Luft langsam aus.
»Großartig.«

Beide verstummten wir und das war scheiß unangenehm.
Nach einer Minute trat Brett von einem Fuß auf den anderen,
und ich nickte mit dem Kopf, als würde ich eine unausgespro-
chene Frage beantworten. Ich hatte echt keine Ahnung, wie ich
diese Tortur beenden sollte.

Brett, der im gleichen Dilemma steckte, öffnete den Mund,
als ich gerade den meinen aufmachte. Sein »Ich melde mich
dann also später« und mein »Ich werde dich anrufen« kolli-
dierten und ich spürte, wie meine Mundwinkel dieses Mal für
ein echtes Lächeln hochgingen. Seine taten es ebenfalls.

Vielleicht hatte ich doch nicht alles verbockt.

»Du lügst.«

»Das tue ich ganz bestimmt nicht.« Ich schüttelte den Kopf und
sah Brett an, während ich mir den Schuh zuband und die Klänge
frühen Achtzigerjahrerocks, gespickt mit zufälligem Bums und
Knall, in der Luft hingen. »Wenn du willst, rufe ich sie auch an.«

Er stand da und musterte mich, versuchte offensichtlich
herauszufinden, ob ich ihm nur blöd kam. Ich beobachtete ihn
meinerseits aus dem Augenwinkel und stellte fest, wie unfair es
war, dass Brett der einzige auf der Welt war, bei dem Bowlings-
schuhe tatsächlich cool aussahen. Ich war mir sicher, selbst wie
ein Clown auszusehen – und nicht wie so ein cooler böser
Clown, sondern wie so einer von der Allerweltssorte.

Obwohl zwischen Brett und mir seit dieser Nacht in seiner
Wohnung noch nicht alles wieder normal lief, war es nicht ganz

so schlimm gewesen, wie ich befürchtet hatte. Nach unserem Freundschafts-*Reboot* auf dem Parkplatz von Centroe waren wir gemeinsam kurz etwas trinken gegangen und hatten uns über absolut nichts Persönliches unterhalten. Für den Anfang war das schon mal super. Und als er mich anrief, um mich zum Bowling mit den Jungs einzuladen, dachte ich mir, dass wir wieder im echten Freundschaftsland wären. Ich weigerte mich, darüber nachzudenken, wie ich das fand.

Ich setzte mich auf und zog mein Handy aus meiner Tasche. Sobald mein Daumen die Kontaktdaten meiner Mom fanden, drückte ich darauf. Ich tippte auf die Sprechen-Taste und ihre Mailbox antwortete.

»Hier spricht Meili. Ich kann im Augenblick nicht rangehen, hinterlassen Sie mir also bitte eine Nachricht. Ich werde mich dann bei Ihnen melden.«

Ich legte vor dem Piepston auf und spürte, wie mein Mund sich zu einem Grinsen dehnte, als ich Bretts verblüfften Gesichtsausdruck bemerkte. »Der Akzent wird noch stärker, wenn sie ihren VHS-Player hervorholt und einen ONJ-Marathon startet.« Ich schauderte und schob das Handy wieder in meine Tasche. »Gott, den Film musste ich mir mit ihr damals hunderte Male ansehen.«

»VHS kenne ich, aber ONJ?«, warf Bretts Freund Gavin ein, als er zwischen uns glitt und seinen gewählten Ball aus der metallenen Ablage nahm. Zwangsläufig stellte ich fest, dass er ebenfalls unter dem Clown-Problem litt.

»Olivia Newton-John«, erklärte Brett. »Livs Mom hat als Kind Englisch gelernt, indem sie sich *Grease* ansah und ihre Musik anhörte. Sie hat einen australischen Akzent.«

Gavins Brauen zogen sich zusammen, während er seinem besten Freund einen Klugscheißer-Blick zuwarf. »Wie man mir sagt, haben den die meisten Menschen in Australien.«

»Nein. *Missiz Sun* hat einen australischen Akzent. Nicht

Olivia Newton-John. Also die auch.« Brett klang verzweifelt. »Du weißt schon, was ich meine.«

»Ernsthaft?« Gavin neigte den Kopf und seine braunen Haare sahen fast so strubbelig aus, wie Bretts immer waren. Er war gute vier oder fünf Zoll größer als Brett und er wirkte eher wie eine coole Sportskanone im Vergleich zu Brett, dem Typen lässiger Rocker gekreuzt mit einem Lumbersexuellen. Auf dem Papier wäre Gavin genau mein Typ gewesen, dennoch hatte ich ihn kaum beachtet, seit ich ihn vor zwanzig Minuten kennengelernt hatte. »Ach, *das* ist ja seltsam.« Gavins Stirn legte sich in Falten.

»Glaub mir, dass ist mir bewusst. Unbestreitbar noch seltsamer ist, dass sie kein Problem damit hatte, ihrer Tochter den Eindruck zu vermitteln, dass die Jungfräulichkeit eines Mädchens etwas Lästiges ist, dass man so rasch wie möglich loswerden sollte – vorzugsweise indem man sich in schwarzes glitzerndes Elastan hüllt und mit John Travolta davonfährt, um es in der Wolke zu tun.«

Brett und Gavin warfen mir beide einen schiefen Blick zu. Offensichtlich hatten sie *Grease* noch nie gesehen.

»Was ist eine Jungfräulichkeit?« Das kam von Gavins Neffen, von dem ich irgendwie vergessen hatte, dass er in Hörweite war. Hoppla.

»Das hat was mit Gott zu tun.« Brett und Gavin antworteten gleichzeitig, und der Junge, der Rocco hieß, zog nur die Nase kraus und ging weg, um sich einen Bowlingball auszusuchen.

Brett beantwortete meine Frage, ehe ich sie stellen konnte. »Er hasst den Kirchgang. Wenn er jetzt eine Frage stellt, die uns in Schwierigkeiten bei seiner Mom bringen könnte, sagen wir ihm einfach, dass es etwas mit Gott zu tun hat. So wissen wir, dass er es nie wieder erwähnen wird.«

Ich schüttelte langsam den Kopf. »Das ist in so mannigfacher Hinsicht falsch, dass ich gar nicht weiß, wo ich anfangen soll.«

Brett grinste nur und klatschte in die Hände. »Du solltest dir eher Sorgen machen, wie hoch du dieses Spiel verlieren wirst.«

»Du bist sowas von fehlgeleitet, dass es schon wieder hinreißend ist«, erwiderte ich und schritt davon, um mir meinen eigenen Ball auszusuchen. Es wäre perfekt gewesen, wäre ich nicht wegen dieser verdammten Bowlingschuhe beinahe ausgerutscht und auf dem Arsch gelandet. Bretts Kichern verfolgte mich und ich ignorierte ihn absichtlich.

Rocco war als Erster dran, und die automatische Bande kam hoch, um den Ball von der Rinne fernzuhalten. Er war gerade mal sieben, ungefähr, wog vielleicht fünfzig Pfund und hatte dunkelbraune Haare und ebensolche Augen. Und was ihm an Präzision fehlte, machte er mit Enthusiasmus wett. Er jubelte, als sein Ball wie beim Ping-Pong an die Bande schlug und schließlich ein paar Pins abräumte. Alle klatschten ab, als er mit einer Sieben endete.

Die Bande kam runter und ich war an der Reihe. Ich war nicht die beste Bowlerin, aber unter Druck war ich immer schon gut, daher machte ich mir keine großen Sorgen. Ich fing mit einem Split an, schaffte es aber, ihn mit meinem zweiten Ball in einen Spare zu verwandeln. Vielleicht tänzelte ich ja ein wenig auf dem Weg zurück zu den Sitzen, während Gavin mit mir abklatschte und Brett mich nur aufmerksam musterte. Seine ernste Miene brachte mich zum Lachen.

»Ich werde euch mal zeigen, wie man das macht«, neckte uns Gavin, der vor seinem Wurf eine lächerliche Show aufführte. Rocco warf den Kopf zurück und lachte, wobei mindestens drei Zahnlücken zum Vorschein kamen. Gavin warf neun Pins bei seinem ersten Wurf, wurde aber bei seinem zweiten zu großspurig und warf direkt in die Rinne, sehr zu Roccos Freude.

Brett schien nichts davon mitzubekommen. Er ging mit seinem Ball lässig zu der Bahn hin, und er machte keinerlei spöttische Bemerkungen. Anscheinend war er auf dem

Boden der Tatsachen angekommen und wusste bereits, was die Stunde geschlagen hatte. Er zog an dem kleinen Plug in einem seiner Ohrläppchen und wiegte seinen Kopf hin und her, ehe er ohne Umschweife den Ball direkt in der Mitte der Bahn warf. Die Pins fielen, sobald der Ball in den ersten Pin fuhr, was ihm einen Strike einbrachte. Gavin ächzte, Rocco jubelte und Brett drehte sich stumm zu uns um und steckte die Hände in die Taschen, als hätte er es uns nicht gerade gezeigt. Dann nahm sein Gesicht langsam den selbstgefälligsten Ausdruck in der Geschichte der Menschheit an, während er so steif zu den Sitzen zurückstolzierte, dass ich Angst hatte, er könnte sich die Hüfte brechen. Ich versuchte, entsetzt dreinzusehen, aber mein Lachen kam durch und ich musste mir die Augen abwischen, als er sich dann endlich auf den Sitz neben mich niedersinken ließ.

»Du bist ein Idiot.« Mein Bauch tat mir weh, so sehr musste ich lachen.

Er zwinkerte mir zu und seine Lippen trennten sich und bildeten ein einseitiges Lächeln. Mein Bauch krampfte wieder, diesmal aber nicht vom Lachen.

Ich: Würde es dich interessieren, an deiner Töpfertechnik zu arbeiten?

Brett: *Ist das eine Fangfrage?*

Ich grinste mein Handy an, das auf der Griffstange meines Einkaufswagens balancierte.

Ich: Vielleicht.

Brett: *Erkläre dich, Weib.*

Ich: Ich arbeite an meiner Persönlichkeitsentwicklung und ich finde, dass du mich begleiten solltest. Tonwerfen soll sehr therapeutisch sein, hat man mir gesagt.

Brett: *Nicht sicher, dass ich diese Art von Therapie brauche, aber du solltest das absolut machen.*

Ich parkte meinen Wagen vor dem Gondelkopf voller Kekse und fuhr mit dem Daumen über mein Handy.

Ich: *Bitte, um Gottes willen, hilf mir doch. Eine meiner Kundinnen hat mich überredet, an diesem Töpferkurs teilzunehmen, und ich brauche Verstärkung.*

Das hatte ich nun davon, dass ich endlich meine Freunde-finden-Kampagne durchgeführt hatte. Ich war so gar nicht der Typ Frau, der töpfert, aber Angie und ihr entzückender Terriermischling hatten mich irgendwie dazu überredet, morgen Abend »die Töpferin in mir zu entdecken«. Ich war mehr als nur ein bisschen in Angst und Schrecken.

Brett: *So unterhaltsam sich das auch anhört, ich muss leider passen. Ich habe schon etwas vor. Und das ist nicht mal gelogen.*

Darüber war ich mehr enttäuscht, als ich hätte sein sollen. Wir hatten uns ziemlich regelmäßig getroffen und Textnachrichten geschrieben, und basierend auf meiner Inklusion beim »Männerbowling« wusste ich, woran ich war. Daher entschied ich mich, meine Enttäuschung bei diesem beängstigenden therapeutischen Exkurs, der da in Sicht war, unter Angst zu verbuchen und sonst nichts.

Ich: *Okay. Keine große Sache.*

Brett: *Ich werde aber in meinem Kalender einen Termin für Ziegenyoga freihalten, falls das nächstes Wochenende ansteht.*

Ich: *Haha. Herzlichen Dank.*

Brett: *Gerne. Wir reden später nochmal.*

Ich steckte mein Handy wieder in die Tasche, schob meinen Einkaufswagen durch den Gang mit den Chips und widerstand der Versuchung, etliche Tüten in meinen Wagen zu legen. Salat brauchte ich. Nicht Chips.

Ich nahm gerade ein paar Veränderungen vor, und gesünderes Essen stand auf der Liste. Eine bessere Wahl zu treffen war generell das Ziel, da ich neulich herausgefunden hatte, dass ich wirklich *echt* beschissene traf – wie zum Beispiel mit einem Arschloch wie Troy zu gehen.

Es waren fast zwei Wochen vergangen, seit Troy und ich uns getrennt hatten – oder besser gesagt, seit ich aufgehört hatte, von ihm Notiz zu nehmen. Wie vorhergesehen, hatte er sich redlich bemüht, mein Wohlwollen zurückzugewinnen, wobei es ihm vornehmlich gelang, weitere Beweise dafür zu liefern, wieso ich seine Vollpfosteneigenschaften von vornherein hätte erkennen sollen.

Es genügt zu sagen, dass Troy sich nicht kampflos geschlagen geben wollte. Er war gar nicht erfreut gewesen, als er feststellte, dass ich die Schlösser hatte austauschen lassen, jedenfalls hat sein Hämmern an der Tür darauf hingewiesen. Dann kam er und nervte mich bei der Arbeit – mehrmals –, was mich total angepisst hat. Ich meine, wenn er Sex mit anderen Frauen hatte, warum wollte er mich dann unbedingt zurückhaben? Das ergab für mich keinen Sinn. Ich weiß, dass er mich ganz hübsch findet, aber es ist nicht so, als wäre meine Vagina aus Gold oder so. Da ich nicht sehr oft eine Arztgehilfin dahatte, konnte er mich in meinem Büro bedrängen. Glücklicherweise gab es aber eine Seitentür, daher konnte ich ihn stehenlassen und Verstärkung rufen. Einmal, als Joey auftauchte, um mir zu helfen, ist Troy ihn angegangen, sodass ich befürchten musste, dass es zu einer richtigen Schlägerei draußen auf dem Bürgersteig vor meinem Gebäude kommen würde. Danach musste ich eine Türglocke an meinem eigenen verdammten Büro installieren. Ich wollte nicht, dass mein Leben in so einer Reality-Show-Abwärtsspirale außer Kontrolle geriet. Das hatte ich nicht nötig, denn ich war was Besseres. Oder zumindest hoffte ich das.

Also ging es weiter zu den Salaten. Als ich mich gerade dafür loben wollte, dass ich es zu den Frischwaren geschafft hatte, ertönte wieder eine Mitteilung. Ich dachte mir, es wäre

SO WIE DU BIST · 103

Haley, die mir das Neueste über den Professor Nerdboy
schrieb, doch es war wieder Brett.

*Brett: He nochmal. Welches Restaurant ist nicht zu nobel und
eignet sich für ein erstes Date? Ich bin eine Niete bei sowas.*

Meine Füße froren am Industrieboden fest. Ich starrte auf
das Handy und musste schwer schlucken. Ich spürte auch, wie
ich kreidebleich wurde. Was geschah mit mir?

Während ich die Nachricht noch einmal las, atmete ich tief
durch, damit mir nicht irgendetwas Blödes passierte, etwa ein
Ohnmachtsanfall über dem Bio-Bananen-Arrangement im
Lowes Food. Brett fragte mich um Rat, wo er eine Frau zum
Essen hinführen sollte.

Und warum auch nicht? Schließlich waren wir nur befreundet. Nichts war geschehen zwischen uns, das auf etwas anderes
hindeuten würde – oder zumindest taten wir so. Langsam bekam
ich das Gefühl, dass ich ein wenig in Schwierigkeiten steckte.

Meine Daumen fühlten sich an, als hingen sie nicht an
meinem Körper, während sie über mein Handy glitten und eine
Antwort tippten, die der Rest von mir nicht geben wollte.

*Ich: Lindley Park Filling Station ist ziemlich gut, und es ist recht
zwanglos dort.*

Brett: Alles klar. Danke!

Meine Antwort war automatisch gekommen, aber mein
Herz klopfte bei jedem getippten Buchstaben. Ein Bild von
dieser Ginger tauchte in meinem Kopf auf und ich wollte mit
einer Nadel die Luft aus ihre Dingern rauslassen.

Ich: Gern geschehen.

Brett hatte also morgen ein Date. Und ich war es nicht. Das
war amtlich. Ich befand mich nicht nur in Schwierigkeiten, ich
befand mich bis zur Taille in einem Haufen *Ach, Scheiße*. Wie ich
das wieder reparieren wollte, war mir ein Rätsel. Ich wusste
nur, dass man als ersten Schritt an der Frischware vorbei und
direkt zurück zum Gang mit den Chips ging.

Das Schlachtfeld verhandeln

BRETT

»KANN NICHT SEIN, dass der ein Date hat.«

Ich sagte Emerson, sie solle still sein, und lehnte mich an den Tresen. »Lass den Scheiß. Was ein Kerl sicher nicht braucht am Abend seines ersten Dates ist eine Schwester, die herumflennt.«

»Tut mir leid. Es ist nur eben ein Meilenstein und ich freue mich für ihn. Und ich bin nervös. Was ist, wenn sie ihm das Herz bricht?« Ihre Stimme ging eine Oktave nach oben.

»Das ist ein Abendessen. Sie wird keine Zeit dazu haben, ihm irgendwas zu brechen.« Ich schüttelte den Kopf und sah Emerson zu, wie sie eine Zwiebel schnitt. Sie kochte Abendessen für Gavin und mich – wahrscheinlich, um sich von ihrer ungesunden Obsession mit dem ersten großen Ereignis im Liebesleben ihres kleinen Bruders abzulenken. Was sie nicht wusste, war, dass sich die erste Romanze im Leben eines Teenagers zwischen seinem Schwanz und seiner Hand abspielt. Ich wollte jedoch nicht derjenige sein, der das zum Thema machte.

Aber das angespannte Interesse seiner Schwester war genau das, weshalb Jay nicht bei ihr Rat gesucht hatte, wenngleich es schon gar keine gute Idee gewesen war, mich zu fragen, wo man ein Date hinführte. Ich hing im Jake's ab, was er sehr gut wusste. Angesichts dessen, dass er noch in der Highschool war, kam eine Bar jedoch nicht infrage – außer er wollte, dass die Eltern seiner Begleitung seine aufstrebende Baseball-Karriere mit einem oder zwei gebrochenen Armen beendeten. Glücklicherweise hatte Liv einen tollen Vorschlag gemacht, daher war Jay für den Abend vorbereitet.

Mittlerweile mühte ich mich verdammt ab wegen der ganzen Liv-Sache. Ein Teil von mir war froh, dass ich sie wieder zur Freundin hatte – eine, die ich wegen so Sachen wie Ratschlägen fürs Dating für meinen jungen Freund anrufen konnte. Aber der andere Teil sehnte sich nach mehr. Viel mehr. Dieser Teil schrie mich an, ich solle sie mir holen, scheißegal, welche Folgen das hatte.

Als sie letzte Woche bei meinem Büro erschienen war, hatte ich nicht gewusst, womit ich rechnen sollte. Ich war geneigt gewesen, so zu tun, als hätte ich sie nicht gesehen, für den Fall, dass sie dort war, um mir zu sagen, dass sie die Stadt verlassen oder sich wieder mit Troy Arschgesicht versöhnen wollte. Aber sobald die Worte »Es tut mir leid« ihren Mund verlassen hatten, kam mir nur mehr in den Sinn, wie sehr ich alles mit ihr erhalten wollte – selbst wenn das hieß, dass ich sie nie mehr schmecken würde oder spüren würde, wie sie ihre erhitzte Mitte auf mich drückt. Oder die Gelegenheit bekommen würde, sie eine Stunde oder zehn anzustarren, wenn sie nackt war, wie ich mir das so verzweifelt wünschte.

Ich wollte nicht, dass sie unser Treffen bereute. Ich wollte auch nicht, dass sie es bereut, mir überhaupt begegnet zu sein. Aber ich konnte mich ebenso nicht in die Position bringen, nur irgendein Mann zu sein, mit dem sie einmal ein kurzes Verhältnis gehabt hatte.

Aus dem Augenwinkel entdeckte ich eine große Gestalt, die sich im Flur an der Wand unbemerkt vorbei zu schleichen versuchte. Ich biss mich in die Innenseite meiner Wange, um nicht lächeln zu müssen, und beschloss, dem Kind einen Gefallen tun. »Ist das ein neues Bild?« Ich deutete hinter Emerson und sie drehte sich zu dem Foto um, auf das ich gezeigt hatte. Ich blickte über meine Schulter und sah, wie Jay mir mit einer Kinnbewegung dankte und sich dann zur Eingangstür hinausschlich.

Emerson drehte sich wieder um, ihr rotbraunes Haar wippte. »Du hast dieses Bild schon hunderte Male gesehen.« Der unverkennbare Klang eines startenden Automotors ertönte von draußen, woraufhin ihr der Mund auffiel. »Ich fasse dich nicht!« Sie bewarf mich mit einem Geschirrtuch und ich musste unweigerlich lachen.

»Wenn du sie verärgerst, kocht sie vielleicht nicht für dich. Nur ein Ratschlag.« Gavin spazierte in die Küche und gab Emerson einen kleinen Kuss auf die Lippen.

»Du solltest auf ihn hören. Er weiß, wovon er spricht.« Sie zeigte mit ihrem Messer auf mich und ich warf die Hände zur Ergebung in die Höhe.

»Tut mir leid, aber wir Singlemänner müssen zusammenhalten.«

Gavin lachte leise und ging zum Kühlschrank. »Jay hätte es viel schlimmer treffen können, denke ich. Lass ihn bleiben und mitessen, Ace.«

»Na schön. Aber ich will eine Zusammenfassung, wenn Jay nach Hause kommt, und davon wirst du mich nicht abhalten.« Sie hob ihr Kinn und hielt mit ihrem vermutlich besten knallharten Anwaltsblick dem meinen stand.

Jay wohnte bei seiner Schwester, während seine Eltern die Stadt verlassen hatten, um an so einem Hippie-Kunsthandwerksmarkt oder sowas teilzunehmen. Ich würde ihr jetzt nicht verraten, dass er sich noch mehr verdünnisieren würde, wenn er dann wieder zu Hause war. Stattdessen ließ ich sie in ihrem Glauben, solange ich dadurch zu einem selbstgemachten Essen kam.

»Leg los«, erwiderte ich, woraufhin sie mit ihrem Schnippeln weitermachte.

Ich dachte, wir wären fertig damit, doch dann pausierte ihr Messer auf dem Schneidbrett. »Du weißt, dass du immer auch gerne eine Freundin mitbringen kannst, wenn du herkommst.«

Gavin ächzte vom Kühlschrank aus, in dem er mit dem Kopf steckte.

»Äh. Okay.«

Sie legte das Messer abermals ab. »Es ist nur so, dass ich nicht gehört habe, dass du irgendjemanden erwähnt hättest seit deiner Freundin mit dem fremdgehenden Freund.«

»Was soll diese ganze Einmischung? Das ist doch eher Fionas Stil.« Gavin nahm wieder die Position meines besten Freundes ein, indem er für mich die Defensive übernahm.

Emerson schüttelte den Kopf und sah ein wenig schockiert drein. »O Gott. Es hat auf mich abgefärbt.« Ihre Mundwinkel gingen nach unten und sie legte beide Hände flach auf den Tresen. »Tut mir leid, Brett.«

Ich tat es mit einer Handbewegung ab. Ich hatte mit niemandem außer Gavin über Liv oder die ganze Angelegenheit mit Troy gesprochen, und was ich keinesfalls brauchen konnte, war wieder in so einen Familienrat hineinzugeraten, bei dem die Frauen immer nur »helfen« wollen – oder wie wir Laien es nennen: »sich einmischen«. Soweit die wussten, hatte ich Liv überhaupt nicht mehr auf dem Schirm. Sie konnten nicht falscher liegen.

Eine Stunde später, den Bauch mit Flankensteak und Röstgemüse vollgeschlagen, saß ich auf Emersons Terrasse, ein Bier vor mir, Gavin gegenüber am Tisch. Emerson hatte immer zehn Dinge gleichzeitig zu erledigen, und heute Abend war es nicht anders. Durch die gläserne Terrassentür konnte ich sie drinnen auf der Couch sehen, wie sie das Handy am Ohr und den Laptop geöffnet am Couchtisch stehen hatte.

Gavin folgte meinem Blick. »Es ist, als wären wir bloß ein Trockner voll Socken und sie haben es sich zur Pflicht gemacht, für jeden einzelnen den passenden zweiten zu finden«, sagte er. »Jetzt sind sie hinter Ari her. Ich glaube, sie versuchen, sie mit Jax zusammenzubringen.«

»Du lieber Gott. Der arme Teufel wird nicht wissen, wie ihm geschieht.«

Emersons Freundin Ari war … na ja, sie war Vieles, aber eine lässige Freundin, dachte ich mir, gehörte nicht dazu.

»Aber geht die nicht immer mit Arschlöchern aus? Das würde Jax irgendwie ausschließen.« Er war Fionas Chef, ein komplett entspannter Typ und nach meiner Berechnung ungefähr zehn Jahre älter als Ari.

Gavin warf den Kronkorken in einem perfekten Bogen in die steinerne Feuergrube neben der Terrasse. »Soweit ich das beurteilen kann. Wieso müssen manche Frauen immer Arschlöcher wählen? Ich meine, ich kann das auf Anhieb erkennen, wenn jemand ein Arschloch ist. Das ist keine Raketentechnik.«

Ich rutschte auf meinem Stuhl herum. »Vermutlich aus demselben Grund, weshalb ich immer oberflächliche und untreue Frauen date.« Wie es schien, hatten Liv und ich zumindest die Gemeinsamkeit des fürchterlichen Geschmacks bei ,besseren' Hälften.

Gavin hob sein Bier hoch und zeigte damit auf mich. »Aber jetzt nicht mehr.«

»Ja.« Nicht, dass es wahrscheinlich gewesen wäre, dass ich in der nahen Zukunft jemanden daten würde, wo ich doch Liv im Kopf hatte. Und auf meinem Handy. Und neben mir im Bowlingcenter sitzen. Es war nicht so, dass ich es ihr übelnahm, dass sie meine Gefühle nicht erwiderte. Und ich hätte mich wahrscheinlich zu ihrem Lückenbüßer hocharbeiten können, aber ich hatte genug davon, ein Fußabstreifer zu sein.

Das war der alte Brett. »Nie wieder.« Und das war meine volle Absicht.

»Bist du bei Liv noch immer in der Kumpelzone?«

»Eindeutig.« Ich nahm einen großen Schluck von meinem Bier.

»Tut mir leid, Mann.« Gavin lehnte sich auf seinem Stuhl zurück.

Ich schaute mich um, auf die teuren Gartenmöbel und den gepflegten Garten und fragte mich abermals, wie zum Teufel mein bester Freund es geschafft hatte, eine erfolgreiche Anwältin klarzumachen, die fünf Jahre älter war als er.

»Ja. Die Sache ist die, dass ich lieber mit ihr als Freund abhänge, als überhaupt nicht mit ihr abzuhängen. Wenn das alles ist, was ich kriegen kann, dann nehme ich es.« Ich zog noch einmal an meinem Bier, die kalte Flüssigkeit glitt geschmeidig meinen plötzlich trockenen Rachen hinunter.

»Scheiße.« Gavin stellte seine Flasche klirrend auf den Tisch.

»Was ist?«

»Das bedeutet, dass es schlimmer ist, als ich dachte.«

Was in aller Welt sollte ich dazu sagen? Er hatte absolut recht. Wenn das so weiterging, würde ich nie wieder flachgelegt werden. Stumm entschuldigte ich mich bei meinem Schwanz und dachte daran, mich zu besaufen.

»Okay, gehen wir.« Gavin schob seinen Stuhlt zurück und stand auf.

»Wohin gehen wir denn?«

»Na wohin glaubst du?«

Also das war die Art von Therapie, mit der ich einverstanden war. Ich stellte mich locker hin, richtete meinen Griff und wartete auf das Losfeuern. Die Maschine schepperte und der Ton hallte in der freien Luft, bevor der Ball auf mich zugeflogen kam. Ich zog mit dem Schläger durch und traf, sodass der Ball mit einem *Klatsch* in die Matte am Ende des Käfigs flog.

Es war schon viel zu lange her, seit ich mir das letzte Mal Zeit genommen hatte, in den Käfig zu steigen, und es war typisch für Gavin, dass er wusste, wo wir heute Abend hingehen mussten. Seit wir vierzehn waren, hatten wir Bälle geschlagen, während wir uns Geschichten erzählt und uns gegenseitig beleidigt hatten, uns über Mädchen unterhalten und mit mehr als nur ein paar fiktiven Eroberungen geprahlt hatten. Zwar wussten wir immer, dass der andere Scheiße laberte, aber das gehörte zum Befreundetsein.

»Mann, der war gut.« Gavin tippte sich an den Helm.

Es kam nicht oft vor, dass ich jemanden mit meinem Sporttalent beeindruckte. »Fick dich. Hör auf, mir um den Bart zu gehen.«

»Ich gehe dir nicht um den Bart.« Gavin ächzte, als ich seinen nächsten Ball traf.

»Doch, tust du. Und wenn du nicht fokussierst, wirst du einen ins Gesicht bekommen und ich werde deiner Freundin erklären müssen, wieso du so sauhässlich bist.«

So gut Gavin als Freund auch sein mochte, es war nie ein Geheimnis gewesen, dass er der Star und ich nur sein Handlanger war. Und das war okay. Ich hatte nie das Bedürfnis gehabt, im Mittelpunkt zu stehen, und ich war dankbar für das, was das Leben mir beschert hatte. Größtenteils. Aber es würde sich bestimmt gut anfühlen, nicht nur etwas Gutes, sondern auch etwas Tolles zu haben. Etwas, das mir gehörte und nur mir. Vielleicht traf mich deswegen die Sache mit Liv so schwer. Mein Bauchgefühl sagte mir, dass sie und ich das haben konnten.

Ich merkte nicht, dass Gavin einen Schalter umgelegt hatte und mich durch den Käfig hindurch anschaute, bis er seine Stimme erhob. »He.«

»Was ist?« Ich tippte mit dem Schläger auf die Plate.

»Hat dir schon mal jemand gesagt, dass du ein selektives Gedächtnis hast?«

Ich sah ihn fragend an, wunderte mich, ob er nicht vielleicht doch einen auf die Rübe bekommen und ich das soeben verpasst hatte. Er krallte sich mit der freien Hand an den Maschendrahtzaun, um mich wissen zu lassen, dass er noch nicht das letzte Wort gesprochen hatte. Ich ignorierte ihn und holte für meinen nächsten Schlag aus. Ich erwischte den Ball tief und er poppte hoch, sodass ich mich ducken musste, während Gavin völlig still dastand und nicht einmal zuckte.

»Ich weiß ganz genau, was du denkst, Mann«, fuhr er fort. Ich stellte mich wieder

aufrecht hin und legte meinen Schalter auf Aus. Wenn er unbedingt wie eine Teenagerin quasseln wollte, dann würde ich mich dabei nicht niederballern lassen. »Muss ich dich daran erinnern, was für ein Loser ich vor ein paar Jahren war?«

Ich stützte mich auf meinen Schläger und spürte, wie ein Schweißtropfen unter meinem Helm hervor meinen Hals hinuntertropfte. Jetzt, wo er es erwähnte, doch, er war eine Weile irgendwie jämmerlich gewesen. Nicht, dass ich ihm das wirklich vorwarf. Er war auf dem Weg zu den Majors gewesen, als er sich den Arm versaute und irgendwie die Wände hochging.

Er zog seine Finger vom Zaun ab und deutete auf seine Brust. »Ich war ein Versager. Schlicht und einfach.« Seine Finger wechselten die Richtung und nagelten mich fest. »Du gibst niemals auf. Nicht ein einziges Mal habe ich miterlebt, dass du etwas aufgegeben hättest.«

Was sollte das denn werden? Eine Aufmunterungsrede von meinem Dad? »Danke, Papa. Ich werde es mir merken.«

»Arschloch.« Gavin grinste mich an. »Aber im Ernst. Du hast mich aus meiner persönlichen Selbstmitleidsorgie heraus-geholt, und das werde ich dir nie vergessen. Du hast nicht zugelassen, dass ich aufgebe, und das werde ich verdammt noch mal bei dir auch nicht tun.«

Ich beäugte ihn und zog eine Braue hoch. »Hat die Geschichte auch eine Moral, oder muss ich raten?«

Er zeigte mir den Stinkefinger.

»Du darfst dieses Kumpelzonen-Ding nur als vorübergehenden Rückschlag betrachten. Mag sein, dass du die Schlacht verloren hast, aber du gewinnst den verdammten Krieg, mein Freund. Liv wird nicht wissen, wie ihr geschieht.«

Bei dieser Zuversicht in der Stimme und dem erwartungsvollen Gesichtsausdruck brach ich in Gelächter aus. Gavin hatte nicht einmal den Anstand, verdrossen dreinzuschauen. Schließlich schüttelte ich nur den Kopf und dann gingen wir beide zurück zur Plate und vernichteten noch ein paar Würfe. Denn das war Baseball, und das war heilig.

MAN KONNTE SIE NICHT ÜBERSEHEN. Nicht nur wegen des strahlenden Lächelns und der glatten goldenen Haut, die ihr schulterfreies Oberteil offenbarte, sondern auch, weil sie die einzige Person im Foyer war, die eine zweihundert Pfund schwere Dogge bei sich hatte.

Ich spürte, wie mein eigenes wiederkehrendes Lächeln wuchs, als ich auf sie zuging.

Sie biss sich auf die Lippe, als ich ankam. »Tut mr leid, aber ich musste ihn mitnehmen. Es ist zu heiß, um ihn im Auto zu lassen.«

Ich lachte leise, während sie den Passanten verlegen kurz zuwinkte, als diese sie und Tambo neugierig beäugten. »Das ist kein Problem. Es ist meine Schuld, dass ich dich so kurzfristig gebeten habe. Nochmals danke, dass du das machst.«

Ein Team von uns hatte rund um die Uhr an dieser Verkaufspräsentation gearbeitet, die wir morgen vor einem

Marketingleiter halten mussten, und wir waren bei einem bestimmten Problem hängengeblieben, bei dem es um das heikle Thema der Tierversuche ging. Das Team war zweigeteilt, ob wir Aspekte davon in unserem Vortrag inkludieren sollten, und uns lief langsam die Zeit davon. An diesem Nachmittag war mir eingefallen, dass Liv vielleicht Licht in die Angelegenheit bringen konnte, denn sie war die fachkundigste Stimme, was Tiere betraf, die ich kannte. Sie hatte sich sofort, als ich sie angerufen hatte, bereiterklärt, vorbeizukommen und es sich anzusehen.

»Komm.« Ich deutete ihr und Tambo, mir zu einem Konferenzraum am Ende des Flurs zu folgen. Ein riesiger Tisch füllte den Raum aus, jeder Zentimeter der Oberfläche war mit Unterlagen, Fotos, leeren Kaffeebechern und sogar ein paar dösenden Köpfen von Teammitgliedern bedeckt.

»Alle mal herhören, das ist Dr. Olivia Sun. Liv, das sind sie alle.« Ich deutete auf das Team erschöpfter und zerknitterter Bürosklaven.

Sie erhielt ein paar Hallos und Winker, die sie erwiderte, aber Tambo erhielt den größten Teil der Aufmerksamkeit von der Gruppe, was er genoss, als wäre er tagelang vernachlässigt worden. »Also, worum geht's?« Liv stürzte sich sofort hinein.

Ich deutete auf einen Stuhl. »Es ist die Art der Testungen, bei der wir uns nicht sicher sind. Wie Sie sicher wissen, ist Testen nicht neu, und angesichts seiner polarisierenden Wirkung bei den potenziellen Kunden, müssen wir haargenau feststellen, was gewisse Teile dieses Blablas bedeuten sollen.« Ich zeigte ihr die Seiten mit der Dokumentation, was für uns alle chinesisch war. Es gab einen Grund, wieso wir im Marketing und nicht in der Forschung arbeiteten. Vieles von dem Material betraf Marken, aber diese Berichte waren öffentlich zugänglich, es war also keine besondere Sache, einen Außenseiter miteinzubeziehen. Die Tatsache, dass sie zufälligerweise auch das Objekt meiner geilen Fantasievorstellungen war, war etwas, das ich vor meinen Teamkollegen verbergen würde.

Sie suchte sich einen Sitzplatz und schlug die erste Seite um. Ich sah zu, wie sie sie überflog und zur nächsten weiterging. Ihre Lippen bewegten sich, während sie las, und diese leichte Bewegung faszinierte mich. Ich konnte mich nur noch an meine Lippen erinnern, wie sie auf ihren gewesen waren. Wie sie geschmeckt hatte, wie sie geklungen hatte, als sie in meinen Mund stöhnte.

Scheiße. Ich musste damit aufhören, sonst blamierte ich mich in der Arbeit. Ich brauchte Schlaf. Ich brauchte Kaffee. Ich musste mir wahrscheinlich auch einen runterholen, wenn ich nach Hause kam.

»Okay, da.« Liv zeigte auf eine Stelle in der Mitte der Seite und wandte mir den Blick zu. Ich blinzelte und schaffte es, meinen Blick von ihrem Mund loszureißen, um ihr in die Augen sehen zu können. Bildete ich mir das nur ein, oder röteten sich ihre Wangen? Ich wurde langsam verrückt. Sie räusperte sich und fing erneut an. »Hier. Dieser Satz erklärt zum Teil die Versuchsanordnung.« Sie sprach und las weiter vor, und sie erklärte dabei ganz genau, was das Labor machte. Als sie fertig war, stellten wir erleichtert fest, dass die Versuche minimal und nichtinvasiv waren. Der leitende Angestellte müsste sich deswegen keine Sorgen machen und wir konnten es aus unserem Vorschlag heraushalten.

Alle dankten Liv und ich begleitete sie und ihren Hund hinaus zum Parkplatz. Es war nach fünf und der Platz leerte sich gerade, Autos suchten sich ihren Weg an uns vorbei. Ich zog sie zur Seite. »Du bist ein Lebensretter. Wir sind alle schon gehirn-amputiert und das war das letzte Stück.«

»Jederzeit gerne.« Sie lächelte und zog Tambo an der Leine zu sich.

»Ich werde dich zum Essen einladen oder sowas, um mich richtig zu bedanken.« Ohne nachzudenken fuhr ich fort: »Vielleicht werde ich dich ins Lindley Park Filling Station führen.« Innerlich zuckte ich zusammen, denn ich hatte zu spät bemerkt, dass es sich anhörte, als würde ich sie zu einem Rendezvous einladen, wo wir doch vereinbart hatten, nur Freunde sein zu wollen.

Und nach der Reaktion in ihrem Gesicht zu urteilen war sie offensichtlich zum gleichen Schluss gekommen. Wenn ich mich nicht irrte, war ihr Gesichtsausdruck sogar einer des Entsetzens, ehe sie ihn bändigte und zurückwich. Aua. Sie zog an Tambos Leine und bot ein lustloses Lächeln auf. »Ich muss los. Viel Glück bei der Präsentation.«

So viel zu dem Krieg, den ich gewinne. Ich glaube, sie hätte sich nicht schneller zurückgezogen, wenn ich eine pockenverseuchte Decke anstatt eines Abendessens angeboten hätte. Scheiße.

Nie ist ein Markierstift oder eine Besenkammer in der Nähe, wenn man sie braucht

~⚬~

LIV

»ICH VERSTEHE ES SCHON, wenn du nicht mitkommen willst.«

Ich warf das T-Shirt in den Karton und starrte Joey an. »Ich werde hinkommen. Ich habe schon viel zu viele Spiele verpasst, weil ich Troy aus dem Weg gehen wollte, ich werde dieses nicht verpassen.«

Ich hatte drei Heimspiele ausgelassen, bei denen ich hätte sein können, denn ich hatte Troys blödes Gesicht nicht sehen wollen, doch nun war es an der Zeit, dass ich mich zusammennahm und meinen Cousin und mein Team unterstützte. Das würde ich mir von Troy nicht wegnehmen lassen. Wenn er auch einen Teil meiner Würde gestohlen hatte, Baseball kriegte er nicht.

Eine Wasserflasche aus Edelstahl und eine Ausgabe von *Men's Health* wanderten als nächstes in die Box. Ich guckte zu Joey hoch und sah, dass er sich am Nacken rieb, die Stirn in Falten war und seine Mundwinkel unten. Er sah müde aus.

Und er hatte einen Haarschnitt nötig, sonst würden ihn die Leute noch für einen asiatischen Jesus halten.

Obwohl Joey sich weigerte, darüber zu reden, schloss ich daraus, dass die Troy-Situation auch auf dem Feld für Reibereien sorgte. Als ich versuchte, es zu erwähnen, ging er immer darüber hinweg, aber die Zahlen logen nicht und das Team hatte Verluste erlitten, seit Troy und Joey wegen mir aneinandergeraten waren.

Es war an der Zeit, dass ich es reparierte, und sollte das bedeuten, dass ich so tun musste, als wäre das mit Troy ein alter Hut oder Schnee von gestern, dann würde ich das für Joey auch tun. Und, um ehrlich zu sein, war Troy mir auch völlig scheißegal. Sicher tat es weh, angelogen und betrogen zu werden, aber wenigstens war ich rechtzeitig draufgekommen und konnte mit meinem Leben verdammt noch mal weitermachen. Die einzigen wahren Gefühle, die ich für diesen Kerl noch hatte, waren Wut und eine starke Neigung, ihn in die Eier zu treten.

»Sind das deine oder seine?« Ich hielt Joey ein Paar Socken zur Inspektion hin.

»Seine«, erwiderte er. »Ich habe dich die ganze Saison lang nicht gebeten, die Wäsche für mich zu waschen.« Mein Cousin sah seltsam selbstzufrieden aus, als wäre das Waschen der eigenen Wäsche eine Leistung, die öffentlich gelobt werden müsste.

Die Socken wanderten in die Box, zusammen mit all dem anderen Kram, der Troy gehörte und der sich bei mir angesammelt hatte. Ich hatte schon überlegt, alles in den Müll zu werfen, aber ich beschloss, stattdessen zu versuchen, mich bei der Sache wie eine Erwachsene zu verhalten. Was aber nicht hieß, dass ich nicht einen riesigen Penis mit einem Marker außen auf den Karton zeichnen würde. Ich war gerade besonders sauer auf Troy, weil ich mich an diesem Vormittag hatte testen lassen und auf meinen Befund wartete. Haley hatte mitgehen wollen, aber ich hatte nicht länger warten wollen.

Joey hob eine veterinärmedizinische Fachzeitschrift von meinem Couchtisch auf und fing an, sie gedankenlos durchzublättern. »Ich bin eigentlich irgendwie nervös.« Er ächzte selbstironisch. »Und du weißt, dass ich nicht oft so bin.«

Das stimmte. Joey war immer ein cooler Kunde auf dem Feld, aber der Sonnabend würde ein großer Abend werden. Es hatte ein paar Gerüchte über den Shortstop der Black Dogs gegeben, der den Anfang machen würde, und da die Guardians eines von deren Farmteams war, standen die Chancen gut, dass Joey aufgerufen werden würde. Er war die ganze Woche auf dem Feld schon heiß gewesen, doch der Sonnabend würde das erste Spiel in ihrer nächsten Serie gegen die Lancers sein, die knallhart waren.

Es war so sicher wie das Amen in der Kirche. Ich würde am Sonnabend bei dem Spiel sein und Joey mit allem, was ich hatte, anfeuern. Glücklicherweise würde Haley an meiner Seite sein, um unsere Anfeuerungsrufe doppelt so laut zu machen.

»He.« Ich machte ihn auf mich aufmerksam. »Es ist in Ordnung, wenn du nervös bist, aber du wirst es denen zeigen. Und dann werde ich dir den ganzen Sommer über im Fernsehen zusehen.« Ich grinste und pumpte wie eine Irre mit den Fäusten.

Er lachte, ich hatte somit die Reaktion erhalten, auf die ich ausgewesen war. Ich sah mich am Boden um, ob ich etwas übersehen hatte, dann klappte ich die Deckel des Kartons zu. »Gibst du mir bitte das Klebeband?« Joey reichte mir das Paketband und ich klebte den Deckel zu. »Du musst nicht mit ihm reden, aber vielleicht könntest du die Box einfach neben seinem Spind oder so abstellen.« Troy war aus ihrer gemeinsamen Wohnung ausgezogen, aber sie teilten sich natürlich immer noch die Umkleidekabine. Ich wusste nicht, wo Troy jetzt wohnte, und ich fragte auch nicht danach.

»Ja, sicher.« Joey beäugte mich wieder.

»Mir geht es wirklich gut. Ehrenwort.« Ich streckte die Arme aus, als hätten meine wahren Gefühle sich hinter meinem Rücken verborgen.

»Ich darf mir doch Sorgen machen.« Er legte die Zeitschrift zurück auf die Glasfläche.

»Ich weiß. Und ich weiß es zu schätzen, aber ich bin bereit weiterzuziehen.« Kaum hatten die Worte meinen Mund verlassen, bereute ich sie schon, daher begab ich mich auf die Suche nach diesem Markierstift, in der Hoffnung, Joey würde Ruhe geben.

Kein Glück.

»Weiterziehen wie in: alle Selbstmordgedanken fallen lassen? Oder so wie in: mit jemand anderem ausgehen? Und dieser andere ist dein Kumpel Brett.«

»Wie bitte, was?« Ich wühlte mich durch die Kramschublade in der Küche und gab vor, ihn nicht gehört zu haben. Ich beugte mich vor und neigte den Kopf nach unten, ganz ostentativ, schob den Inhalt hin und her und machte dabei Lärm.

»Du hast mich schon gehört.«

Ich zuckte zusammen und drehte mich um. Joey hatte sich hinter mir angeschlichen und mich zu Tode erschreckt.

Die bildliche Erinnerung daran, wie Brett vor dem Centroe-Gebäude gestanden und mich in dasselbe Restaurant eingeladen hatte, in das er dieses Ginger-Weib geführt hatte, oder eine andere, am vergangenen Wochenende, ließ mich Gefahr laufen, dass mir mein Frühstück wieder hochkam. Ich meine, selbst wenn dieses Rendezvous furchtbar schiefgelaufen war – was ich mir insgeheim wünschte – war allein schon der Gedanke, Teil einer endlosen Reihe von Dates zu sein, ausgesprochen deprimierend. Es war mir auch nicht entgangen, dass er, nachdem er mich gefragt hatte, zusammengezuckt war. Aber er musste sich keine Gedanken machen, dass ich seine Einladung irgendwie fehlinterpretieren könnte. Ich wusste, woran ich war.

Ich stieß Joey mit dem Ellenbogen. »Hilf mir, einen Markierstift zu finden.«

»Du hast meine Frage nicht beantwortet.« Er kesselte mich ein, wobei ihm sein Größenvorteil von acht Zoll es besonders effektiv machte.

»Na schön. Ich werde niemanden töten und ich bin vielleicht ein klein wenig in Brett verschossen. Aber das spielt keine Rolle, weil Troy und ich uns vor fünf Minuten getrennt haben und ich glaube, dass Brett jemand anderen datet.« Ich versuchte, mir meine Gefühle bei der Sache nicht anmerken zu lassen, daher ging ich rasch zum nächsten Punkt über: »Und jetzt hilf mir, einen verdammten Markierstift zu finden, damit ich einen kranken Penis auf Troys Box zeichnen kann.«

Joey lachte mir ins Gesicht. »Wusst' ich's doch!«

»Du wusstest was? Dass ich einen Penis zeichnen kann? Ich bin Ärztin, musst du wissen.«

Er schüttelte den Kopf und trat einen Schritt zurück. »Wie alt bist du?«

Ich gab ihm einen Klaps auf den Arm und glitt an ihm vorbei, aber er folgte mir einfach zurück ins Wohnzimmer. »Nach dem, was ich so gesehen habe, musst du dir keine Sorgen wegen einer anderen Frau machen. Der Kerl ist ... na ja, wollen wir mal sagen, es ist offensichtlich, dass er dich mag.«

Ich blieb stehen, Joey den Rücken zugewandt. Brett mochte mich. Das wusste ich. Das war einer der Gründe, wieso es mir so leidtat, dass ich ihn an diesem Abend besprungen hatte. Aber ich dachte nicht, dass Brett jemals glauben würde, dass ich etwas zwischen uns erkunden wollte, solange diese ganze Sache mit Troy noch immer im Raum stand. Ich war kein sicherer Tipp, und das wusste ich. Die Tatsache, dass mir jedes Mal, wenn ich daran dachte, wie er eine andere Frau küsste, die

Hände taub wurden, war etwas, dass ich würde ignorieren müssen.

»Ja, wir sind noch immer befreundet. Und das ist auch wirklich okay, Joey. Ich sollte wahrscheinlich sowieso eine Weile allein bleiben.«

Das Problem war, dass die Erinnerung an den Kuss und die Empfindung seiner Haut unter meinen Fingern und die seines Schwanzes, wie er gegen mich drückte, es mir sehr schwer machten, mich mit Freundschaft zu begnügen. Ich war an diesem Abend so dermaßen aufgegeilt worden, egal wie unpassend es alles war. Manchmal konnte ich noch seinen Bart spüren, wie er über meine Wange und meinen Hals strich, als seine Lippen eine Spur über meine Haut zogen.

Ich musste aufhören, daran zu denken, insbesondere da Joey sich im Zimmer befand. Ich setzte mir ein Lächeln auf und drehte mich zu ihm um. »Ich muss mit Tambo raus. Danke, dass du die Kiste ablieferst.«

DAS SPIEL am Sonnabend war eine heiße, verdammte Sauerei, und das war allein meine Schuld. Gott sei Dank war Haley da, um mich davon abzuhalten, durchzudrehen.

Es fing ganz gut an, die Teams wechselten sich am Feld ab und wärmten sich auf. Mir fiel auf, dass Troy und Joey auf Abstand voneinander blieben, was in starkem Kontrast stand zu ihrem üblichen Rückenklopfen und den Faustschecks. Aber solange keiner von beiden aggressiv wurde, schätzte ich, dass das eben so sein würde. Man musste nicht BFF mit jedem in seinem Team sein, um miteinander spielen zu können. Meine Hoffnung war, dass sie ihre Meinungsverschiedenheiten dem Spiel zuliebe, das sie beide so sehr mochten, beiseitelegen würden.

Doch so wie ich geahnt hatte, dass Uneinigkeiten das Team

beeinflussen würden, machten sich diese im ersten Inning bemerkbar. Joey stoppte einen Line Drive und warf ihn zum Aus, und als die Menge jubelte, bemerkte ich, dass Troy meinem Cousin etwas mit Lippensprache sagte. Glücklicherweise schien Joey ihn zu ignorieren. Dann, als im Inning gewechselt wurde, rempelte Troy ihn auf dem Weg zurück zur Spielerbank ganz unverfroren an. Es war wie bei Sechsjährigen am Spielplatz. Wieder ignorierte Joey ihn, doch zu diesem Zeitpunkt war jeder Muskel in meinem Körper bereits angespannt.

Und obwohl Joey es darauf beruhen ließ, war es einigen anderen Spielern nicht entgangen, die daraufhin Troy zusetzten. Er stieß einen von ihnen, ehe die Coaches ihnen allen anordneten, ihre Ärsche in das Dugout zu schaffen.

Da schwor ich mir auf der Stelle, dass ich Troy die Eier abreißen und sie ihm in den Hals stecken würde, sollte er Joey die Chance auf den Aufstieg versauen.

»Ich glaube, ich kann nicht hinsehen. Was geschieht gerade?« Mein Gesicht ruhte auf meinen Handflächen und meine Ellenbogen waren auf meinen Knien abgestützt.

»Ähhh. Der Pitcher des anderen Teams schüttelt dauernd den Kopf. Sieht aus wie ein nervöses Zucken im Gesicht – oder hat er vielleicht Wasser in den Ohren?«

Ich deckte ein Auge ab und neigte den Kopf, dann kniff ich es zusammen und sah Haley an.

»Was denn?« Als ich nicht antwortete, zuckte sie mit den Schultern. Beim Klang eines Balles, der auf einen Schläger traf, musste ich mir die Ellenbogen fest in die Seiten stemmen, um mich vom Hinsehen abzuhalten. »Oh!« Haley klang aufgeregt. »Oh.« Rasch wurde daraus Enttäuschung. »Er ist out.«

Auf dieses Weise konnte ich kein ganzes Spiel durchstehen. Doch es kam besser, als am oberpeinlichen Anfang. Es war die zweite Hälfte des dritten und wir hatten bereits die Sitzplätze getauscht und waren aufs Oberdeck gezogen, um Abstand zu gewinnen, nachdem Troy immer wieder seltsam in unsere Richtung grinste – da er sich offensichtlich mitten in einer Art Nervenzusammenbruch befand. Die Guardians waren mit dem Schlagen dran, daher wartete ich darauf, dass Joey drankam, ehe ich mich traute zuzusehen. Wir hatten einen Spieler auf der zweiten, das wusste ich, und Joey würde bald dran sein.

»Äh, Liv.« Haley stupste mich an der Schulter.

»Ich schaue nicht hin.«

»Liv.« Noch ein Stupser.

»Sag mir einfach Bescheid, wenn Joey dran ist.«

»Liv.« Das war diesmal definitiv nicht Haleys Stimme.

Meine Entschlossenheit löste sich in Luft auf und mein Kopf schoss hoch. Neben Haley stand Brett und sah ziemlich appetitlich aus mit seinem einfarbigen schwarzen T-Shirt, den abgetragenen Jeans, Chucks und einem Knackarsch-Grinsen. Trotz des fürchterlichen Spiels spürte ich, wie mein Mund sich zu einem idiotischen Lächeln formte. »Hallo.«

Ich sah zu, wie sein Blick auf meinen Mund fiel und aus seinem Grinsen ein ausgewachsenes Musterbeispiel eines perlweißen, perfekt schiefen Lächelns wurde. Mein Herz raste und ich biss mir auf die Lippe, um nicht etwas so peinliches wie »Darf ich bitte auf deinem Schoß sitzen?« herauszuschreien.

Meine Erleichterung darüber, dass die Seltsamkeit unserer letzten Begegnung verblichen war, war wie ein Bleigewicht, dass mir aus der Brust genommen wurde, und mir fiel nicht mehr ein, wieso es schlecht war, dass er mich zum Abendessen eingeladen hatte. Tatsächlich dachte ich sogar, dass mir nichts mehr gefallen würde, als auf der Stelle mit ihm zum Abendessen zu gehen. Verdammt. Ich weiß nicht, wie lange wir uns gegenseitig stumm angelächelt haben, ehe Haley uns unterbrach, aber es war auf jeden Fall lange genug, dass wir beide hätten erröten müssen. Stattdessen war es mir schnurzpiepegal.

»Also … hallo?« Haley streckte Brett eine Hand entgegen, was den Augenblick zerstörte. Das war nicht mein erstes Rodeo, daher kann ich euch mit einem nicht geringen Grad an

Sicherheit sagen, dass der Ausdruck in Bretts Augen nicht »lass uns nur Freunde sein« war. Es war definitiv mehr so etwas in der Gegend von »Lass uns eine Besenkammer suchen und ficken gehen.« Darf ich sagen, dass mein Herz daraufhin wie wild pochte?

Brett, der offensichtlich einen besseren Zugriff auf seine Gehirnzellen hatte als ich, nahm Haleys Hand und grinste weniger sündhaft. »Hallo. Brett. Ich bin ein Freund von Liv.« Er nickte, als ich für ihn stumm ein kleines Etwas an seinen Satz anhängte. *Aber ich habe vor, sie zu mehr als meiner Freundin zu machen, sobald Ficken möglich ist. Und übrigens war meine Verabredung letztes Wochenende eine Scheckschraube.*

Haleys Stimme kam etwas zu laut heraus, als sie antwortete: »Hallo, BRRREETTT«, und sie mich ostentativ beäugte, während sie seinem Namen ein halbes Dutzend Silben hinzufügte. Ich kämpfte gegen ein Augenverdrehen an. »Es freut mich sehr, Sie kennenzulernen.« Sie warf ihm ein süßes Lächeln zu und zeigte auf den leeren Platz neben mir, wobei sie ihn bewusst und wenig subtil mit großen Augen ansah, wenn sie schon dabei war. »Setzen Sie sich doch zu uns!«

Brett sah wieder zu mir, suchte in meinem Gesicht. Ich nickte und etwas spiegelte sich in seinem Gesicht, bevor sein Mund sich entspannte und er locker lächelte. »Sicher. Aber nur kurz. Ich bin mit ein paar Freunden da.« Er deutete hinter sich und Haley und ich reckten beide unsere Hälse, als ob seine Freunde alle praktischerweise uns zuliebe Kappen trugen mit der Aufschrift »Bretts Freunde«.

Aber Scheiße. Es war unmöglich, sie *nicht* sofort zu entdecken. Sie waren die einzigen zehn Leute, die nicht aufs Feld sahen, sondern anscheinend an Bretts und meinem Wortwechsel klebten. Du lieber Himmel. Brett sah über seine Schulter und musste zweimal hinsehen, ehe er sich mit verlegenem Gesichtsausdruck wieder zu uns umwandte.

Ich musste unweigerlich sofort weder zu seinen Freunden

sehen. Es war eine Gruppe Frauen und Männer, von denen die meisten glücklicherweise ihre Aufmerksamkeit wieder auf das Spiel gerichtet hatten. Aber darunter waren auch zwei Frauen, die immer noch in unsere Richtung blickten. Die eine war eine zarte Blondine, die amüsiert dreinsah. Die andere war eine großbusige Latino-Göttin mit glänzendem Haar, die mich mit ihrem Blick regelrecht durchbohrte. Ich musste schlucken und spürte, wie mir das Herz in die Hose rutschte. Wie es schien, hatte ich soeben einen ersten Blick auf Bretts Rendezvous-Partnerin geworfen. Sie war nicht Ginger und sie war keine Schreckschraube. Und wenn ich ihre Miene richtig interpretierte, würde sie im siebten Inning damit beschäftigt sein, mir die Reifen aufzuschlitzen.

Entschuldige dich niemals für knallhartes Auftreten

BRETT

ICH WOLLTE DIESE ARSCHLÖCHER UMBRINGEN.

Trotz Gavins Absicht, einen totalen Krieg im Namen der Liebe zu führen, war ich seit Livs und Tambos Rückzug von der Einladung zum Abendessen ein wenig untergetaucht. Unsere Präsentation in der Arbeit war gut gelaufen, aber das bedeutete, dass wir mit dem Projekt auf Hochtouren weitermachen würden. Die letzten Abende hatte ich meinen Arsch totmüde nach Hause geschleppt. Ich hatte Liv nicht geschrieben oder mit ihr geredet, und ich wusste, dass ihre Freundin Haley an diesem Wochenende in die Stadt kommen würde, daher wartete ein Teil von mir einfach darauf, dass sich die Dinge legten. Und dass ich meinen Stolz wiedererlangte. Aber als die Jungs und Mädels darauf bestanden, dass wir alle das Spiel der Guardians am Sonnabend besuchen, konnte ich nicht ablehnen. Sowohl, weil es ein Spiel an einem Frühsommerabend war und auch, weil ich vermutete, dass Liv dort sein würde und ich nicht widerstehen konnte.

Ich hatte gerade mal dreißig Sekunden benötigt, um sie an ihrem üblichen Sitz im Block 104 zu entdecken. Ich hatte null Absicht, irgendjemanden aus meiner Gruppe wissen zu lassen, dass sie da war, aber ich stellte fest, dass ich überhaupt kein Talent für verdeckte Observation hatte. Ich musste nur einen perfekten Fang von unserem Leftfielder verpassen, schon identifizierte Gavin das, was mich ablenkte. Ab da war es dann sinnlos gewesen, es unter Verschluss zu halten. Die Neuigkeit verbreitete sich in unserer Gruppe wie eine schlimme Herpesinfektion beim Coachella. Die Kommentare gingen von »Sie ist heiß« bis hin zu »Ich frage mich, woher sie diese Schuhe hat«, während ich so tat, als würde ich keinen der Menschen, die neben mir saßen, kennen.

Doch alles kam zum Stillstand, als Troy Arschgesicht sich seinem Namen getreu verhielt – oder so wie der Name, den ich ihm gab – und anfing, sich mit Livs Cousin anzulegen.

»Hast du das gesehen?«, fragte Nate.

Ich beobachtete, wie ein paar unserer Spieler Horner bedrängten, weil er ein Arsch war und ein Trainer es stoppen musste. Was zum Teufel war mit dem Kerl los?

Gavin sah ruhig zu und machte keine Bemerkung. Ich ebenfalls nicht.

»Ist das der Drecksack, der betrügt? Pfui.« Das kam von Laney, die neben Nate saß.

Ari beugte sich über Gavin, um mich anzusehen. Wie immer trug sie ein Oberteil mit tiefem Ausschnitt, bei dem wenig der Fantasie überlassen wurde, und ich musste auf ihre Stirn fokussieren, um nicht einen totalen Blick auf ihr üppiges Dekolletee bis hinunter zu ihrem Bauchnabel zu bekommen. »Mit dem Kerl stimmt doch echt was nicht.«

Das musste sie mir nicht sagen.

Ich versuchte, Troy zu ignorieren und das Spiel zu genießen, jubelte mit der Menge, als wir einen der besten Spieler der Lancer hinauswarfen und nahm Bier und klassische Stadionkost vom Verkäufer, der durch unseren Block zog, zu mir. Das Wetter war schön und die Sonne stand tief und hell am Himmel. Aber etwas fehlte.

Liv brüllte nicht – weder Jubelschreie noch Beleidigungen. Stattdessen lehnten sie und ihre Freundin mit den rotblonden Haaren aneinander, unterhielten sich und schauten nur gelegentlich aufs Feld. Das fühlte sich ganz und gar falsch an.

Als die Guardians wieder das Feld übernahmen, machte Horner einen Umweg, um nahe an der Foul Line vorbeizugehen, sodass er Liv nahekam. Er tippte sich an die Mütze und warf ihr ein Lächeln zu, das, wie ich vermutete, selbstbewusst sein sollte, mir aber verdammt gruselig vorkam. Nicht, dass ich voreingenommen gewesen wäre oder so.

»Das soll doch wohl ein Witz sein«, murrte Ari, während ich stumm blieb und versuchte, mich auf das Spiel zu konzentrieren. Sie schüttelte den Kopf. »Also ich gehe mal zur Damentoilette. Muss noch jemand?« Emerson und Laney gingen mit ihr, und wir rutschten alle, um sie zum Gang hinaus durch zu lassen.

Es gelang uns, das Inning abzuschließen, ohne einen Mann der Lancers an der zweiten vorbeikommen zu lassen. Doch es entging mir nicht, dass Troy wieder einmal darauf bestand, auf seinem Weg zurück zum Dugout Liv mit einem lockenden Lächeln zu bezaubern. Ich sah Gavin an und entdeckte, wie auch er Troys Bewegungen folgte. Ich schüttelte den Kopf.

Das war ein großes verdammtes Problem.

Lasst es mich erklären.

Wenn mich jemand so ablenken konnte, dass ich den nahenden Tod durch einen herankommenden Sattelschlepper nicht bemerkte, dann war das Olivia Sun. Ich wäre im Handumdrehen ein Flecken auf der I-40. Aber ein Baseball-Spieler, der sich auf dem Weg in die Majors befand, ließ sich nicht ablenken. Er war immer auf das Spiel konzentriert. Er suchte nicht nach seiner Exfreundin in den Rängen, er zettelte keine

Streitigkeiten mit seinen eigenen Teamkollegen an und er ließ sich definitiv nicht von seinen Coaches oder Managern dabei erwischen. Doch hier war er nun, benahm sich wie der größte Depp auf der Welt und gefährdete seine Karriere, weil *was* – seine Freundin von seinem Fremdgehen erfahren hatte? Weil er eine wohlverdiente gebrochene Nase erhalten hatte? Dieser Kerl war total verrückt.

Kurz bevor das Inning anfing, bemerkte ich, dass Liv und ihre Freundin ihre Sitzplätze verließen. Ich nahm an, dass sie zu den Toiletten unterwegs waren, aber als sie nicht zurückkamen, merkte ich, wie sich meine Laune weiter verschlechterte. Ich hatte mit der Frau nicht einmal gesprochen, und doch hatte ihre Anwesenheit unter ein paar tausend anderen Menschen in diesem riesigen Areal mir die Brust gewärmt. Vermutlich konnte ich es ihr aber nicht wirklich verübeln, dass sie ging, so verrückt wie Troy war.

Emerson, Laney und Ari kehrten zurück und flüsterten miteinander angeregt über irgendeinen Frauenmist, den ich nicht mitbekam und den ich auch nicht hören wollte. Emerson schüttelte den Kopf und drohte damit, wenn ich mich nicht irrte, ihrer Freundin den Hals aufzuschlitzen. *Okay.* Besuche auf der Herrentoilette hatten nie Todesdrohungen zur Folge, kann ich nur sagen.

Während ich mich bewegte, um sie durchzulassen, fiel mein Blick auf eine Kaskade dunklen, glänzenden Haares im nächsten Block. Mein Mund dehnte sich zu einem Grinsen, als ich Liv in ihrem Guardians-Trikot und der Baseballmütze erkannte. Sie und ihre Freundin waren doch nicht gegangen. Sie hatten nur ein wenig Abstand zwischen sich und dem Irren auf der Zweiten gebracht.

Ehe ich wusste, was ich tat, hatte ich mich von meinem Sitz erhoben und war zu ihr gegangen. Als ich mich näherte, musste ich beinahe darüber lachen, wie sie ihr Gesicht in ihren Händen vergrub, während ihre Freundin das Spiel detailliert kommentierte. Haley bemerkte mich schließlich und ich sah, wie sie versuchte herauszufinden, ob ich betrunken war, mich verirrt hatte oder nur ein Allerweltswiderling war, ehe sie Liv anstupste, um sie auf mich aufmerksam zu machen.

»Sag mir einfach, wenn Joey dran ist.«

Als ich deswegen lächelte, schien Haley klarzuwerden, dass ich Liv kannte und keine ernstzunehmende Bedrohung darstellte. Sie stupste sie erneut, aber ich unterbrach sie.

»Liv.«

Livs Kopf kam hoch und ihre großen Augen sahen in die meinen, sodass es mir wie ein Blitz in den Schritt und wie ein Schlag in die Magengrube fuhr. Als sie mich mit einem automatischen Lächeln traf – großzügig, fröhlich und so verdammt schön –, musste ich einfach das Lächeln mit allem, was ich hatte, erwidern. Meine Erleichterung ging tief, wie auch mein Verlangen, ihren süßen Mund zu küssen.

Wir stellten uns vor und ich ließ mich schließlich auf den Platz neben Liv fallen. Sowohl Haley als auch die Parade meiner idiotischen Freunde gaben ihre Neugier schmerzlich zu erkennen, was mich auf den Gedanken brachte, dass sie vielleicht alle flachgelegt werden müssten, wenn sie es so verdammt faszinierend fanden, Liv und mir beim Smalltalk zuzusehen.

Das fiel auch Liv auf, und sie warf meiner Crew etliche Blicke zu, ihre Miene undurchdringlich. Ich wusste nicht, ob es mit der Aufmerksamkeit zu tun hatte, die wir auf uns zogen, ob ihr meine Anwesenheit wieder unangenehm war, oder ob es mit der Tatsache zusammenhing, dass Troy wahrscheinlich vom Dugout aus die Menge nach ihr absuchte.

Doch bevor es noch seltsamer kommen konnte, war Joey mit dem Schlagen dran. Ich hatte seine Statistikwertung mitverfolgt, obwohl ich wegen meiner Arbeitswut bei keinem Spiel gewesen war. Er hatte eine Glückssträhne und ich bin mir sicher, dass er jeden Aberglauben befolgte, den ein Spieler haben konnte – es hätte mich nicht gewundert zu erfahren, dass er seit zwei Wochen die gleichen ungewaschenen Socken trug und auf keinen einzigen Spalt auf dem Bürgersteig getreten war.

Der erste Pitch war hoch und knapp daneben, was einen Ball zur Folge hatte. Der zweite ging geradewegs durch die Mitte *and that is all she wrote*. Der Ball traf mit einem ohrenbetäubenden Krachen auf den Schläger und flog am Pitcher und dem Second Baseman der Lancers vorbei, während Joey wie ein geölter Blitz rannte, die erste umrundete und es zur zweiten schaffte, ehe die Lancers die Kontrolle zurückgewinnen und den Ball wieder ins Infield holen konnten. Unser Mann, der auf der zweiten war, lief problemlos an der Homebase vorbei, und die Guardians machten einen Punkt. Wir waren von den Sitzen gesprungen und brüllten, was das Zeug hielt, die Fäuste nach oben gestreckt. Und so kam ich dazu, zwei Arme voll hinreißender, grün angezogener Frau zu haben, als Liv einen planlosen, wenn nicht sogar enthusiastischen, Sprung ausführte, mir die Arme um den Hals und die Beine um die Taille wickelte und mir ins Ohr kreischte. Gewissermaßen wie ein lautes, sinnliches Äffchen mit einem Hang zu spontanem, vertrauensbildendem Sich-Rückwärtsfallenlassen.

Weil ich sie nicht fallenlassen wollte, hielt ich mich an dem erstbesten Gegenstand fest, den ich finden konnte, zufälligerweise ihre festen Pobacken, die in abgeschnittene Shorts gehüllt waren, die durch ihren Überschwang hochgerutscht waren. Meine Finger krallten sich an die freigelegte Haut ihrer Oberschenkel, während sie weiter lächelte und Joeys Name brüllte. Ich stöhnte auf, doch der Lärm überdeckte das Geräusch. In jeder anderen Situation würde eine Frau, die den Namen eines anderen Mannes rief, die Stimmung sofort killen, doch das hier war eine Situation, in der ich eine Ausnahme machen konnte. Besonders als sie sich herunterbeugte und mir einen kurzen, festen Kuss auf den Mund gab. Haley fing an, uns beide zu umarmen, während sie herumsprang, und ich musste Liv absetzen, ehe ich sie aus dem Stadion und zu meinem Auto schleppte. Aber ich drückte ihren Arsch noch ein letztes Mal und ließ ihre Schuhe dann zu Boden. Ich bin schließlich auch nur ein Mann.

Und dieser Mann ist kein Idiot. Daher interpretierte ich nicht allzu viel hinein in diesen Kuss, so sehr er mir auch gefallen hatte. Menschen tun Dinge in der Hitze des Gefechts, wenn ihr Adrenalinspiegel hoch ist, und soweit ich wusste, war ihr nicht einmal bewusst, dass sie es getan hatte. Mit ungebrochenem Lächeln beruhigten wir uns alle wieder und konzentrierten und abermals auf das Spiel.

Liv ballte aufgeregt die Fäuste. »Ich freue mich so sehr für ihn!« Ich beobachtete, wie sie lächelte und die untergehende Sonne über ihre Sommersprossen glitt. Ihr Kopf schnellte zu mir. »Was meinst du? Hat er eine Chance auf die Position von Ramirez?«

Sie sprach von dem Shortstop für unser angegliedertes Majors-Team, den Black Dogs, der mit einem verwundeten Knie kämpfte und eine Pause brauchte. »Ich würde ihn nehmen, wenn ich die Black Dogs wäre. Die Zahlen lügen nicht.«

Ihr Lächeln war ausgesprochen betörend und ich wollte diese weichen Lippen wieder auf die meinen platzieren. Doch es gab das Baseballspiel, das angeschaut werden wollte, und eine Menschenmenge, die uns umgab. Unser nächster Spieler stellte sich auf die Plate und Liv senkte den Blick zu ihrem Schoß.

»Äh, ich entschuldige mich übrigens dafür.«

»Hä?«

Sie sah eine Sekunde lang zu mir hoch, dann ließ sie den Blick über die Menge schweifen. Ihre Wangen wurden rot. »Das, äh, mit dem Küssen.«

»Ach so«, setzte ich an und schüttelte den Kopf, denn ich

überlegte, wie ich darauf antworten sollte. Ihre Mundwinkel gingen nach unten und es schien, als würde ihre gute Laune schwinden. Das wollte ich auf keinen Fall. »Entschuldige dich niemals, wenn du einen Kerl geküsst hast. Das ist, als würde sich Bruce Lee dafür entschuldigen, dass er ein harter Kerl ist.« Dafür erntete ich ein dezentes Grinsen, so wie ich es beabsichtigt hatte. »Und außerdem werde ich einen Komplex entwickeln, wenn du dich jedes Mal entschuldigst, wenn du eine Hand – oder irgendein anderen Körperteil – auf mich legst.«

Dieses Mal lachte sie, aber ihr Blick ging wieder über meine Schulter und sie rutschte auf ihrem Sitz herum. Ich drehte mich um und entdeckte meine Gruppe Arschlöcher, doch es schien keiner von ihnen auf uns zu achten. Herrgott, wie ich diese Unsicherheit hasste, die zwischen uns herrschte. Wir mussten ein für alle Mal reinen Tisch machen. Doch das war nicht der richtige Ort oder Zeitpunkt, fiel mir ein, als ich Haley über Livs Schulter zwinkern sah. Himmelherrgott nochmal.

Wir entspannten uns wieder auf unseren Plätzen, unterhielten uns und sahen zu, wie die Guardians eine schwere Schlacht auf dem Feld schlugen. Es war leicht zu erkennen, wieso Haley und Liv miteinander befreundet waren, denn sie hatten einen ähnlichen Humor und eine deutlich erkennbare Zuneigung zueinander. Und Haley machte sich bei mir noch zusätzlich beliebt, indem sie bei jeder soliden Leistung von Troy dreinsah, als müsste sie gleich kotzen. Was glücklicherweise nicht so oft der Fall war, wie es das Team nötig gehabt hätte. Es entging mir nicht, dass er seinen Wurfarm favorisierte, so sehr er sich auch bemühte, es zu verbergen. Sah man das jedoch in Zusammenhang mit der Aggression, die er seinen Teamkollegen gegenüber zeigte, und der Ablenkung, die er durch Livs Anwesenheit spürte, dann war der Kerl ein Wrack. Wieder einmal wunderte ich mich über seine scheinbar sorglose Haltung gegenüber dem, was im Grunde seine Zukunft im Baseball bedeutete.

Liv und Haley gingen sich schließlich entleeren und ich schlenderte in der Zwischenzeit zu meiner Gruppe zurück. Die Hälfte von ihnen hatte anscheinend das gleiche Bedürfnis nach den Toiletten verspürt, was aber die Restlichen nicht davon abhielt, mich wegen Liv zu verarschen. Ich glaube, dass die am wenigsten fiese Bemerkung von Fiona stammte, die mich anwies, »Liv wie ein Ansuchen auszufüllen«.

Ich wollte gerade zurückgehen und Liv und Haley suchen, als Ari, die von der Toilette zurückkam, sich zwischen mich und Gavin zwängte. Sobald sie ihren Finger hob, wusste ich, dass ich in Schwierigkeiten steckte.

»Tut mir leid, aber dazu kann ich nicht schweigen. Du bist ein schweigsamer Mann, und ich kapiere dieses ganze Ding, was du da am Laufen hast, nicht ganz.« Sie deutete in mein bärtiges Gesicht, rauf und runter, und auf meine lässige Kleidung und fuhr dann fort: »Aber ich mag dich. Du bist ein guter Kerl.«

»Äh, danke?« Ich hatte null Ahnung, was sie damit sagen wollte, dennoch fingen meine Handflächen an zu schwitzen.

»Daher halte ich es für meine Pflicht, dir zu sagen, dass dein *Mädchen*«, sie warf einen Daumen über die Schulter und zeigte damit offensichtlich auf Liv, »ihr blitzsauberes-ich-bin-Ärztin-und-ich-bin-so-niedlich-und-knackig-es Bankkonto mit den Erlösen aus ihrem Nebengeschäft aufpolstert, bei dem sie illegal verschreibungspflichtige Medikamente mit ihrem festen *Freund* vertickt.« Sie schwang einen Finger zum Feld, wo Troy Horner zur Second Base stolzierte und wie das totale Arschloch aussah, das er meines Wissens nach war.

Ach, um Himmels willen.

Sofia Vergara muss da einiges erklären

LIV

Es ist ein Wunder, dass ich mich nicht angepisst habe. Und nicht, weil ich zu lange mit dem Gang zur Toilette gewartet hatte.

»Ach du heilige Scheiße!« Haley kontrollierte die Tür zur Damentoilette, um sicherzugehen, dass die Luft rein war, und kam dann näher, um mein Gesicht zu inspizieren. »Wer war das?«

Ich bin mir sicher, dass ich kreidebleich war, da ich soeben von einer sehr schönen, sehr angsteinflößenden Latino-Göttin eins auf den Deckel gekriegt hatte. Von derjenigen, die mich mit ihren Blicken durchbohrt hatte, seit Brett uns an diesem Abend gefunden hatte.

»Äh, ich bin mir ziemlich sicher, dass das Bretts neue Freundin war, nach ihrer Drohung zu urteilen, dass sie mir die Fingernägel mit einer rostigen Zange ausreißen wird, wenn ich mich von ihm nicht fernhalte.«

Ich hatte am Spülbecken darauf gewartet, dass Haley auf

der Toilette fertig wurde, als diese Frau aus Bretts Gruppe aus dem Nichts aufgetaucht war und mir diese irre Drohung ins Gesicht geworfen hatte. Sie hatte leise gesprochen, aber es war ein loderndes Feuer der Wut mit einem dazu passenden bösen Blick gewesen. Ich war dermaßen schockiert gewesen, dass ich nicht ein Wort herausgebracht hatte. Ganz zu schweigen davon, dass ich damit beschäftigt war, mich an meiner Zunge zu verschlucken.

Abgesehen von dem Teil mit der lockeren Schraube im Hirn war es leicht zu verstehen, wieso Brett – oder jeder Mann – über diese Frau herfallen würde. Sie besaß ein unglaubliches Paar Dinger, eine winzige Taille, und sie hatte wunderschöne Haare und eine wunderschöne Haut. Wäre ich nicht so verängstigt gewesen, hätte ich mich wahrscheinlich auch in sie verschossen.

»Nee, oder?! Im Ernst?« Haleys Blick ging wieder zur Tür und sie sah aus, als überlegte sie, ob sie der Frau folgen sollte.

Ich packte sie am Arm. »Nicht! Du bist so ziemlich meine einzige Freundin und ich will nicht deinen Tod auf dem Gewissen haben.« Es würde mich nicht wundern, wenn diese neue Frau zu ihrer Zeit schon ein oder zwei flache Gräber ausgehoben hatte.

Haley kniff die Augen zusammen. »Das ist lächerlich. Wenn Brett mit der ausgeht, dann sitzt er doch nicht da, schaut dich an und stellt sich vor, wie er dich bumsen würde, so wie er das die letzte Stunde lang gemacht hat. Du musst das falsch verstanden haben.« Sie drehte einen der Wasserhähne auf und spülte sich die Hände mit dem Wasser ab.

Es gab nicht allzu viele Arten, wie man das Ganze mit den Fingernägeln interpretieren konnte, aber sie hatte doch in gewisser Weise recht. »Du glaubst, dass er mich mit den Augen gebumst hat?« Ich versuchte, die Hoffnung in meiner Stimme zu bändigen. Es funktionierte nicht.

Sie drehte den Hahn ab. »Nein. Ich bin mir ziemlich sicher,

dass er sich im Kopf ausgerechnet hat, auf wie viele verschiedene Arten er seinen P in deine Va stecken will, wenn ich ehrlich bin, aber ich wollte mich nur höflich ausdrücken.« Ihr Grinsen war geradezu ungeniert.

Trotz der Blicke, die mir diese Frau zuwarf, während wir uns das Spiel mit Brett ansahen, versuchte ich mir einzureden, dass sie ihm nichts bedeutete, so wie Haley es angedeutet hatte. Ich zog sogar in Erwägung, dass ihre Erzfeindin in der Reihe hinter uns saß und der böse Blick dieser armen Seele galt anstatt mir. Ich meine, Brett hat das halbe Spiel damit verbracht, mit mir zu flirten und zu tratschen, und das musste doch etwas zu bedeuten haben, oder nicht? Und diese irre Anziehungskraft bildete ich mir doch nicht nur ein, unseren Draht aus dem Bauch heraus auch nicht. Brett kapierte mich, und ich hatte noch nie im Leben jemanden kennengelernt, zu dem ich sofort so einen guten Draht gehabt hatte. Aber egal was Brett für diese Frau empfand, *ihre* Gefühle ihm gegenüber waren überdeutlich.

Ich atmete durch und schüttelte den Kopf. »So oder so kann ich aber nicht mehr da raus gehen. Ich hätte meine Fingernägel gerne genau dort, wo sie jetzt sind.«

Haleys Schultern sackten ab und sie zog eine Schnute. »Aber ihr zwei passt so gut zueinander.«

Ich fand das irgendwie auch, aber ich musste aufpassen – sowohl auf mein Herz, als auch auf meine Fingernägel. »Ja, na ja, aber das tun Brett und Sofia Vegaras jüngere, besser ausgestattete Schwester auch.« Ich packte Haley an den Armen und drehte sie zur Tür. »Wir werden uns andere Sitze suchen.«

Wir begaben uns auf das rechte Feld und fanden sofort freie Sitzplätze, von wo aus wir den Guardians dabei zusahen, wie sie sich zu einem Sieg über die Lancers verbesserten. Wäre Joey nicht gewesen, hätten sie mit Sicherheit verloren. Wäre Troy nicht gewesen, hätten sie gewonnen, ohne dass ich Haley blaue

Flecken an den Armen verpassen musste, weil ich sie so fest anpackte.

Ich versuchte, meine Gefühle für Brett zu verdrängen und mich auf Joey zu konzentrieren. Ich konnte nicht alles auf einmal erledigen, und meine Gefühle waren ein Chaos. Ich wusste nicht, was ich tun sollte – wie immer –, daher entschied ich mich, Brett während des siebten Innings eine Textnachricht zu schicken.

Ich: *Hallöchen. Es hat sich was ergeben, wir reden also später.*

Das war nett und vage. Ich bin mir sicher, dass er keine Ahnung hatte, dass seine verrückte Göttin mich überfallen hatte, und dabei wollte ich es auch belassen.

Brett: *Wo bist du?*

Also, das hätte er nicht fragen sollen. Ich konnte sicher nicht gebrauchen, dass er herkam, um uns zu suchen, und Psycho-Vegara dann ihre rostige Zange mitten während Joeys Spiel herausholte. Ich schaltete daher mein Handy aus und steckte es in meine Tasche.

Haley und ich führten Joey nach dem Spiel zu einem späten Essen aus, zur Feier des Tages. Er hatte noch immer einen hohen Adrenalinspiegel und es war schön, ihn so aufgeregt zu sehen. Ich hatte keine Zweifel, dass er noch vor Ablauf des Wochenendes einen Anruf von seinem Trainer erhalten würde.

Wir setzten ihn gegen Mitternacht bei seinem Apartment ab und er, guter Junge, der er war, versprach uns, sich aufs Ohr zu hauen, um sich vor dem Spiel am morgigen Tag auszuruhen.

»Oh Mann. Ich war so verschossen in ihn damals am College.« Haley beobachtete, wie Joey seine Apartmenttür hinter sich schloss.

Mein Mund fiel auf. »Wieso wusste ich nichts davon?«

Sie lachte. »Es dauerte gerade mal zwei Wochen, dann wurde mir klar, dass ich einen Master-Abschluss in Baseballogie brauchte, wenn ich mich auch nur annähernd mit ihm unterhalten wollte. Er war ja süß, aber *so* süß auch wieder nicht.«

Ich konnte nur den Kopf schütteln, während ich uns zu unserem Apartment lenkte. Warum will man denn nicht alles über Baseball wissen, egal ob ein Kerl involviert ist oder nicht? »Aber wenn ihr beide heiratet, dann wären wir offiziell verwandt. Könntest du dich nicht für die Gemeinschaft opfern?«, neckte ich sie.

»Tut mir leid, aber ich bevorzuge meine Männer mehr auf der zerebralen Seite.«

Jetzt musste ich lachen. »Ha! Du meinst Professor Nerdboy.«

In Haleys Gesicht bildete sich ein breites Grinsen und ich konnte praktisch sehen, wie ihre Gedanken zu ihrem süßen Nachbarn davondrifteten. Ich freute mich für sie und drückte ihr die Daumen und großen Zehen, dass ich ihn nicht umbringen musste, weil er ihr das Herz brach.

Ich seufzte und bog zu meinem Wohnkomplex ab. Haley riss es nach vorne und aus ihren Träumen, als ich auf die Bremse trat.

Brett stand vor meinem Gebäude, die Hände in den Taschen, den Arsch an die Wand gelehnt und die Augen zusammengekniffen, als meine Scheinwerfer ihn blendeten.

»Was zum Teufel?«, murmelte Haley, ehe sie Brett entdeckte, woraufhin ihre Stimme den gurrenden Ton annahm, den sie bei Hunden und Babys verwendet. »Oooooohhhhh.« Ich trat wieder leicht auf das Gaspedal und rollte auf meinen Parkplatz. »Mann, was liebe ich diesen Kerl.«

Ich bat sie, still zu sein, als ich das Auto auf Parken stellte und ihn durch die Rückscheibe ansah. Er zog eine Hand aus der Tasche und winkte uns zögerlich. Mein Herz fing an, wie ein Presslufthammer zu pochen.

Ehe ich sie aufhalten konnte, zog Haley meinen Schlüssel aus der Zündung, sprang aus dem Wagen und schlug die Tür hinter sich zu. Ich öffnete meine Tür, um sie zu packen oder vielleicht zu töten, aber ich erwischte nur ein: »Ich bin dann mal oben im Gästezimmer! Hallo, Brett!«, dann verschwand sie auch schon die Treppe hoch und ließ mich allein mit Brett auf dem schwach beleuchteten Parkplatz zurück.

Er stieß sich von der Wand ab und fuhr sich mit der Hand durchs Haar. »Also, du hast anscheinend Ari kennengelernt.«

Annehmend, dass er das Model mit der Werkzeugkiste voller rostiger Waffen meinte, zeigte ich ihm ein megafalsches verhaltenes Lächeln und nickte.

Brett schüttelte den Kopf und seufzte. »Warum bist du nicht ans Telefon gegangen? Ich habe mir Sorgen gemacht.«

Er hatte sich Sorgen gemacht? Was, hat ihn diese Ari-Ziege etwa stehen lassen und ist mir gefolgt? Mein Blick huschte über den Parkplatz, ehe ich wieder einen kühlen Kopf bekommen konnte. Ich beschloss mich dumm zu stellen, auch bekannt als lügen, was das Zeug hält. »Oh, tut mir leid. Wir waren feiern und ich habe mein Handy wahrscheinlich nicht gehört.«

»Schon in Ordnung.« Er trat näher heran, seine Schuhe kratzten am Beton. »Ich wollte mich nur persönlich überzeugen, dass es dir gut geht, und ich muss mich entschuldigen.«

Würg. Gleich würde es kommen. *Tut mir leid, aber meine Neue will nicht, dass ich mit dir abhänge.* Ich war dankbar für meine offene Tür, um sie wie eine Barriere zwischen uns einzusetzen – und als Stütze, die mich aufrecht hielt.

Ich wedelte mit der Hand vor mir herum, als würde ich von einem riesigen Schwarm Moskitos gefressen werden. »Aber nein. Du musst dich nicht entschuldigen.«

Er lachte verhalten. »Wieso habe ich das Gefühl, dass wir ständig dasselbe Gespräch führen?«

Ich lächelte halbherzig, denn er hatte nicht unrecht.

Er machte noch einen weiteren Schritt und das Licht vom Gebäude fiel auf sein widerspenstig zurückfallendes Haar, das von seiner Hand zerzaust worden war. »Und du hast *definitiv* eine Entschuldigung verdient.«

»Brett.« Ich neigte den Kopf. Er schuldete mir gar nichts. Ich sollte mich für ihn freuen, und dazu würde ich noch kommen. Eines Tages.

Er fuhr fort, als hätte ich nichts gesagt. »Da Ari aber verboten wurde, sich dir näher als 500 Yards zu nähern, werde ich mich an ihrer Stelle entschuldigen.« Ich stutzte, als ich das hörte, aber er fuhr einfach fort. »Es tut mir so leid, dass sie dich verfolgt hat und dich bedroht hat oder was auch immer. Sie hatte diese verrückte Idee im Kopf und hat sich danach gerichtet, ohne vorher die Fakten zu prüfen. Sie ist … impulsiv.«

Ich versuchte, das alles zu begreifen, verstand aber immer noch nicht, wovon zum Teufel er da redete. »Aber sie mag dich«, war das Einzige, was ich herausbrachte.

»Gott sei Dank. Ich stünde echt ungern auf ihrer schwarzen Liste, soviel ist sicher.« Er zuckte zusammen, in stummem Eingeständnis, dass ich momentan auf dieser Liste an erster Stelle stand. »Tut mir leid.«

Warum war er hergekommen? Und was dachte er sich dabei, wenn er mit jemandem ausging, den er offensichtlich für ein wenig verrückt hielt? Bekam er einen Kick von so etwas? »Ist schon okay. Wirklich.« Ich wollte bloß hineingehen und dieses Gespräch hinter mir haben. Es warteten eine Reality Show, ein Glas Wein und meine beste Freundin auf mich. Ich schloss meine Tür und ging vorne um meinen Wagen herum, in der Absicht, ins Gebäude zu gehen. Ich musste knapp an ihm vorbei und ich konnte seinen Duft riechen: Sonnencreme, Gras und Seife. »Keine große Sache, aber danke, dass du dich entschuldigt hast.« Ich beschleunigte.

»Oh.«

Glücklicherweise versuchte er nicht, mir zu folgen. »Sie ist sehr hübsch und ich bin mir sicher, dass sie viele gute Eigenschaften besitzt.« Wie zum Beispiel die Fähigkeit, einen Mann mit ihren riesigen Dingern zu erdrücken.

»Äh, vermutlich.«

»Ich muss los.« Ich winkte über die Schultern. »Wir reden später.« Und dann sprintete ich die Treppe hoch zu meiner Tür, blieb erst stehen, bis sie hinter mir schloss. Ich keuchte, den Rücken an der profilierten Füllung, als meine Nase zu stechen anfing. Sicher nicht. Ich würde jetzt nicht weinen. Ich zwang eine Lunge voll Luft in mich hinein, ließ die Luft langsam wieder heraus und überredete mein Herz, mit dem Rasen aufzuhören. Das hatte ich beinahe geschafft, als ein lautes Klopfen neben meinem Ohr mich zu Tode erschreckte und ich aufschrie.

»Liv! Mach die Tür auf!«

Natürlich war es Brett, aber kurz hatte ich tatsächlich gehofft, es wäre ein Serienmörder an seiner Stelle. Ich biss mir auf die Lippe und verhielt mich ruhig. Aber es war nicht so, als hätte ich so tun können, als wäre ich nicht da, also nahm ich meine fünf Sinne zusammen und drehte mich um. Ich öffnete die Tür nur einen Spalt, denn ich war fest entschlossen, ihn fortzuschicken.

Brett hatte andere Ideen. Er stieß die Tür auf und marschierte an mir vorbei. Als er sich wieder zu mir umdrehte, machte er ein finsteres Gesicht. »Was ist mir entgangen? Du hast mich nicht mal zu Ende erzählen lassen, was heute passiert ist.«

Der hatte Nerven, dass er so in mein Apartment eindrang und mich anschrie. Ich verschränkte die Arme. »Ich habe eigentlich keine Lust, mir noch mehr von dem anzuhören, was du zu sagen hast, um ehrlich zu sein.«

Sein Blick ging durch meine Wohnung, ehe er wieder auf mich zielte. Wo zum Teufel war Tambo? Welchen Nutzen hatte ein riesiger Hund, wenn er nicht einmal seinen Kopf herhielt, um Eindringlinge zu warnen. Ach, wen machte ich was vor? Er würde einen Einbrecher höchstens vollsabbern und an seinem Schritt schnüffeln.

»Ich weiß nicht, wieso du dich so benimmst. Ich dachte, wir hätten uns heute gut unterhalten, und ich bin zwei Stunden vor deiner Wohnung gestanden und habe auf dich gewartet, weil ich mich für Ari entschuldigen wollte.«

Ich schwöre, hätte er ihren Namen noch ein einziges Mal erwähnt, hätte ich etwas nach ihm geworfen. Meine innerliche Eifersucht war bereit zum Kampf. »Schau mal, ich möchte keine Bitch sein, weshalb ich möchte, dass du gehst.«

Er schüttelte den Kopf und breitete die Arme aus. »Was habe ich getan? Sag mir, was ich getan habe.«

Ich knurrte – knurrte tatsächlich. »Du hast gar nichts getan.« Meine Fäuste ballten sich und meine Brust wurde so eng, dass sich erneut Tränen ankündigten.

Er griff hinter sich und holte sein Handy aus seiner Tasche. »Da.« Er hielt es mir entgegen. »Willst du Ari anrufen und sie anschreien?«

Das war's. Der Damm brach und meine Stimme stieg um ungefähr ein Dutzend Dezibel. »Nein! Ich will nicht mit ihr reden! Warum in drei Teufels Namen sollte ich mit einer Frau reden wollen, die nicht nur gedroht hat, mir die Fingernägel auszureißen, sondern auch noch den gleichen Kerl datet, den *ich* daten will?! So stelle ich mir Spaß nicht vor! Ich weiß nicht, was du dir von mir erwartest, aber wenn du glaubst, du könntest mit mir flirten, während du mit jemand anderem gehst, dann hast du dich gehörig getäuscht. Und ich kann dir garantieren, dass Ari das auch nicht dulden wird. Also geh bitte zurück zu deiner Irren mit den tollen Brüsten und lass mich in Frieden! Es ist schon schlimm genug, dass ich über dich hinwegkommen muss, aber jetzt können wir nicht einmal mehr befreundet sein, also siehst du denn nicht ein, warum ich will, dass du *Einfach Nur Weggehst*?!« Als ich fertig war, konnte ich Brett nicht einmal mehr sehen. Meine Sicht war verschwommen durch die Tränen, die aus meinen Augen liefen, und ich wischte sie wie wild weg. Ich war dermaßen aufgebracht, dass ich wahrscheinlich ohne viel Mühe einen Elefanten hätte umwerfen können.

Ich spürte eine warme Hand auf meinem Arm. Eine sanfte Hand. Und seine Worte drangen einen Bruchteil einer Sekunde vorher ein, bevor seinen Lippen auf meinen landeten. »Fick Sei Dank.«

Abstieg

BRETT

DER KUSS DAUERTE GERADE EINMAL fünf Minuten, dann wich sie zurück und verpasste mir plötzlich einen Faustschlag direkt auf meinen Wangenknochen.

»Aua!« Ich hielt mir das Gesicht, während Liv herumtanzte, ihre Hand ausschüttelte und fluchte. »Wofür war das denn, verdammt noch mal?«

Ich hatte sie gar nicht gerne weinen sehen, und als sie mir gestand, dass sie Gefühle für mich hegte, konnte ich sie nur küssen. Anscheinend war das nicht die klügste Entscheidung gewesen.

»Du hast mich geküsst!«

»Äh, ja. Und ich habe vor, es nochmal zu tun, wenn mein Gesicht aufgehört hat zu pochen.«

»Du bist unfassbar.«

Es gab mehrere Witze, die mir einfielen und mit denen ich hätte antworten können, aber ich wusste nicht, ob ich mit einem weiteren Schlag so bald nach dem letzten klarkäme, selbst wenn er von einer winzigen Faust wie Livs stammte. »Du hast gesagt, dass du mit mir gehen willst. Ich hatte einfach angenommen, dass Küssen inkludiert ist.«

Sie verdrehte die Augen – Augen, die jetzt tränenfrei waren, wie mir auffiel. »Hast du einen Hirnschaden? Hatten wir nicht gerade ein Gespräch, das sich nur um die andere Frau drehte, mit der du ausgehst?«

Ich biss mir auf die Lippe, um nicht lachen zu müssen. Sie war so verdammt hübsch, wenn sie wütend war. Sie rieb sich ihre Hand und knurrte wegen meiner Miene, das zweite Knurren an diesem Abend, nach meiner Schätzung. Es war an der Zeit, dieses verfickte Riesendurcheinander aufzuklären.

Aber als ich gerade meinen Mund öffnen und sprechen wollte, flog die Tür zu ihrem Apartment auf und schlug laut an die Wand. Liv und ich drehten uns beide um und sahen diesen verdammten Horner, der die Arme an den Türrahmen gestemmt hatte, schwer atmete und dem der Schweiß von der Stirn floss. Na toll. Es ist erst eine Party, wenn der Kool-Aid-Typ hereinplatzt.

»Liv«, keuchte er, sodass ich vor sie trat, ehe ich daran denken konnte. Es war, als würde ich heute darum bitten, ein menschlicher Punchingball zu sein.

»Soll das ein Witz sein?«, fragte sie.

Auf keinen Fall durfte dieser Vollpfosten auch nur einen weiteren Schritt machen. »Horner, Mann, du musst wieder gehen.«

Liv trat hinter mir hervor, stemmte die Hände in die Hüften und sah uns beide böse an. Ihr Kopf drehte sich von Seite zu Seite, als könnte sie sich nicht entscheiden, wen sie zuerst erstechen sollte. »Ihr müsst *beide* gehen.«

Mein »Sicher nicht« und Troys »Wir müssen reden« überlappten und Livs Blick flipperte weiter hin und her. Ich sah Troy an und schürzte abschätzig die Lippen, Troy hatte aber nur Augen für Liv. Wieso wurde er mir gegenüber nicht zum Neandertaler, wie bei allen unseren früheren Begegnungen?

»Liv, es ist noch nicht alles gesagt zwischen uns. Nicht einmal annähernd«, warf ich ein. Sie musste verstehen, dass zwischen Ari und mir nichts lief – und eine ganze Menge zwischen mir und ihr.

Sie sah mich an und rümpfte die Nase und machte dann ein Würgegeräusch.

»Livvy, bitte.« Das kam von Troy, der, dafür musste ich ihm Anerkennung zollen, die Schwelle noch nicht überschritten hatte.

Liv zeigte ihm einen bösen Finger. »Nenn mich nicht *so*. Du hast kein Recht dazu.«

Er ließ den Kopf hängen, atmete noch immer schwer. Und war das ein reuiger Ausdruck in seinem Gesicht? Die Welt schnappte über.

»Was zum Teufel tust *du* denn hier, Arschloch?« Unsere Blicke flogen alle zum Wohnzimmereingang, wo Haley stand, flankiert von Tambo und einem kleinen braunen Hund, den ich noch nie zuvor gesehen hatte. Sie stand da wie Liv und wir hätten, wären Troy und ich weisere Männer gewesen, unsere Hufe da rausgeschwungen.

Tambo trabte herüber und setzte sich auf meinen Schuh. Ich versuchte, keine Miene zu verziehen.

»Echt jetzt?« Liv beäugte den Hund, sodass ich wieder lächeln wollte, trotz der Spannung, die in der Luft knisterte.

Troys gepresste Stimme durchdrang den Raum. »Ich krieg wieder eine Relegation.«

Liv und ich hielten still. Sogar Tambo erstarrte. Alle waren einen kurzen Augenblick lang still und dann mischte sich Haley ein. »Tut mir leid. Was bedeutet das überhaupt, und warum sollte es Liv eigentlich interessieren? Du hast sie betrogen.«

Damit hatte sie nicht unrecht.

Aber das hier war so, wie wenn man dafür betete, dass der Kerl in der Schule, der alle schikanierte, explosiven Durchfall beim Sportunterricht bekommt und man am nächsten Tag erfährt, dass ihn ein Auto überfahren hat und er den ganzen Sommer in einem Ganzkörpergips verbringen muss.

»Troy, ich …« Liv verstummte, ihre Stimme plötzlich leise.

Mir war nicht klar, ob Troys achtloses Benehmen in letzter Zeit das Huhn oder das Ei war in diesem Szenario. Hatte er damit gerechnet? So oder so, das signalisierte das wahrscheinliche Ende jeglicher Baseballkarriere für ihn.

Liv biss sich auf die Lippe und ich konnte ihr keinen Vorwurf machen, als sie mich ansah und dann Haley. »Würde es auch beiden etwas ausmachen, die Hunde hinauszubringen, während ich mich kurz mit Troy unterhalte?«

Haley atmete scharf ein, aber ich zeigte ihr ein kurzes Kopfschütteln und stieß dann den riesigen Hund sanft an, damit er sich von meinem Fuß erhob. Er ächzte, folgte aber, als eine finster dreinschauende Haley mit zwei Leinen erschien. Troy trat zur Seite, als wir vorbeigingen und sie verpasste ihm eine ordentliche Abreibung nur mit den Augen.

»Schließ die Tür nicht, Liv. Wir werden unten sein, also schrei, wenn du uns brauchst.« Sie sah zu Liv. Sie sah ihre Freundin durchdringend an und Livs Mundwinkel ging nach oben. Sie lächelte dezent als Zeichen der Dankbarkeit.

»Na das lief ja nicht so, wie ich es mir erhofft hatte«, sagte Haley schließlich zu mir, als wir am unteren Ende der Treppe ankamen. Sie hielt beide Leinen in der Hand und steuerte die beiden Hunde, als wäre es eine selbstverständliche Gewohnheit. »Ich hatte mir gedacht, ihr beide hättet euren Kram geregelt und würdet inzwischen schon rumknutschen.« Sie grinste mich an.

Ich erwiderte mit einer verzogenen Miene. »Das *hatte* ich so vorgehabt, ja.«

Sie tippte sich ans Kinn. »Siehst du, ich wusste, dass du mit niemandem zusammen bist. Ich habe versucht, es ihr zu sagen.«

»Danke dafür. Jetzt muss ich nur noch Liv überzeugen.«

»Mach dir keine Gedanken.« Haley warf mir ein beruhigendes Lächeln zu und blickte dann zurück nach oben zu Livs Apartment. »Was zum Teufel sollte das alles mit Troy?«

Ich seufzte und kämpfte mit dem Teil von mir, dem er leidtat. »Er wird zurückversetzt in ein niedrigeres Farmteam. Das ist praktisch der Todesstoß bei seinem Niveau.«

Sie nickte nur wieder und gab mir keinen Hinweis darauf, was sie über die Angelegenheit dachte. Ich konnte ihr nicht unbedingt Vorwürfe machen, weil sie den Kerl hasste, wie jede anständige beste Freundin das täte. Ich schaute zu, als die Hunde im Gras herumschnüffelten, und wir warteten. »Haley?«

»Ja«, antwortete sie gedankenverloren.

»Wusstest du, dass deinem Hund ein Bein fehlt?« Ich weiß nicht, wieso ich so lange gebraucht hatte, um das zu bemerken – vermutlich hatte ich mir gedacht, er würde aus irgendeinem Grund sein Bein hochhalten.

Sie lächelte mich an, als wäre ich ein Idiot und man bezahlte sie dafür, dass sie mich befreundete. »Mag sein, dass es mir aufgefallen ist, ja.«

»Wollte nur sichergehen.«

Sie sah mich noch einen Augenblick länger an. »Brett?«

»Ja.«

»Was ist mit deinem Gesicht passiert?«

Meine Hand ging nach oben zu meiner wunden Wange und unweigerlich breitete sich ein Lächeln in meinem Gesicht aus. Es störte mich nicht einmal, dass dadurch der Schmerz schlimmer wurde. »Ich habe sie geküsst und sie hat mich geschlagen.«

Haley hielt ihre Lippe zwischen ihren Zähnen und machte

große Augen vor schockierter Erheiterung. Dann gab sie auf und lachte drauf los.

Nach zehn Minuten waren Haley und ich so weit, dass wir dem kleinen Tête-à-Tête im ersten Stock ein Ende bereiten mussten. Bilder von Liv, wie Troy sie in den Armen hielt, wollten nicht aus meinem Kopf verschwinden, und ich stellte mir jede erdenkliche Art vor, wie er die Situation zu seinem Vorteil ausnutzen konnte. Ich meine, Liv dachte ja noch immer, dass ich mit Ari ging, um Himmels willen. Liv *musste* doch wissen, dass sie und ich zusammengehörten!

Als Troy dann langsam und ohne Liv am Arm die Treppe herunterkam, atmete ich erleichtert auf und beendete mein Hin-und-her-Laufen auf dem Bürgersteig. Haley zögerte nicht, sondern streifte an ihm vorbei die Treppe hoch, die Hunde im Schlepptau, als würden sie gemeinsam Liv aus einem brennenden Gebäude retten.

Troy blieb in ein paar Schritten Entfernung von mir stehen und rieb sich mit beiden Händen über seine kurzen blonden Haare. Er hatte eine kurze Turnhose und eines dieser schweiß-absorbierenden T-Shirts an, dass diese Kerle abseits des Spielfeldes alle trugen. Ich wusste nicht, was ich sagen sollte – oder ob ich überhaupt etwas sagen wollte. Er hatte Liv wie Dreck behandelt und er hatte sie verletzt. Aber tritt man einen Hund, der am Boden ist? Selbst wenn er es verdient? Es stellte sich heraus, dass ich mich nicht entscheiden musste.

»Pass einfach auf sie auf, okay?«

Das war alles, was er sagte, ehe er die Tür eines verrosteten Pick-ups öffnete und einstieg. Er war fort, bevor ich auch nur Luft holen konnte, um ihm zu sagen, dass eher die Hölle zufriert, als dass ich zulassen würde, dass Olivia Sun etwas zustößt.

ALS ICH OBEN ANKAM, fand ich Liv und Haley auf der Couch zusammengekuschelt vor, beide noch in ihrem Guardians-Dress. Ich wollte verlangen, dass man mir sagte, was zwischen Liv und Troy vorgefallen war, aber ich hatte wieder einmal kein Bedürfnis herauszufinden, wie sich ihr linker Haken im Vergleich zu ihrem rechten machte.

Haley sah mich und setzte sich auf. »Wir reden morgen darüber. Ich weiß nicht, wie lange Brett noch warten kann.« Dann flüsterte sie Liv etwas ins Ohr und erhob sich von der Couch. »Kommt, Jungs. Ihr kampiert heute bei mir«, lockte sie die Hunde, die ihr mit wedelnden Schwänzen folgten. Ich hörte, wie sich die Tür am Ende des Flurs schloss, und dann waren Liv und ich allein. Endlich.

Da war eine Sache, die ich richtigstellen wollte. »Ich werde erst gehen, wenn wir uns ausgesprochen haben.«

Sie hob eine Hand, sah mich nicht an. »Ich weiß nicht, ob ich mich heute Abend mit weiteren Unterredungen befassen kann, Brett.«

Sie klang niedergeschlagen, und das hasste ich. Liv war klug, hatte ein überschäumendes Temperament, sie konnte sarkastisch sein und sie war ein fröhlicher Mensch. Ihr Ton tat mir im Herzen weh. Ich ließ die Schultern hängen und ging hinüber und stellte mich vor sie. »He.« Meine Stimme war sanft, und sie sah schließlich auf und blickte mir in die Augen. Ihr Blick war angespannt, ein tiefes V hatte sich zwischen ihren Brauen gebildet.

Als ich schon dachte, dass sie mich mit Verachtung strafen wollte, sprach sie: »Ist es falsch, dass er mir leidtut?«

Ich atmete langsam ein und stieß ein freudloses Lachen aus. »Die Frage habe ich mir auch gerade gestellt.«

Sie hatte ein winziges Lächeln für mich übrig, und ich ließ mich neben sie auf die Couch fallen. »Der einzige Grund, warum ich dich nicht hinauswerfe, ist, dass ich Haley versprochen habe, es nicht zu tun.« Sie versuchte, verärgert zu klingen, aber es gelang ihr nicht so richtig. »Er fährt morgen weg«, sagte sie eine Minute darauf. »Sie schicken ihn nach Augusta, Georgia.«

Ein kleiner Teil von mir haderte damit, dass sie sich so anhörte, als würde sie ihn vermissen, aber ich zügelte meine Gefühle, bevor sie auffallen konnten. Sie redete, was für den Anfang schon mal gut war. Ich war immer ihr Freund gewesen, und wenn es das war, was sie im Moment benötigte, dann würde ich das mit dem reinen Tisch machen verschieben müssen, bis sie sich durch die Troy-Sache durchgearbeitet hatte. Aber nur kurz.

»Hat er gesagt, welche Gründe sie ihm genannt haben?«

Abgesehen davon, dass er sich heute Abend wie ein irrer Schwachkopf benommen hatte und allgemein ein Arschloch ist, fügte ich stumm hinzu.

»Sie haben ihm gesagt, dass es bei der Double-A um Verfeinerung, nicht um Entwicklung geht und dass er seine Reife oder Disziplin nicht ausreichend unter Beweis gestellt hatte, um bleiben zu können.« Sie prustete. »Das mit der Reife wundert vermutlich keinen von uns.« Sie wandte sich zu mir. »Ich habe ihn gefragt, was zum Teufel heute Abend bei dem Spiel mit ihm losgewesen ist, und er hat nur gesagt, dass das eine lange Geschichte ist. Er war total vage, aber er hat irgendwas davon gesagt, dass er nur helfen möchte und dass alles schiefläuft. Er hat auch versprochen, es wieder in Ordnung zu bringen.« Sie fuhr sich mit der Hand durch die Haare. »Ich habe keine Ahnung, was das bedeutet.«

Ich erstarrte mitten im Schulternhochziehen. Aris verrückte Geschichte kam mir plötzlich wieder in Erinnerung.

Ich hörte Liv kaum, als sie weiterredete. »Ich habe ihm gesagt, dass sich das mit uns auf keine Weise reparieren lässt, aber ich hatte nicht das Gefühl, als hätte er das gemeint.«

Ich nickte abwesend. Als Ari behauptete, Liv würde zusammen mit Troy einen Handel mit verschreibungspflich-

SO WIE DU BIST · 153

tigen Drogen betreiben, hatte ich lachen wollen. Livs Beteiligung daran war so wahrscheinlich wie ihr Wechsel vom Baseball zum Ballett. Aber Troy ... Troy war eine Wildcard. Und er hatte eine Beziehung mit mindestens einer anderen Frau, von der wir wussten, vielleicht auch mehr. Scheiße.

»Äh, Liv? Ich weiß, dass diese Frage sich seltsam anhören wird, aber gibt es einen Grund zu der Annahme, dass Troy irgendwas mit verschreibungspflichtigen Medikamenten zu tun haben könnte. Entweder, dass er Missbrauch betreibt oder sie verkauft ... oder beides?«

Sie sah mich misstrauisch an und richtete sich auf der Couch auf. »Wieso?«

Die Tatsache, dass sie die Vorstellung nicht sofort ausschlug, verriet nichts Gutes. Ich kratzte mich an der Stirn, denn ich wusste nicht, wie viel ich zu diesem Zeitpunkt weitergeben wollte. Ich meine, ich war schon so weit gewesen, dass ich ihr die ganze verdammte Geschichte erzählt hätte, um Aris verrücktes Benehmen und lächerliche Drohung zu erklären, aber ich hatte gedacht, dass nicht viel mehr dran sei. Dass es einfach nur lächerlich wäre. Jetzt war ich mir allerdings nicht mehr so sicher.

»Glaubst du, dass er was nimmt? War er deswegen so komisch beim Spiel und so aufgeregt, als er hierherkam?« Sie knabberte an ihrem Daumennagel und studierte mein Gesicht.

Ich breitete die Arme aus. »Schau mal, ich habe echt keine Ahnung, und ich weiß nicht, wie viel Glauben ich der Erzählung von dritter Seite über ein Gespräch auf der Damentoilette schenken soll.« Sie blinzelte mich an und ich fuhr rasch fort. »Eine meiner Freundinnen war auf der Damentoilette im Stadion und hat gehört, wie ein paar Mädchen sich über einen kleinen Handel mit verschreibungspflichtigen Medikamenten unterhalten haben, dass Troy und eine Freundin angeblich betreiben sollen.« Ich erwähnte Aris Namen absichtlich nicht. Das konnte ich alles später erklären.

Sie schüttelte den Kopf, fokussierte nicht auf mich. »Ich meine, er hat sich gelegentlich Eis auf die Schulter getan und ich habe auch bemerkt, dass er ein paarmal zusammengezuckt ist vor Schmerz, aber ich habe nie irgendwelche Schmerzmittel gesehen.« Sie biss sich wieder auf die Lippe und erwiderte meinen Blick jetzt. »Und außerdem wüsste der Teamarzt davon, wenn Troy eine Befreiung hätte, um Medikamente zu nehmen.«

Ich zuckte mit den Schultern. »Also so viel zu der Theorie.«

Liv erhob sich in dem Moment von der Couch. »Gott, ich hoffe, dass es nichts Großes ist. Ich glaube nicht, dass ich damit klarkäme, sollte Troy versuchen, irgendwas zu ›reparieren‹.«

Abermals wollte ich fragen, was er genau gesagt hatte, wo sie sich unterhalten hatten, ob er sie berührt hatte – aber ich wusste, dass ich das nicht konnte. Ich hatte kein Recht dazu. Sie ging zum Vordereingang ihres Apartments und ich erkannte, dass sie von mir erwartete, dass ich ihr folgte.

»Wenigstens hat er sich dafür entschuldigt, dass er mich betrogen und dann wie ein Arschloch verfolgt hat. Nicht, dass ich das von ihm brauchte – ich hatte ihn schon vor Wochen abgeschrieben. Aber man hört trotzdem gern ein ›Es tut mir leid‹.« Sie verstummte und sie drehte sich um, offensichtlich annehmend, dass ich direkt hinter ihr sein würde.

Das war ich nicht. Den Arsch fest auf ihrer Couch gepflanzt, holte ich tief Luft. »Also ich bin froh, dass du so denkst, denn mir tut es auch leid.«

Sie streckte eine Hand aus, um mich zu stoppen, und ihre Mundwinkel gingen nach unten. »Brett …«

Aber ich unterbrach sie. »Es tut mir leid, aber ich werde erst gehen, wenn wir uns darüber unterhalten haben, ob du mit mir gehen willst.« Ich zuckte mit der Stirn und hätte ihr nicht den geringsten Vorwurf gemacht, wenn sie mir wieder eine verpasst hätte.

»Let's Get Physical ...«

LIV

MEINE WANGEN FINGEN an zu glühen und ich wusste nicht, ob
aus Verlegenheit oder Wut. Was hatte es damit auf sich, dass
diese Männer ständig forderten, sich nur dann mit mir zu
unterhalten, wenn es ihnen passte? Was, wenn ich gerade nicht
reden wollte? Ich führte die schockierende Nachricht, dass Troy
in ein High-A-Farmteam relegiert wurde, darauf zurück, dass
ich ihm erlaubt hatte zu bleiben und zu reden. Brett wollte ich
nicht gestatten, sich seinen Weg zu einem Vier-Augen-Gespräch
zu erzwingen. Ich war bereits damit herausgeplatzt, dass ich
auf ihn stand – ich musste nicht gesagt bekommen, wie er mich
in seinen Turnus einfügen könnte oder was auch immer. Herr-
jeh! Ich befürchtete, dass die Gefühle, die ich für ihn hegte,
nicht von der Gelegenheitssorte waren. Ganz zu schweigen
davon, dass eine Frau aus seinem Harem mich ermorden
wollte.

Ich wollte ihm gerade sagen, wo er sich sein »Es tut mir
leid« exakt hinstecken könnte, als er mir zuvorkam.

»Ich gehe nicht mit Ari Amante und werde es auch in Zukunft nicht tun. Die Frau ist völlig bekloppt.« Er richtete sich schließlich auf und stand auf, als ich auf meinem gefliesten Boden erstarrte. »Meiner Meinung nach fehlt ihr nur eine schlechte Entscheidung auf eine Autoverfolgungsjagd à la O.J., samt heulender Sirenen und Helikopter-News-Berichterstattung.« Er trat einen Schritt näher und mein Herzschlag legte zu, als seine Worte zu mir durchdrangen. »Ich meine, sie müsste ein Warnschild tragen für jeden Typen, der das mit ihr auch nur in Erwägung zieht. Du willst gar nicht wissen, was sie ihrem jüngsten Ex-Freund angetan hat.« Ein sichtbares Schaudern durchfuhr seinen Körper und er legte eine Pause bei seinen langsamen Schritten ein und sah mir in die Augen. Seine Stimme wurde leiser: »Sie ist Emersons beste Freundin. Das ist alles.«

Meine Kinnlade fiel mir herunter und ich spürte, wie meine Brauen sich zusammenzogen. Als ich endlich die Fähigkeit wiedererlangte, Worte zu formen, funktionierten sie nicht ganz so, wie sie sollten. »Aber. Was. Ich. Das. Du. Sie. Was.« Ich schloss den Mund und atmete durch die Nase ein, und ich konnte nicht auf Brett fokussieren, sondern wählte stattdessen einen Flecken blaue Wand hinter ihm.

»Wozu ich vorhin keine Gelegenheit bekommen hatte, es zu erklären, war, dass Ari diejenige gewesen ist, die das Gespräch der Frauen auf der Toilette mitangehört hatte. Sie hat sich dann in den Kopf gesetzt, dass diese feste Freundin du bist, und hat dann aus einem seltsam übermäßigen Beschützerinstinkt heraus beschlossen, dich anzufahren. Ich habe ihr bereits den Kopf zurechtgerückt, was dich anbelangt, du musst dir wegen Ari also keine Sorgen machen. Tatsächlich wäre ich nicht überrascht, wenn sie dich demnächst aufsucht und sich bei dir entschuldigt – obwohl ich ihr gesagt habe, dass sie schon genug getan hat. Sie mag ja verrückt sein, aber sie hat das Herz am richtigen Fleck. Zumindest glaube ich das.«

Mein Blick schwang schließlich wieder zu Brett zurück und ich sah, dass er die Hände wieder in die Vordertaschen geschoben hatte. Ich wollte gar nicht daran denken, wie sehr mir diese kleine Angewohnheit bei ihm gefiel. Ich war noch mit der Verarbeitung dieser Ari-Geschichte beschäftigt, aber ich musste einfach fragen: »Also *wen* datest du dann?«

Seine Stirn legte sich in Falten, bis er einem Shar-Pei-Welpen ähnelte. »Dich?« Ich konnte sehen, dass er den Atem anhielt. Verdammt.

Ich schnaufte frustriert über seine absichtliche Begriffsstutzigkeit. »Du hattest doch erst letztes Wochenende eine Verabredung.«

Er starrte mich verständnislos an, sodass ich ihm einen Schlag verpassen, ihn küssen und die Augen verdrehen wollte. »Im Lindley Park Filling Station. Mit Ginger vielleicht?« Wie konnte er das vergessen? Vielleicht war es nicht Troy, der hier die Drogen nahm.

Er stutzte und starrte mich weiter ausdruckslos an, bis sein Gesicht sich auf einmal erhellte, als wäre soeben ein Licht eingeschaltet worden. »Das war für Jay, nicht für mich! Erinnerst du dich an Emersons jüngeren Bruder, den Pitcher? Er hatte sein erstes Rendezvous und hat mich gefragt, wohin er das Mädchen ausführen soll.« Dann runzelte er die Stirn und schüttelte den Kopf. »Und um das mal festzuhalten: Auf keinen Fall würde ich Ginger daten.«

Ich verdaute diese neuen Informationen, in dem Wissen, dass meine Emotionen sich eine nach der anderen auf meinem Gesicht abzeichnen würden, als ich begriff, was das bedeutete. Er ging nicht mit Ari. Er ging nicht mit Ginger. Er ging mit niemandem. Außer … mir. Mein Blick huschte zu seinem Gesicht, als das Grauen mich in die Klauen nahm. »Ich habe dich geschlagen!«

Brett rieb einfach nur an seiner Wange und grinste – ich hatte ihn geschlagen und der Kerl grinste! »Das hast du.«

Ich hielt mir beide Hände vor den Mund. »O mein Gott.« Und dann bewegten sich meine Füße und ich ging auf ihn zu. Ich stürzte mich auf Brett, wodurch er einen Fuß zurückgestoßen wurde, und ich warf meine Arme um ihn und vergrub mein Gesicht in seinem Shirt. »Es tut mir furchtbar leid. Es tut mir ja so furchtbar leid.« Ich atmete seinen vertrauten Geruch ein und hielt mich an ihm fest.

Seine Arme trafen sich auf meinem Rücken. »Mach dir keine Gedanken deswegen. Das ist nicht das erste Mal, dass ich geschlagen wurde. Es ist nicht einmal das erste Mal in diesem Monat, dass ich geschlagen wurde.« Ich ächzte bei diesem schrecklichen Witz und umarmte ihn noch fester. Mag sein, dass er gestöhnt hat, aber sollte ich ihm einen Riss in die Niere gemacht haben, hätte ich eine überschüssige, die er von mir haben könnte.

Ich wich schließlich zurück, um wieder zu ihm aufzusehen, und seine Hände kamen nach vorne, um sich um mein Gesicht zu legen. Seine Lippen waren nach oben gebogen und seine blauen Augen leuchteten, als er mein Gesicht absuchte. Ich knabberte an meiner Unterlippe und wusste, dass mein Gesicht nach dem Tag im Freien und den ganzen Emotionen der letzten Stunden wohl schlimm aussah. Doch das war nicht das, was sich in seinen Augen spiegelte, als er mich ansah. Ich hatte den deutlichen Eindruck, dass er mich gleich küssen würde, doch anscheinend war er mit dem Blödkommen noch nicht fertig.

»Du hast einen ordentlich starken Arm. Schon mal daran gedacht, Baseball zu spielen?«

Meine Lippen bildeten ein widerwilliges Lächeln und ich schien keine Antwort zusammenzubekommen. Was okay war, denn da neigte er sich zu mir und platzierte einen besonders sanften Kuss auf meine Lippen. Er war wie ein Seufzen, ein langes Ausatmen nach einem qualvollen Tag, ein Niederlassen, wenn man endlich zu Hause angekommen ist. Das alles spürte ich in seinem zarten Kuss.

Ich nahm seine Oberlippe zwischen meine Lippen und spürte seinen Bart und den Schnurrbart über meine Haut streifen, als wir uns in diesen exquisit gemächlichen Kuss vertieften. Er neigte seinen Kopf und kostete kurz meine Lippe mit seiner Zunge, während ich mit der Hand hochkam und die zu langen Haare in seinem Nacken streichelte.

Der Kuss verlief langsam, ein intimer Akt für sich – einer, der kein Auftakt zu irgendetwas anderem war, sondern ein Genießen dieses Augenblicks und der Beziehung, die wir uns nicht zugestanden hatten – der Beziehung, die ich immer noch nicht begriff. Dieser Kuss war eine Beichte, und ich empfand es als so erleichternd, dass ich mich jetzt befreien konnte, als unsere Münder einander träge huldigten.

Er schickte ein schwelendes Feuer zu meinem Bauch hinab, das immer weiter ging, bis das Flackern sich zu einem tosenden Feuer auswuchs und mir diesen Mann in mein Innerstes einbrannte. Er war überall in mir – in meiner Brust, in meinem Bauch, in meinem Kopf, und genau dort wollte ich ihn auch haben.

Doch so sehr mir sein Kuss und alles, was er bedeutete, gefiel, mein Körper fing an, nach mehr zu betteln. Daher war es keine große Überraschung, als ich bemerkte, dass meine Hand sich in die Nähe der deutlichen Ausbuchtung in seiner Jeans bewegt hatte. Gerade noch hatte ich sein Haar und seine Schultern gestreichelt und schon begrapschte ich ihn. Ich hatte keine Hemmungen, sondern drückte ihn durch die Jeans hindurch. Er stöhnte in meinen Mund und seine Hüften zuckten nach vorne.

Ich grinste in seinen Mund und wich zurück, wobei mir nicht entging, dass er nach meiner Bewegung fast eine Schnute zog.

»Komm mit mir.« Ich zog ihn an der Hand in mein Schlafzimmer am Ende des kurzen Flurs. Bei einem Blick über die Schulter entdeckte ich, dass sein gieriger Blick auf meinen Hintern fiel, während seine Zunge über seine Unterlippe glitt.

Er sah aus, als würde er sich gleich auf mich stürzen, als ich die Tür hinter mir schloss, und zog mir sofort mein Guardians-Shirt aus. Ich musste nicht nach unten sehen, um zu wissen, dass er klare Sicht auf meine steifen Nippel unter dem fast durchsichtigen Material meines weißen Spitzen-BHs hatte. Mein Rückgrat kribbelte, als er rasch die Distanz zwischen uns verringerte, die Augen praktisch entflammt.

»Wow.« Ich lächelte und verhakte meine Finger hinter seinem Nacken. »Das ist ein gefühlstiefer Blick, den du da draufhast.«

Sein Kiefer tickte buchstäblich vor Zurückhaltung, wie ich vermutete, und als er in Erwiderung nur ächzte, musste ich einfach lachen. Er schien es nicht einmal zu bemerken, denn seine Aufmerksamkeit war zur Gänze auf die Stelle gerichtet, wo seine Daumen über meine Nippel fuhren. Die Empfindung ließ mich scharf einatmen. Es dauerte nicht lange, dann fielen die Spitzenkörbchen und legten meine Brüste für seine Blicke frei. Ich hatte nicht einmal eine Sekunde, um ihre geringe Größe zu beklagen, ehe Brett sich vorbeugte und eine von ihnen mit seinem Mund bedeckte, während seine Hand die andere umfasste. Sein Einatmen war zu hören und er wirbelte seine Zunge um meine stramme Knospe. Das war so erotisch und intensiv, dass ich stöhnte und ihn am Hinterkopf festhielt, für den Fall, dass er auf die verrückte Idee kam, exakt diese Stelle zu verlassen. Ich hätte mir keine Sorgen machen müssen, wie sich herausstellte.

Doch wie bei allen Dingen, hielt ich es nicht aus, wenn er mir zu weit voraus war oder zu lange. Aus diesem Grund drifteten meine Hände nach unten und zogen sein schwarzes T-Shirt hoch, sodass er gezwungen war, von meinen Brüsten abzulassen. Dann befanden wir uns zum ersten Mal Haut an Haut und es war fantastisch. Ich spürte, wie ich eine Gänsehaut auf dem Bauch und meinen Armen bekam, als ich mit den Händen über die warme, harte Fläche seiner Schultern strich.

»Du lieber Gott, Brett.« Ich wich ein paar Sekunden zurück und sah ihn mir an. Seine Kleidung leistete ganze Arbeit dabei, den Leckerbissen zu verbergen, der darunter auf mich wartete. Sehnige Muskeln zogen sich entlang seiner Arme, Schultern, der Brust und dem Bauch, und ich spürte, wie mir das Wasser im Mund zusammenlief, weil ich kosten wollte. »Du bist echt hübsch.«

Er lachte über meinen Gefühlsausbruch und es konnte sein, dass seine Brust ein kleines Stück anschwoll, als ich das sagte. Ich dachte zurück an die Nacht in seinem Apartment, als ich das erste Mal einen Blick auf seinen Körper werfen konnte, ich aber dermaßen auf seine Verletzungen und die Schuldgefühle wegen Troy fokussiert gewesen war, dass ich vermutlich in den klinischen Modus geschaltet und die straffen Muskeln nicht registriert hatte. Dr. Sun ist heute Abend jedoch nicht im Büro, so viel war verdammt sicher. Hauchzart streifte ich mit meinen Fingern über seine straffen Bauchmuskeln, wo sein Lachen die Muskeln anspannte. »Schön.« Ich sah auf und zeigte ihm mein bewährt freches Grinsen, dann beugte ich mich vor und fuhr mit der Zunge über die Haut oberhalb seines Bauchnabels. Das Lachen blieb ihm im Hals stecken und sein gesamter Körper spannte sich an, während ich meine Erkundung fortsetzte und seinen männlichen Duft einatmete.

Ich hatte kaum begonnen, da zog mich Brett jedoch hoch und strich mit den Fingern über meine Schultern, bis ich wieder zu ihm aufsah. Ich wusste, dass meine Augen die Trunkenheit der Lust spiegelten, seine ebenso, aber er musterte mich wieder mit diesem heißen Blick. Ich spürte ein innerliches Kribbeln und wie sich meine Geschlechtsteile zusammenzogen.

»Komm her«, lockte er mich mit leisem Ton, dann zog er mich zum Bett. Na endlich! Doch wenn ich gedacht hatte, das wäre der erste Schritt auf der schnellen Spur zur Mach's-mir-Stadt, dann hatte ich mich gehörig getäuscht. Er legte sich auf mein weiches graues Laken und zog mich neben sich, sodass wir einander ansahen. Meine Verwirrung musste in meinem Gesicht zu erkennen gewesen sein, denn er fuhr mit einem Finger zu der Haut zwischen meinen Brauen. Was lief hier ab?

»Himmel, du bist so schön.«

Er sprach mit solcher Ernsthaftigkeit, dass ich beinahe Panik bekam, weil ich seine Worte plötzlich nicht verarbeiten konnte. Ich spürte, wie sich meine Wangen röteten, und es entging mir nicht, wie rückständig es doch war, dass ein Kompliment, das von Herzen kam, mir peinlich sein konnte, während es keinerlei Gehemmtheit zur Folge hatte, wenn ich mit der Zunge seine zum Nabel reichende Schamhaarlinie hinabfuhr. Da ich nicht genau wusste, was ich mit mir anfangen sollte, neigte ich mich vor, um ihn zu küssen. Brett wich jedoch zurück, nachdem sich unsere Lippen kurz berührt hatten. Ich wollte protestieren.

Sein Daumen kreiste auf der nackten Haut meiner Schulter. »He, ich will nur sichergehen, dass wir hier nicht zu schnell fortschreiten.«

Er hätte mich mit einer Feder umstoßen können. Zu schnell? Es war klar, dass wir aufeinander standen, wir wussten, dass wir uns verstanden, und wir hatten immer viel Spaß miteinander. Troy war völlig weg von der Bildfläche und Brett ging mit niemandem. Ich sah bewusst zu meinen nackten Brüsten hinunter, ehe ich ihm wieder in die Augen sah.

»Äh, alles okay bei mir. Und bei dir?«

Als er nicht sofort antwortete, beugte ich mich wieder vor. Es war ja nett von ihm und so weiter, dass er sich bei der ganzen Sache wie ein Gentleman verhielt, aber ich war auf jeden Fall bereit, loszulegen – je eher, desto besser, nach dem Zustand meines Höschens zu urteilen. Doch er hielt mich mit der Hand auf meiner Schulter abermals zurück.

»Glaub mir, ich kann's kaum erwarten, dich ganz auszuziehen und in dir zu sein.«

Na Gott sei Dank! Ich hatte schon gedacht, ich wäre in so ein alternatives Universum gestolpert, wo die verrückten höher entwickelten Menschen zugunsten einer bizarren wissenschaftlichen Fortpflanzung in einer sterilen Petrischale auf Sex völlig verzichteten. Ich meine, wo war da der Spaß?

Er nahm seine Hand von meiner Schulter und benutzte sie, um sich über den Bart zu streichen. Das war wenig hilfreich, denn es machte mir nur bewusst, wie sich dieser Bart auf bestimmten Stellen meines Körpers anfühlen würde. »Ich will nur … Ich will nur nicht, dass es dabei nur um Sex geht.« Er hob die Hand. »Ich weiß. Ich bin genauso überrascht wie du.«

Bei seinem Versuch, die Lage aufzuheitern, zuckte bei mir ein Mundwinkel und dann spürte ich, wie mein Gesicht irgendwie weich wurde. Er behandelte mich – behandelte *uns* – mit solcher Sorgfalt, dass sich ein Kloß in meinem Hals bildete. Das war dermaßen Neuland für mich, dass ich sobald wie irgend möglich eine sehr, *sehr* detaillierte Karte brauchte. Und vielleicht ein Beruhigungsmittel für meine Nerven, wenn ich es mir richtig überlegte.

Meine Hand ging nach oben und ich presste eine Handfläche an meine Wange. Er drehte sie um und küsste sie, und ich versuchte zu schlucken, ehe ich aussprach, was in meinem Herzen und meinem Bauch herumwirbelte. »Tut es nicht.« Ich schüttelte den Kopf und sah, dass er mich aufmerksam beobachtete. »Bei dem Teil bin ich noch nie besonders gut gewesen, aber bei dir möchte ich gut darin sein.« Und das stimmte. Sex war einfach. Intimität war schwieriger.

Er nickte und ich konnte erkennen, dass sich Erleichterung in seinen Gesichtszügen ausbreitete. »Es ist in Ordnung, wenn man ausflippt, Liv, aber du musst mir versprechen, dass du es mir sagen wirst, wenn du es tust.«

Ich nickte zustimmend, denn ich war mir nicht sicher, ob ich gerade sprechen konnte. Ich würde mein Allerbestes geben und hoffen, dass das reichte. Als er sich jedoch vorbeugte und einen sanften Kuss auf meine Stirn presste, spürte ich, dass mein

Herz es registrierte – dieses sture Organ, das nicht so oft zum Einsatz kam, wie es wahrscheinlich hätte kommen sollen.

Es war nicht so, dass ich mich bewusst dafür entschieden hatte, Intimität oder tiefere Gefühle einem Mann gegenüber zu vermeiden, und es ist ein Klischee, das zu sagen, aber ich war wirklich so verdammt beschäftigt gewesen. Veterinärmedizin studieren ist kein Scherz. Ärzte müssen lernen, wie ein Körper – der menschliche Körper – funktioniert. Tierärzte müssen hunderte Funktionsweisen erlernen, und wie man Probleme diagnostiziert, wenn ihre Patienten ihre Symptome nicht mit Worten beschreiben können. Wenn man sich auf ein so anstrengendes Unterfangen konzentriert, bleibt nur für flüchtige Beziehungen Zeit. Und ich liebe nun mal den Sex, daher war es irgendwie ein Selbstläufer. Diese Sache mit Brett – die unbekannte Tiefe der Gefühle – war völlig neu für mich. Und ich muss gestehen, es war mega-angsteinflößend. Aber ich wusste instinktiv, dass ich es bereuen würde, wenn ich es nicht ausprobierte. Ich musste eben hoffen, dass keines von unseren Herzen brach.

Also holte ich tief Luft, während mein Herz laut den Takt schlug, und sprach die Worte: »Ich verspreche es.« Das Lächeln, das ich dafür erntete, machte Unglaubliches nicht nur mit meinen Nerven, sondern auch mit meinem unerfahrenen Herzen.

»O MEIN GOTT«, stöhnte ich, als Brett mir in die Augen sah und meine Zunge herauskam, um über meine Unterlippe zu gleiten. Es entging mir nicht, dass seine Pupillen sich ausdehnten, während er meine Zunge beobachtete, als ich sie langsam herauszog, die Gabel. »Das war kein Scherz, was du über diesen Kuchen gesagt hast«, murmelte ich, den Mund voll mit einem absolut köstlichen Schokolade-Pecannuss-Pie. Eine seiner Freundinnen besaß ein Gastrounternehmen und hatte ihm an diesem Tag einen Kuchen in einer Kühltasche mitgegeben – irgendwas mit: ein Junggeselle bräuchte jemanden, der ihn ernährt. Ich würde dieser Frau gestatten, in meine Wohnung zu ziehen und Brett zu füttern, wenn das hieß, dass ich noch weitere von diesen Leckereien mitnaschen konnte. *Der*. Beste. Kuchen. Überhaupt.

Brett hatte seinen immer noch nicht gekostet, fiel mir auf. Er schien zu sehr damit beschäftigt zu sein, meinen Mund zu studieren und bei dem Gedanken wurde mir gleich wieder heiß. Aber nach unserem Gespräch im Schlafzimmer, hatte ich nichts dagegen eingewandt, als er vorschlug, dass wir uns anziehen und eine Verschnaufpause einlegen, ehe wir den Verstand verloren und einander besinnungslos orgelten. So hat er es natürlich nicht gesagt, aber der Inhalt ist derselbe. Er behandelte den Anfang der Dinge zwischen uns als etwas Fragiles, das behütet und in Ehre gehalten werden wollte, und wer war ich denn, eine so rücksichtsvolle Absicht abzulehnen? Dieser Mann zeigte mir immer mehr Stufen, und dieser Schritt zurück zwang mich, eben alles wertzuschätzen und es nicht unters Bett zu schieben, während wir die Laken verwüsteten.

Daher also der Kuchen. Und ein verdammt spektakulärer obendrein.

Doch während ein Teil von Brett diesen Lass-dir-Zeit-Plan billigte, stimmten die anderen Teile offensichtlich nicht ganz zu. Was sich bewahrheitete, als er sich wie der Blitz von seinem Stuhl erhob und zum Kühlschrank ging, die Aufwölbung seiner Jeans deutlich erkennbar. Ich lachte in mich hinein und gabelte noch ein Stück Kuchen auf.

»Hast du Wasser da?«

Ich grinste dreist. »Es könnten ein paar Flaschen im Kühlschrank sein, aber wenn nicht, nimm dir einfach aus der Leitung. Es ist in Ordnung.« Ich wusste nicht, wieso ich das immer am Schluss anhängte, außer wegen der ganzen Sache mit meiner Mom.

Mein Grinsen verging mir und ich spürte, wie mir das Gesicht herunterfiel. Ich hörte, wie Brett etwas murmelte, während er ein Glas aus dem Schrank holte. Doch dann fiel mir wieder unser Gespräch von vorhin ein, und das konnte ich nicht ignorieren, seit es sich in meinen Kopf gepflanzt hatte.

Ich legte meine Gabel ab. »Brett?«

Er drehte sich vom Tresen um, leeres Glas in der Hand. »Ja.« Als er meinen Gesichtsausdruck sah, kam er näher. »Was ist denn los?«

Ich war unbekümmert, aber ich drängte weiter. »Vorhin. Als du von diesem Handel mit den verschreibungspflichtigen Medikamenten und über Troy und irgendeine Frau gesprochen hast.«

Brett setzte sich wieder an den Tisch und ich blinzelte ihn an. Er erwidert meinen Blick mit einem fragenden. Nicht, dass ich ihm das angesichts meines abrupten Gesprächswechsels verübelte.

Ich stand vom Tisch auf, der Kuchen war vergessen, und ging ein paarmal auf dem Fliesenboden auf und ab, während ich meine Gedanken ordnete. Irgendetwas stimmte da nicht.

Ich hatte mich immer wieder gefragt, warum Troy mich ständig bedrängte, wenn er doch offensichtlich woanders Sex bekam. Er war ja nicht in mich verliebt. Und dann waren da diese Blicke, die er mir beim Spiel zugeworfen hatte, und sein verzweifelter Auftritt vor meiner Tür. Ganz zu schweigen von der wenig Gutes verheißenden Deklaration »Ich werd's reparieren.«

»Haben wir eine Ahnung, wer seine Freundin ist?«

Brett schüttelte den Kopf und kratzte sich am Bart, während er nachdachte. »Ich möchte kein heikles Thema ansprechen, aber ich vermute, dass es die Frau sein könnte, mit der ich ihn vor ein paar Wochen im ‚Fever' gesehen habe. Große Brünette? Lange Haare?«

Das sagte mir nichts, aber das war kein Wunder. Brett stellte sein Glas auf den Tisch und dann ging es mir auf. »O mein Gott.«

Er wurde still. »Was denn?«

»Er ist in mein Büro gekommen.«

»*Wer* ist in dein Büro gekommen?« Brett richtete sich gerade, richtete sich für die höchste Warnstufe ein. Trotz dieser neuen Erkenntnis schmolz ich ein wenig dahin, weil er einen solchen Beschützerinstinkt hatte.

Ich steckte meinen Daumennagel zwischen die Zähne und zwang mich zur Konzentration. Ja. Das ergab einen Sinn. Und es war nicht gut.

»Troy. Er ist ein paarmal in mein Büro gekommen seit unserer Trennung. Ich hatte gedacht, er würde wieder mit mir zusammenkommen wollen, und ich musste einmal sogar Joey anrufen, um ihn zum Gehen zu bewegen.«

»Also ich verstehe ja Troys Entscheidungen meistens nicht, aber ich verstehe schon, wenn er wieder mit dir zusammenkommen will.«

Ich ging erneut auf und ab und zog an einer Haarsträhne. »Aber die Chancen für ihn hätten viel besser gestanden, wenn er mich privat getroffen hätte, indem er hierher in die Wohnung gekommen wäre. Er hat spezifisch Zutritt zu meinem *Büro* gesucht.« Ich sah Brett lange in die Augen.

Er atmete aus und presste die Fingerkuppen vor sich aneinander, während seine Mundwinkel nach unten gingen. »Wo du deine Medikamente aufbewahrst, nehme ich an.«

»Es ist noch viel schlimmer.« Ich ging schließlich zum Tisch zurück und ließ mich geschlagen auf meinen Stuhl fallen.

»Ich führe genaue Aufzeichnungen über alle Medikamente, die ich lagere – und die befinden sich alle in einem abgeschlossenen Schrank.«

»Er hat also deinen Schlüssel gestohlen.«

»Nein. Das musste er nicht.« Ich schluckte. »Du lieber Gott, ich hoffe, dass ich mich da irre.« Ich sah Brett wieder an, der die Hand ausstreckte und meine Hand drückte, wo ich am Holz des Tisches herumfummelte. »Ich hatte abgelaufene und ungenutzte Medikamente meiner Klienten gesammelt, um sie im Krankenhaus zur ordnungsgemäßen Entsorgung abzuliefern. Meine Mom … also das ist kompliziert«

Er nickte, musste nicht alle Details kennen, hörte aber ungeachtet dessen aufmerksam zu.

»Na ja, jedenfalls bewahre ich sie in meinem Büro in einem Tox-Behälter auf, bis ich weiß, dass ich beim Krankenhaus vorbeifahren werde. Mein Büro ist immer abgeschlossen, wenn ich nicht dort bin.«

Er nickte, denn er wusste genau, worauf ich hinauswollte. »Außer, wenn dein fester Freund vorbeischaut.«

Ich nickte zurück. »Troy hat manchmal bei mir am Arbeitsplatz vorbeigeschaut und ich habe ihn dann immer im Büro alleingelassen, während ich auf die Toilette ging oder einen Klienten begrüßte.«

»Sodass er die Gelegenheit hatte, sich die besten Medikamente herauszusuchen und dir den Rest zu überlassen, damit du nichts merkst.«

»Genau.« Ich fuhr mir mit den Händen übers Gesicht. »Aber Brett. Nicht nur, dass viele dieser Medikamente abgelaufen sind, sie entsprechen auch nicht den Richtlinien der FDA für Medikamente für den Humanbereich.«

»Scheiße.«

»Jawohl, Scheiße ist richtig. Und ich besitze keine vollständigen Aufzeichnungen über alles, was ich in den letzten Monaten gesammelt habe.«

Brett atmete durch und lehnte sich auf dem Stuhl zurück, der Kuchen noch unberührt vor ihm. »Aber das sind doch alles nur Vermutungen, oder nicht? Vielleicht hat er gar nie was genommen. Ich meine, warum sollte ein Kerl, der eine Baseball-Karriere verfolgt, sie riskieren, nur um ein paar Drogenver-käufe hier und da zu machen? Eher wahrscheinlich ist, dass er ohne dich durchgedreht ist.«

Ich lehnte mich auf einem Ellenbogen nach vorne. »Es ist ja irgendwie süß von dir, dass du das sagst, so seltsam das ist, aber ist dir Troy wie ein Mann erschienen, der gute Entschei-dungen trifft?«

Brett biss sich auf die Lippe und seine Augenbrauen gingen nach oben. »Äh, nein.« Er zog an einem seiner Ohr-Plugs. »Also, was werden wir dann unternehmen?«

Ich sah auf die Uhr und sah, dass es nach ein Uhr morgens war. »Heute Nacht nichts, aber morgen ist eine andere Geschichte.«

Er neigte sich vor, nahm wieder meine Hand und streichelte mein Handgelenk mit seinem Daumen. Trotz der beunruhi-genden Entdeckung, die wir gemacht hatte, spürte ich ein Schaudern über mich laufen. »Na dann können wir vermutlich auch unseren Kuchen zu Ende essen.«

Der Teil von mir, der hoffte, dass das ein Euphemismus war, wimmerte, aber es gelang mir, mein Stück restlos wegzuputzen, ehe ich mich zu einer sehr erwachsenen Übernachtungsparty, meiner ersten, zu Brett ins Bett kuschelte.

Vollkommen verrückt und verrückt vollkommen

∼⌒∽⌒∽

BRETT

ICH ERWACHTE und mein Schwanz meldete sich lautstark. Nicht, dass ich es ihm übelnahm, nach all dem, was ich ihm in den letzten zwölf Stunden abverlangt hatte, aber sagen wir's mal so: Er hat seine Meinung kundgetan. Ich versuchte, dezent die Position zu verändern, er ließ sich jedoch nicht abhalten.

»Das gelobte Land ist nicht mehr fern und es wird mir gehören, verficktesten Dank, MacKinnon!«, brüllte er, als meine Hüften übernahmen und mein steinharter Schwanz die Wärme zischen Livs Schenkeln ansteuerte und sich in ihren sehr feinen Hintern presste, wo dieser sich zufälligerweise ganz dicht an mich schmiegte.

Eine Hand ruhte auf ihrer Hüfte und ich spürte, wie sie sich vor mir bewegte, als ich die Kontrolle zurückzuerlangen versuchte. Der Kampf war ein harter. Sie hatte mir letzte Nacht grünes Licht gegeben und ich hätte den größten Teil der Nacht bis zu den Eiern in ihrer süßen, heißen Mitte stecken können. Aber nein. Mein Hirn und mein Herz hatten beschlossen, meinen Schwanz zu überstimmen. Ich weiß nicht, wer überraschter gewesen ist, ich oder Liv.

Es war mir einfach so … entscheidend erschienen zu dem Zeitpunkt. Und es war nicht so, dass ich Liv nicht vertraute. Ich wusste jetzt, dass sie mich niemals absichtlich für Sex ausnutzen würde – ein Gedanke, den ich zu jedem anderen Zeitpunkt meines Lebens als lächerlich empfunden hätte –, aber ich wusste nicht, ob sie sich selbst zutraute, nicht Reißaus zu nehmen, wenn die Dinge zu heftig wurden. Meine Gefühle für sie waren kompliziert und ich hatte nicht das Gefühl, dass sie schon einmal Kompliziertes erlebt hatte.

Daher versuchte ich, die Dinge nicht zu früh außer Kontrolle geraten zu lassen – da ich mir ziemlich sicher war, dass ich mich, sobald ich Liv richtig erlebte, einen Monat oder mehr mit ihr in ihrem Schlafzimmer verschanzt hätte. Und wenn sie fand, dass sie zu diesem Zeitpunkt für etwas Echtes noch nicht bereit war, dann weiß ich nicht, ob ich mich dann wieder erholt hätte. Jemals.

In diesem Sinne atmete ich leise ein, um mir einen Fix von diesem Zitrusduft zu holen, den sie auf ihrem Haar oder ihrer Haut verwendet, und drehte mich sachte auf den Rücken. Ich sah mit meinem peripheren Sehen, dass Livs Körper sich bewegte, und erstarrte. Es hatte keinen Zweck. Sie drehte sich um, der Blick verschlafen und ein saufreches Grinsen auf den Lippen.

»Dir auch einen schönen guten Morgen.« Ihre Haare waren ein zerzauster Wirrwarr und sie sah aus, als wäre sie frisch gefickt. Mein Schwanz stand Habt Acht und warf mir noch mehr Beleidigungen entgegen. Liv war die Bewegung unter der Decke nicht entgangen. Wie denn auch eigentlich? Das verdammte Ding bildete ein Zelt, das für ihren Hund groß genug gewesen wäre.

»Ach du liebe Zeit. Was haben wir denn da?« Sie machte

Anstalten, die Decke zu heben, ich klatschte meine Hand aber darauf.

Sie schmollte wie eine Fünfjährige – eine geile Fünfjährige. Was ziemlich verkehrt war. »Spaßbremse.«

»Diese Party ist strengstens auf eine Person beschränkt.« Ich sah sie mit zusammengekniffenen Augen an, als sie nicht aufhören wollte zu grinsen.

Dann stützte sie sich auf ihren Ellenbogen auf, streckte eine Hand aus und zog mit einer Fingerspitze Kreise auf meiner nackten Brust. Ich hatte nur Retroshorts an und sie steckte in so einem jämmerlich winzigen Pyjama. Wir hatten uns in der vorigen Nacht im Bett unterhalten, bis wir eingeschlafen waren, und ich hatte nicht wirklich bedacht, wie wir uns im Schlaf zusammengerollt ineinander kuscheln würden. Da war ich also nun mit einer schmerzhaften Morgenlatte und einer bösen Sirene, die mich gleich als Erstes lockte.

»Genaugenommen ist es keine Party, wenn nur eine Person teilnimmt, wie du weißt.« Ihre Hand tauchte ein wenig tiefer, bis sie auf die Kante der Decke traf, die meinen Anstand hundsmiserabel wahrte. Verdammt, sie sah traumhaft aus mit ihrem hinreißenden Lächeln und den Haaren, die einen dunklen Halo um ihr Gesicht bildeten. Und ich war auch nur ein Mensch.

»Scheiß drauf«, sagte ich eine halbe Sekunde bevor ich mir ihren Mund nahm und sie über mich zog.

Sie kreischte und lachte in meinen Mund, während sie meinen Kuss freudig erwiderte und es sich auf mir drauf bequem machte. Zu spüren, wie sie ihr Gewicht genau richtig verteilte, war echt himmlisch, und es wurde noch besser, als sie ihre Schenkel öffnete und ihre heiße Mitte über meinen schmerzenden Schwanz schmiegte.

Meine Hände senkten sich, um ihre Pobacken zu packen, und ich verwendete meine Finger, um den Rand ihrer winzigen Shorts nachzuziehen. Sie tauchte mit ihrer Zunge in meinen Mund ein, als ich mit einem Finger unter den Saum glitt, um die seidig weiche, heiße Stelle zu finden, die sich darunter verbarg.

»O Gott«, stöhnte sie, als sie sich auf mir rieb und mir schwarze Punkte vor meinem Sichtfeld erzeugte. Wenn ich nicht aufpasste, würde ich mich bald blamieren.

Doch diese Möglichkeit stellte sich als unwahrscheinlich heraus, als es mehrmals hintereinander laut an Livs Schlafzimmertür klopfte.

Liv stieß einen Klagelaut aus und richtete sich auf. »Ich gebe dir einhundert Dollar, wenn du später wiederkommst!«, brüllte sie über ihre Schulter.

Haleys gedämpfte Stimme ertönte durch die Tür. »Es tut mir leid, Liv, aber deine Sicherheitsfirma hat soeben auf deinem Handy angerufen. Der Alarm in deinem Büro ist losgegangen!«

»Ich sagte doch schon mehrmals, dass ich meine Schlüssel nicht im Schloss steckenließ.« Liv fuhr sich zum zehnten Mal seit unserer Ankunft mit der Hand durch die Haare.

Der Polizeibeamte, der bei ihr stand, seufzte und versuchte es noch einmal. »Junge Frau, das machen die Leute ständig. Sie waren wahrscheinlich unaufmerksam.« Sie schüttelte den Kopf. »Oder Sie haben ein Telefongespräch geführt.« Er zog herablassend eine Augenbraue hoch. Sie machte eine schärfere Miene, als sie einen Schritt auf ihn zutrat, also dachte ich mir, dass das ein guter Zeitpunkt wäre, mich einzuschalten.

Ich trat rasch heran und schüttelte kurz den Kopf, um ihr zu sagen, dass sie den finsteren Blick ablegen und lieber davon absehen sollte, einen Strafverfolgungsbeamten anzugreifen. Nicht, dass sie Notiz davon nahm.

»Ich sehe also dä—« Und das war mein Stichwort, die Stelle, an der ich sie unterbrach.

»Hallo, Herr Wachtmeister.« Ich streckte ihm die Hand

entgegen und lächelte höflich. »Brett McKinnon. Der feste Freund«, meldete ich mich und spürte, wie Livs böser Blick sich auf mich verlagerte. Der Beamte, ein älterer Mann mit graumeliertem Haar, der einen langsamen Gang hatte und der wahrscheinlich auf die Rente zusteuerte sowie definitiv auf seine Mittagspause, musterte mich und schien wenig beeindruckt zu sein. Doch ich drängte weiter. Irgendjemand musste Liv ja vor sich selbst retten. »Ich glaube, was *Doktor* Sun gerade andeuten wollte, ist, dass sie sich umsehen wird, um sicherzugehen, dass nichts fehlt.« Ich achtete darauf, die Betonung auf den Doktor-Teil zu legen, weil ich mir dachte, dass ein Kerl wie dieser, der noch alte Schule war, eher geneigt sein würde, ihr ein Quäntchen Respekt entgegenzubringen, wenn sie einen tollen Titel vor dem Namen trug. Ich konnte mir sehr wohl denken, was er von *mir* hielt, so wie ich dastand in meiner Kleidung vom Vortag und mit meiner zerzausten Mähne und der ungepflegten Gesichtsbehaarung.

Er schaute von einem zum andern und ich versuchte, das finstere Gesicht, von dem ich wusste, dass Liv es machte, wiedergutzumachen, indem ich mein höfliches Lächeln beibehielt. Er nickte schließlich. »Na schön. Mein Kollege und ich haben bereits nachgesehen, und es ist niemand drinnen. Und wie ich schon gesagt habe: kein Anzeichen für gewaltsames Eindringen.« Er warf Liv einen scharfen Blick zu. Das waren Informationen, die er nun schon zum zweiten Mal übermittelt hatte, zusammen mit der Theorie, dass Liv ihren Büroschlüssel in der Eingangstür hatte stecken lassen, der Wind sie wohl gebeutelt und so den Alarm ausgelöst hatte.

Natürlich war Liv stinksauer, und sie mussten sie erst noch hineinlassen. Wir mussten uns nicht austauschen, um genau zu wissen, wo sie nach dem Betreten zuerst nachsehen würde.

Der andere Beamte, der überwiegend geschwiegen hatte, öffnete die Tür und winkte Liv und mich durch. Er hielt Liv die Schlüssel hin und sie nahm sie mit einem Nicken.

»Danke, Wachtmeister«, sagte sie scharf und drehte sich um, den anderen Mann mit ihrem zornigen Blick festnagelnd. Ich schüttelte bloß den Kopf und legte von hinten meine Hände auf ihre Schultern. Ihr wisst schon, falls sie beschließen sollte, hinterrücks anzugreifen.

Liv ging, wie ich es geahnt hatte, direkt in ihr privates Büro und schloss rasch die Tür auf, um uns beide einzulassen. Mein Blick huschte durch den fremden Raum. Ihr Blick fiel sofort auf das rechteckige rote Behältnis in der Ecke des Raumes. Obenauf lag eine Plastikeinkaufstüte und Liv schritt entschlossen darauf zu. Ich hielt mich zurück und wartete auf ihre Reaktion auf das, was sich darin befand, was immer es auch sein mochte.

»Ach du heilige Scheiße.«

Sie wandte den Blick zu mir und schüttelte die Tüte. Unverkennbar ertönte im Raum das Scheppern von Tabletten in ihren Flaschen. Ich ging schließlich zu ihr hin und wir lugten beide in die Tüte. Liv trug sie zu ihrem Schreibtisch hinüber und fing an, eine Flasche nach der anderen herauszuziehen, ihre Etiketten zu prüfen und diverse Summgeräusche bei jeder zu machen. Als sie alle in Reih und Glied dastanden, stemmte sie die Hände in die Hüften und nahm das Display in sich auf.

»Was willst du tun?«

Sie holte tief Luft und blies sie langsam wieder aus, während sie in Richtung der Vorderseite des Gebäudes schielte, wo Wachtmeister Mittagspause zweifelsohne darauf wartete, dass wir uns verdammt noch mal beeilten, damit er abhauen konnte.

»Idiot«, murmelte sie schließlich und schüttelte den Kopf. Es war unklar, ob sie Troy oder den Bullen meinte. Wahrscheinlich passte es in beiden Fällen. Mit einem letzten Schnaufen stopfte sie rasch alle Flaschen wieder in die Tüte und stellte das ganze Ding in den roten Behälter, schloss den Deckel und drehte sich dann zu mir um. Sie zuckte mit den Schultern und ich bekam mit, dass ihre Unterlippe zitterte.

Es reichte. Ich ging hin, zog sie in meine Arme und rieb ihr den Rücken, während sie an meiner Brust schluchzte. Ich verstand es. Das tat ich wirklich. Dies war eine Situation, bei der es keine eindeutige befriedigende Lösung geben konnte. Wir hatten sehr wenige Indizien gegen Troy in der Hand. Wir hatten keine Ahnung, wer die Freundin sein könnte. Und am eklatantesten war da Troys Gesicht, als er auf der Schwelle zu Livs Wohnung gestanden hatte, nachdem sein Leben aus den Fugen geraten war und er sich eingestand, dass alles am Implodieren war. Obwohl die klare Tatsache, dass er ihre Schlüssel während des Besuchs hatte mitgehen lassen, sie bestimmt ärgerte.

Als sie sich wieder zusammengerissen hatte, ließ sie ihre Augen über den großen Glasschrank am anderen Ende des Büros wandern, in dem auch verschiedene Medikamente aufbewahrt wurden. Sie schien überzeugt zu sein, dass daran nicht hantiert worden war, also gingen wir gemeinsam zum vorderen Teil des Gebäudes. Dieses Mal ohne abfällige Bemerkung. Sie sperrte die Eingangstür ab, als ich vortrat.

»Es ist alles in Ordnung«, sagte ich, damit Liv es nicht tun musste. Sie warf mir einen dankbaren Blick zu, als sie sich näherte, und ich griff nach ihrer Hand.

Der ältere Bulle stieß einen Seufzer aus, der sagte, dass er sich ausgenutzt fühlte, und reichte Liv ein paar Unterlagen. »Hier unterschreiben.« Er deutete darauf und reichte ihr Papier und Stift. Sein Partner ging nickend vorbei, während Liv stumm ihren Namen schrieb und alles zusammen wieder zurückreichte. Ich wollte dem Polizisten die Hand schütteln, doch der drehte sich einfach wortlos um und ging neben seinem Partner im Gleichschritt davon.

»Man würde annehmen, dass eine Ärztin schlau genug ist, sich einen Kerl zu nehmen, der einen Job hat – oder wenigstens einen Rasierer und ein Stück Seife.« Wachtmeister Mittagspause versuchte nicht mal leise zu sprechen, als die beiden Bullen zu ihrem Streifenwagen gingen, und er lachte leise über seinen eigenen Witz.

Kaum waren die Worte in meinem Gehirn eingesunken, löste sich Livs Hand aus meiner und sie schritt davon wie eine Hockeyspielerin, die gerade einen Bodycheck von hinten bekommen hatte und auf einen Streit aus war.

Scheiße.

»Wo ist es gestattet, mit solchen Beleidigungen um sich zu werfen?!« Mit spitzem Finger zeigte sie ungesehen hinter sich auf mich. »Sie kennen ihn doch gar nicht. Sie wissen gar nichts über ihn!«

Ich eilte nach vorn und legte ihr eine Hand auf die Schulter, als der jüngere Bulle gerade das Gleiche bei seinem Partner tat, als der sich umdrehte – ein selbstzufriedenes Lächeln im Gesicht. Beide wurden wir abgeschüttelt.

»Liv, es lohnt sich nicht«, zischte ich sie an und betete, dass sie es bleiben lassen würde.

Doch sie warf mir einen schnellen Blick zu, ihre braunen Augen blickten feurig in meine. »Doch, tut es.« Mit einer raschen Drehung des Kopfes sah sie den Bullen wieder an, als dieser sie mit einem eisernen Blick fixierte.

»Passen Sie lieber auf, was Sie sagen, junge Frau, sonst bekommen Sie mehr Scherereien, als Ihnen lieb ist.«

»Marv.« Sein Partner warnte ihn mit leiser Stimme, was dieser aber ignorierte.

»Und wenn Sie so verdammt sicher sind, dass jemand anderer Ihren Schlüssel in der Tür hat stecken lassen, dann drehen Sie sich mal um. Ich würde sagen, dort steht Ihr Täter.«

Das war definitiv die falsche Aussage. Liv hielt die Luft an, eine Hand ging an ihre Hüfte und die andere zeigte verärgert auf den Trottel. »Dieser *Mann* – der mit dem Bart und den Haaren und dem schlabberigen T-Shirt – ist klüger, als Sie es jemals von sich erhoffen können! Und nicht nur das, er ist auch gutmütig und großzügig und witzig. Er ist auch weltoffen und unvoreingenommen – anders als so *manche* Menschen.« Sie zog Luft ein und streckte sich zu ihrer vollsten Größe, was zufälligerweise bestenfalls wenig beeindruckende fünf Fuß waren. »*Und* er hat einen tollen Job, falls Sie's wissen wollen! Er ist der beste Mann, den ich kenne, und er ist perfekt so, wie er ist!« Ihre Stimme brach ein wenig weg, als sie fortfuhr. »Außer, dass er beim Poolbillard und vielleicht beim Bowling ein bisschen zu gut ist, aber egal.«

Sie verlor allmählich den Fokus und ein bisschen von ihrem Feuer, aber ich lächelte zu diesem Zeitpunkt bereits.

Der ältere Bulle behielt sein höhnisches Lächeln bei, seinem Partner war es jedoch gelungen, ihn weiter zum Streifenwagen zu bugsieren.

Aber natürlich war Liv noch nicht fertig. Und ihre Stimme hatte wieder die ursprüngliche Inbrunst.

»Er ist sogar so rücksichtsvoll, dass wir bis jetzt noch nicht einmal Sex gehabt haben! Er will warten, bis er sich sicher ist, dass ich bereit bin, aufs Ganze zu gehen. Ist *das* vielleicht ein aufrichtiger Kerl?! Hä? Jede Frau könnte sich glücklich schätzen, einen festen Freund wie diesen zu haben!«

Ihr Publikum hatte bereits sein Auto erreicht und war eingestiegen, sodass ich als einziger Zeuge ihres totalen Wahnsinns übrigblieb. Und das war perfekt. Vollkommen verrückt, ja. Aber auch einfach nur vollkommen.

Ich ging langsam zu ihr, stellte mich vor sie und legt beide Hände auf ihre Schultern, in dem Wissen, dass ich dabei dämlich grinste und es mir total schnuppe war.

Ich zog meine Augenbrauen hoch. »Wow.«

Ihr Blick wich schließlich von dem sich entfernenden Wagen und wandte sich mir zu, ihr Gesicht noch immer äußerst finster verzogen, bis sie mein Grinsen registrierte und blinzelte.

»Ganz. Einfach. Nur. Wow.«

Sie atmete aus und ließ die Hände an die Seiten fallen, ihr Körper entspannte sich endlich. Ihre Nase zog sich kraus, woraufhin ich sie am liebsten hochgehoben und besinnungslos geküsst hätte.

Ich nickte ein wenig zu lange, denn ich genoss es wahnsinnig, mir ihr Gesicht anzusehen. Sie hatte für mich Partei ergriffen – natürlich völlig unnötig –, doch es fühlte sich trotzdem echt unglaublich an. Ich wartete ein paar Sekunden, dann überwältigte mich der Reiz. »Also der beste Mann, den du kennst, ja?«

Das ließ ihre Mundwinkel nach unten sacken. »Diesbezüglich habe ich meinen Standpunkt geändert.«

Ich schüttelte den Kopf. »Zu spät. Es ist schon draußen.«

Sie kniff die Augen zusammen. »Und du kannst das alles mit dem Aufs-Ganze-Gehen vergessen. Für immer.« Sie drehte sich abrupt um und meine Hände fielen von ihren Schultern. Mein Lächeln blieb jedoch genau so, wie es war.

»Du bestrafst uns doch nur beide, Liv!«, rief ich ihr nach, als sie mit ihrem kecken kleinen Hintern zu meinem Auto stolzierte. Ich folgte und sie saß bereits auf dem Beifahrersitz, als ich dort eintraf. Ich öffnete meine Tür und setzte mich ohne besondere Eile. Als ich mich drehte, um sie anzusehen, konnte ich erkennen, dass es ihr schwerfiel, ihre Entrüstung aufrechtzuhalten.

»He, Liv.«

Sie ließ sich absichtlich Zeit, bevor sie sich mir zuwandte mit einem, wenn auch nur schwachen Ausdruck der Bedrängnis. »Was ist?«

Mir gelang es endlich, meinen Gesichtsausdruck zu zähmen. »Du bist auch vollkommen-- so, wie du bist.«

Sie öffnete den Mund, weil sie wahrscheinlich damit gerechnet hatte, dass ich etwas anderes sagen würde – etwas in der Schlaumeier-Art. Dann schloss sie ihn wieder.

Mir entging nicht, dass ein heimliches Lächeln ihre Lippen verzog, als sie sich wieder zur Windschutzscheibe drehte und sagte: »Lass uns von hier wegkommen.«

Bist du da, Gott? Ich bin's. Olivia

LIV

DIESER MANN BRACHTE mich zur Raserei. Und gleichzeitig war er unwiderstehlich. Es war daher nicht überraschend, dass ich ihn sowohl erdrosseln, als auch küssen wollte nach meinem bizarren Wutanfall auf dem Parkplatz meines Büros. Gott sei Dank war es Sonntag und niemand dort, der mitbekam, wie ich so schön durchdrehte und einen Staatsbeamten anbrüllte – über mein Liebesleben noch dazu. Ich hatte keine Ahnung, was in mich gefahren war, außer dass, als ich hörte, wie dieser Arsch über Brett Mist verbreitete, mein Körper und mein Mund auf Autopiloten geschaltet hatten. Leider war mein Autopilot von einem streitlustigen Trunkenbold programmiert worden.

Brett lenkte seinen Wagen auf den Benjamin Parkway und ich hätte schwören können, dass er in sich hinein summte. Und dann war da dieser Hauch von einem Grinsen mit nicht wenig Selbstgefälligkeit. Gütiger Gott. Man würde mir diese ganze Sache mit dem *besten Mann, den ich kenne,* niemals vergeben. Obwohl sein Kommentar, als er in den Wagen stieg, ziemlich süß gewesen ist, das musste ich zugeben. Mit Süß hatte ich es zuvor nie so, und ich dachte mir, dass es mir vielleicht gefiel. Ein bisschen.

Aber ich würde mich nicht dahinschmelzen lassen auf dem Beifahrersitz, also rief ich stattdessen Haley an, um sie auf den neuesten Stand zu bringen. Sie war in der Wohnung geblieben, weil es mich nervös machte, sie leerstehend zu lassen, wenn möglicherweise gerade jemand in mein Büro eingebrochen war. Offensichtlich hatte ich zu viele Folgen von *Law & Order* gesehen. Oder vielleicht gerade genug.

»Ich schreibe dir jetzt schon seit fast einer Stunde, Frau!« Das war ihre Begrüßung.

Ich gab ihr den Bericht, einschließlich allem, was Brett und ich uns am Vorabend über Troy zusammengereimt hatten, und sie war verständlicherweise verärgert an meiner Stelle. Das gehörte alles zu der Mucke mit der besten Freundin.

»Ich fasse es nicht, dass die Bullen nicht einmal Abdrücke genommen haben oder in der Nachbarschaft nach Zeugen gefragt haben. Oder sich die Bilder von den Verkehrskameras angesehen haben, die vielleicht etwas erwischt haben.« Haley hatte offensichtlich auch eine Menge *Law & Order* geguckt.

»Es hat nichts gefehlt, Hales. Und diese Schweine von Bullen hätten es mir sowieso nicht geglaubt, was immer ich auch gesagt hätte.«

Das war der Zeitpunkt, als Brett beschloss, superhilfreich zu sein und sich einzumischen mit: »Außer den Teil, dass ich ein beeindruckender Poolbillardspieler bin. Das hat er ganz sicher geglaubt.«

Ich gab ihm einen Rempler an den Arm und deutete auf die Straße, während ich mein Handy ans andere Ohr wechselte.

»Was bedeutet das?«, fragte Haley.

»Nichts. Brett hat heute Morgen vergessen, seine Medikamente zu nehmen.« Er kicherte und ich streckte ihm meine Zunge entgegen.

»Aaaaalso.« Ihre Stimme wurde ganz singsanghaft und ich hielt mir die Augen mit meiner freien Hand zu und wappnete mich. »Ihr zwei scheint euch ja gut zu verstehen. Darf ich annehmen, dass Ihnen klargeworden ist, dass er Augen nur für Sie hat, Dr. Sun?«

Es hatte keinen Zweck. Ich würde ihr irgendwann ja sowieso alles erzählen. »Das könnte man vermutlich sagen.«

»Und hast du das Clevere oder das Dumme getan?«

Ich spürte, wie sich meine Brauen zusammenzogen und dann warf ich Brett einen verstohlenen Blick zu, ehe ich mich dem Fenster auf der Beifahrerseite zuwandte und eine Hand über das Handy hielt. »Darüber kann ich gerade nicht reden«, murmelte ich leise.

»Du kannst worüber nicht reden? Es ist eine Entweder-oder-Frage.«

»Kondome. Sex. Clever sein«, flüsterte ich.

»Was? Ich höre dich nicht.«

Beinahe machte ich einen Satz aus meinem Sitz, als Bretts Stimme direkt neben mir in mein Ohr dröhnte: »Sie redet von Sex. Sie hat dem Polizisten auch davon erzählt.«

»Ach, Herrgott nochmal!« Ich würde ihm eine überziehen, sobald er nicht mehr mein Leben in seinen Händen am Lenkrad hatte.

Haley und Brett lachten beide.

»Ich weiß nicht, ob ich den Teil der Geschichte hören möchte, Liv. Ich habe gemeint, ob du das Clevere getan hast und ihm gesagt hast, was du empfindest.«

»Ach so.«

Ich sagte darauf nicht sofort etwas, sowohl weil Brett immer noch lauschte wie ein Mädel aus der Highschool, und weil ich mir nicht sicher war, wie ich darauf antworten sollte. Ich meine, ich hatte ihm gesagt, dass ich mit ihm gehen wollte und dass ich mich dem Gedanken von etwas Tieferem als bloßen Sex öffnen wollte. Und das erklärte noch nicht einmal den ganzen

Mist, den ich auf dem Parkplatz herausgebrüllt hatte. Ich wusste nicht, ob das das gesamt Thema über *was ich empfinde* abdeckte, aber es verriet so einiges, wenn ihr mich fragt.

Aber wieder einmal brauchte ich eine Karte oder ein Regelbuch irgendeiner Art. War es möglich – oder wurde es von einem erwartet –, dass man einfach einen Beschluss fasste, jemanden in die tiefsten Ritzen und Spalten der eigenen Person einzulassen? War das nicht etwas, das von alleine passieren würde, wenn es passieren sollte? Ich besaß keinerlei Schloss mit einem Schlüssel, soviel ich wusste – einen, den ich Brett überreichen und sagen konnte: »He, komm rein und sieh dich um. *Mi casa es su casa.*« Obwohl er sich wahrscheinlich über das Spanisch freuen würde, wenn ich so darüber nachdenke.

Wenn ich darüber nachdachte, dann ließen sich meine Gefühle vermutlich am besten beschreiben als … für alle Möglichkeiten offen. Das war ziemlich gut, stimmt's? Ich schielte zu Brett hinüber, als er bei meiner Ausfahrt vorbeifuhr. Seine langen Finger hielten das Lenkrad fest im Griff und als er sie verbog, wurden meine Nippel hart bei der Erinnerung an diese Finger auf meiner Haut. Wir hielten am unteren Ende der Abfahrt und ich ließ meinen Blick seine Arme zu dem Punkt an seinem Hals hochwandern, wo ich noch an diesem Morgen die warme Stelle hinter seinem Ohr geküsst hatte. Er hatte eine Rasur und ein Trimmen des Bartes nötig, aber ich stellte fest, dass es mir auch egal wäre, würde er sie wie ein zotteliges Biest wachsen lassen. Meine Mundwinkel gingen nach oben und Brett sah zu mir herüber, als würde er es spüren und musste zweimal hinsehen. Das Schelmische verließ seinen Blick, der sanft wurde, als er mein Lächeln wahrnahm. Meine Brust wurde eng und in meinem Hals bildete sich ein Kloß. Und, Scheiße, da war wieder dieses Stechen hinter meinem Nasenrücken!

Ich wurde immer aufgegeilt, wenn ein Kerl mich beäugte, aber das hier war anders. *Völlig* anders. Es waren nicht meine weiblichen Bauteile, die nach diesem Mann schrien. Es war mein Herz.

»Livvy? Bist du noch dran?«

Ich schluckte an dem Kloß vorbei und zwang mich zu atmen, aber ich behielt weiter Augenkontakt mit Brett.

»Ja. Tut mir leid. Wir sind gleich zu Hause.«

Einer von Bretts Mundwinkeln ging eine Spur nach oben, ehe er mich noch ein letztes Mal mit seinem Blick liebkoste und Richtung Zuhause abfuhr.

Es schien, als wären meine Gefühle doch nichts, was ich irgendwie unter Kontrolle hatte. Ich konnte versuchen, ihnen zu widerstehen, so viel ich wollte, aber sie warteten nicht auf mich. Sie hatten beschlossen, *offen für Möglichkeiten* links liegen-zulassen und gleich weiterzugehen zu *komplett aufs Ganze gehen*.

Schluck.

SECHS STUNDEN, ein Guardians-Nachmittagsspiel und etliche rührselige Umarmungen später packte Haley ihre Tasche und ihren Hund und machte sich wieder auf nach Wilmington. Ich hasste es noch immer, dass wir getrennt waren, doch dieses Mal fiel es mir ein wenig leichter, den Rücklichtern hinterherzubli-cken. Etwas, wofür ich mich dem Gefühl nach bei dem Mann oben in meiner Wohnung bedanken konnte.

Als ich Haleys Auto aus dem Blickfeld verlor, machte ich kehrt und stürmte die Treppe zu meinem Apartment hoch, als wäre es der Christtag und ich ein *sehr*, sehr braves Mädchen gewesen.

Ich entdeckte Brett in der Küche, wo er sich mit Bo unter-hielt, und damit meine ich, dass Brett meinen Hund streichelte und Bo zu ihm aufsah, als wäre er der Erfinder des Quietsch-spielzeugs. Er war vor dem Spiel nach Hause gelaufen, um sich zu duschen und die Kleidung zu wechseln, und er trug die

zerrissene Jeans, die ich am liebsten mochte, und noch so eines
seiner T-Shirts ohne Schnickschnack – dieses weiße. Sein Bart
war wieder gepflegt, aber sein Haar war zerzaust, was mir nur
recht war, denn ich hatte ohnedies vor, es wieder zu verwu-
scheln. Ich beobachtete meine zwei Jungs eine Minute lang,
dann entdeckte mich Brett, wie ich an der Wand lehnte, und
warf mir einen seiner perfekt schiefen Lächler zu.

»He. Ist Haley gut weggekommen?«

Ich nickte und machte einen Schritt auf ihn und Bo zu. Mein
Hund ignorierte mich, aber das war okay, denn mein Ziel war
der scharfe Mann in meiner Küche. »Du hast doch einen
Schlüssel, oder?« Mein Tonfall hörte sich spekulativ an.

Brett neigte den Kopf, eine Hand spielte noch mit Tambos
Ohr, während der Hund schamlos seinen Kopf dagegen
drückte. »Äh, geht es um dein Büro? Weil egal was Wachtmeister Mittagspause behauptet, ich kann dir versichern, dass
ich keinen habe.«

Wachmeister Mittagspause? Ach was, den konnte ich grad
nicht verarbeiten. Stattdessen schüttelte ich den Kopf und
machte noch einen Schritt. »Nicht diese Art von Schlüssel.«

»Ich kann dir leider nicht folgen.« Er sah eher amüsiert als
besorgt drein.

»Man hat doch einen Schlüssel zu seinem Herzen. Oder zur
Seele. Oder zu seinem Innersten oder wie man es auch nennen
möchte.«

»Ach so.« Er ließ Bo los und wandte sich mir ganz zu. Bo
grunzte und senkte sich auf die Kachel zu Bretts Füßen, offensichtlich erschöpft. Brett musterte mich und nickte dann, als ob
ich mich nicht vollkommen verrückt anhörte. »Die Art von
Schlüssel.«

Ich nickte ebenfalls und verzog das Gesicht, als sein Nicken
zu einem Kopfschütteln wurde.

Er steckte die Hände in seine Taschen. »Hab ich aber leider
nicht.«

Hmm. Ich hatte wirklich geglaubt, ich hatte diese Beziehungsscheiße durchschaut. Ich kratzte mich an der Stirn. »Interpretationssache.« Ich machte eine wegwerfende Handbewegung.

Aber er schüttelte noch immer den Kopf. »Nur weil ich ihn nicht dahabe, bedeutet nicht, dass es keinen gibt.«

Er spielte Psychospielchen mit mir. Ich schürzte die Lippen und war schon bereit, ihm zu sagen, er solle diesen existenziellen Bockmist sein lassen, aber mein Konter blieb mir im Hals stecken, als er Folgendes sagte:

»Ich *habe* ihn dir schon gegeben. Du musst dich nur entscheiden, ob du ihn verwenden willst.«

Und wenn das nicht der beste Anturner in der Geschichte der Menschheit war, würde ich das Baseball und auch meine Pferde aufgeben. Meine Eingeweide schmolzen und mein Herz drohte, aus meiner Brust zu springen und sich Brett samt Handschellen zur sicheren Aufbewahrung anzuvertrauen. Anscheinend war mein Herz ein abartiges kleines Ding.

Ich wusste, dass er darauf wartete, dass ich den nächsten Schritt tat, daher holte ich tief Luft und trat noch einen Schritt näher an ihn heran. Dann noch einen, bis nur mehr Bos Körper uns trennte. »Ich wusste gar nicht, dass die Liebe so verdammt sexy sein kann.«

Seine Brauen schossen nach oben bei dem L-Wort.

Ich zuckte mit den Schultern. »Na ja, du weißt schon, was ich meine.«

Er grinste und ich hätte schwören können, dass ich ein leises *Klicken* eines Schlosses hörte.

MEIN HERZ RASTE mit doppelter Geschwindigkeit dahin und ein nervöses Kribbeln kursierte durch meinen Bauch. Es war an dem Donnerstag, nachdem Brett und ich unser Ding endlich auf die Reihe gekriegt hatten, und ich schwöre, dass ich die ganze Woche lang kaum geschlafen hatte. Ich befand mich auf irgendeinem euphorischen Hoch und war aufgeputscht von dem, was immer es war, das Brett mit mir machte – und ich meine nicht das im Schlafzimmer. Obwohl wir uns jede Nacht trafen, zogen wir uns zum Schlafen beide in unsere eigenen Wohnungen zurück. Oder, um uns hin und her zu winden. Oder, um von batteriebetriebenen persönlichen Gegenständen Gebrauch zu machen. Aber wir hatten noch nicht miteinander geschlafen. Bis heute Abend.

Wir waren gerade in meiner Wohnung angekommen, nachdem wir uns ein Baseballspiel angesehen hatten, bei dem ich Jay kennengelernt hatte – auch bekannt als mein zukünftiger Lieblingsschläger in der Major League. Doch als Brett vor meinem Haus vorfuhr und mich zur Tür begleitete, folgte er mir, anstatt mir mit einem Kuss eine gute Nacht zu wünschen, wie er es die ganze Woche getan hatte. Das war seine Art, mir mitzuteilen, dass entweder das mit dem ,Langsam-angehen-Lassen' jetzt genug war, oder dass sein Penis schließlich sein Gehirn überholt hatte und jetzt der offizielle Pilot des Mutterschiffs war. So oder so war es mir recht, aber ich war überraschend nervös.

Ich hatte das noch nie zuvor gemacht. Ich meine, natürlich hatte ich schon Sex gehabt, und ich hatte feste Freunde gehabt, aber wahre Intimität hatte ich noch nie erlebt. Ich hatte sie vor Brett auch mit Keinem haben wollen. Und die Tatsache, dass er so behutsam umgegangen war mit unserer aufkeimenden Beziehung, bewirkte, dass ich ihn an mich drücken und nie wieder loslassen wollte. Aber ich wollte auch die ganze Nacht lang heißen, schweißtreibenden Sex mit ihm haben, das mit den Umarmungen musste also noch ein wenig warten.

Aber wie immer ging Brett die Dinge auf seine eigene Weise an. Mit anderen Worten: Er machte es sich auf meiner Couch bequem, schaltete den Fernseher ein und stellte ihn sofort auf ESPN.

Ich beschloss mitzuziehen, und ich holte uns beiden ein Bier aus dem Kühlschrank und setzte mich dann neben ihn. Ich reichte ihm das Bier.

»Danke.« Das war's.

Die nächste Stunde sahen wir uns Hockey an und ein paar Baseball-Highlights, tranken unsere Biere, und keiner von uns streifte auch nur den anderen mit dem Finger. Mein Puls und meine Nerven hatten sich mittlerweile alle beruhigt, als *Sports-Center* anfing.

Brett beugte sich vor, um seine Flasche und die Fernbedienung auf den Couchtisch zu deponieren, und richtete seine Aufmerksamkeit auf mich. »Gut. Das sollte genügen.«

Mir blieb kaum Zeit, um den Blick abzuliefern, den ich mir für verrückte Typen vorbehielt, ehe seine Arme um mich geschlungen waren und er mich küsste, als wäre ich soeben aus dem Krieg heimgekehrt. Ich erwiderte den Kuss mit allem, was ich in mir hatte, glitt schwungvoll mit der Zunge in seinen Mund und genoss das Gefühl, als sein Bart über meine Haut strich und seine Hände meine Seiten hinab fuhren und unter den Saum meines Rockes glitten.

Ich lachte in seinen Mund, denn mir war endlich klargeworden, was er vorgehabt hatte.

Er riss sich kurz los und zwinkerte mir böse mit einem blauen Auge zu. »Ich konnte dein Gehirn arbeiten hören, seit wir durch die Tür getreten sind.«

»Klappe halten.«

»Jawohl, Ma'am.« Er machte sich wieder an die Küsserei, und die war spektakulär.

Nicht lange, bis wir unsere Shirts eingebüßt und uns ins Schlafzimmer bewegt hatten, wo wir mehr Platz zum Arbeiten und kein Publikum hatten, soll heißen, dass wir Tambo aussperrten. Ich bekam langsam das Gefühl, dass mein Hund auf Brett stand – nicht, dass ich ihm das wirklich vorwerfen konnte. Er beherrschte dieses Petting wirklich sehr gut.

Als nächstes war mein BH dran, den Brett über seine Schulter warf, ehe er gemächlich meine Brüste mit den Lippen, den Zähnen, der Zunge und dem Bart erkundete, was mich zu einem keuchenden elenden Wrack aufheizte. Da ich noch mehr Kontakt brauchte, warf ich schließlich mein Bein über seine Hüfte und presste meine nackten Brüste an seine Brust, wobei durch die Berührung meine Nippel noch härter wurden, wenn das überhaupt möglich war. Brett drehte sich auf den Rücken und zog mich über sich, und ich zögerte nicht, mich durch den Stoff unserer Kleidung hindurch auf seiner Erektion zu reiben. Ach Gott, er ließ mich auf so fantastische Art und Weise schmerzen. Ich stöhnte in seinen Mund, woraufhin er den Kuss abbrach, damit wir nicht aufgrund von Erstickung starben. Während wir Atem holten, setzte ich mich auf und zog die Konturen seiner Brust nach. An seinem Nippel stoppte ich und streifte mit der Fingerspitze darüber. Er zitterte.

Seine Stimme klang belegt, als er sprach. »Du bist unglaublich.« Sein Blick wanderte über mein Gesicht, und ich wusste, dass es errötet war, die Lippen feucht und der Blick lusttrunken waren. »Ich kann nicht fassen, welches Glück ich habe.«

Mein Herz machte einen Sprung und mein Bauch auch. Wo kam dieser Typ her und wieso hatte er so lange gebraucht?

Ich schüttelte den Kopf, während meine Finger noch immer über seine warme, straffe Haut wanderten. »Du kannst solche Sachen nicht sagen und dann erwarten, dass ich ruhig bleibe.«

Seine Lippen zuckten. »Ich will dich nicht mehr ruhig haben.«

Ich warf ihm ein verschmitztes Grinsen zu. »Gut.«

Meine Finger machten sich an die Knöpfe seiner Jeans, doch er schob meine Hand beiseite und schälte sich rasch aus seiner Jeans und den Retroshorts, bis er herrlich nackt unter mir lag. Ich setzte mich nach hinten auf seine Schenkel und nahm ihn mit großen Augen wahr. Zusätzlich zu dem Tattoo eines Löwen und eines von einer ethnischen Sonne umgebenen Baseballs auf seinen Armen konnte Brett mit einer weiteren Überraschung aufwarten. Wollen wir es mal so sagen: Seine Ohren waren nicht das Einzige, was er sich hatte piercen lassen. Ich musste schlucken und es entkam mir möglicherweise ein leises Wimmern. Heilige Mutter Gottes.

Er gab kein Wort von sich, aber sein Grinsen sagte alles. Er genoss es heute Abend, mich zu Tode zu schockieren. Aber ich hatte nicht lange Zeit, darüber nachzudenken, denn im nächsten Moment war ich auf dem Rücken und er zog meine abgeschnittene Hose über meine Schenkel, sodass ich nur noch meinen schwarzen Seiden-Stringtanga anhatte, der nicht viel tat, um meinen Anstand zu wahren – wenn ich denn einen hatte.

»Himmel«, murmelte er, als er sich herunterbeugte und auf jeden Schenkel einen Kuss platzierte. Dann teilte er sie und ich konnte durch das dünne Material hindurch seinen heißen Atem spüren. Ich wand mich und spürte, wie sich Gänsehaut auf meiner Haut bildete. Schneller als im Handumdrehen hatte er den Stoff zur Seite geschoben und war zur Stelle mit seiner Zunge, den Fingern und seinem Bart und machte mich regelrecht verrückt. Ich kam binnen Minuten und fragte mich, wieso zum Teufel ich jemals diese Frauen abgetan hatte, die auf den Bart im Bett schworen. Ich hatte wirklich etwas versäumt.

»Brett«, stöhnte ich und fühlte mich haltlos und erschöpft. Er schob sich nach oben über mich, wobei er auf dem Weg anhielt, um sich heimlich den Mund auf dem Laken abzuwischen und eine Reihe von Küssen auf meinen Bauch und meine Brüste zu setzen. Ich zog ihn an mich, um ihn zu küssen, und es machte mir nicht im Geringsten etwas aus, dass mein Geruch und mein Geschmack hängengeblieben waren. Es war sogar geil. Wir trafen uns auf mehr Wegen als nur physisch und für Zurückhaltung war kein Platz.

Ich griff zwischen uns, um ihn zu spüren, denn ich wollte seinen Schwanz und sein Piercing erkunden. Ich hatte den toten Punkt überwunden und fühlte mich ein wenig mutig. »Wieder eine Nacht im Rausch mit deinen Freunden?« Ich fuhr mit dem Finger über das Metall und er zuckte in meiner Hand.

Er grinste und stieß in meinen Griff. »Nein. Das war ein Solo-Trip.«

Ich drückte ihn, er stöhnte und senkte sich, um sein Gesicht an meinem Hals zu vergraben, wo er meine Haut beschnüffelte und zwickte. Alles, was dieser Mann tat, fühlte sich unglaublich an, und ich musste ihn in mir spüren. Als ich ihm das sagte, erstarrte er in allen Bewegungen und ich spürte, wie meine Mundwinkel nach unten gingen. »Was ist denn?«

Er erhob sich langsam auf die Hände und machte einen geknickten Eindruck. »Ich habe kein verdammtes Kondom.«

Ich senkte mein Kinn und lachte. »Ich habe alles im Griff, Slugger.«

Bei dem Namen machte er eine finstere Miene, aber er schnappte sich ohne zu zögern ein Kondom aus meinem Nachttisch, als ich ihm den Hinweis gab. Er hatte es bereits angelegt, ehe ich protestieren konnte, aber beim nächsten Mal würde ich dafür sorgen, dass ich es war, die ihm die Honneurs machen durfte. Ich wollte mit dem ganzen Brett eine enge und persönliche Beziehung haben.

Er entfernte meinen Stringtanga und ließ sich über mir nieder, die Ellenbogen auf dem Bett. Seine Hände kamen nach oben und umrahmten mein Gesicht. Jede Spur von Humor verschwand, als wir uns eine Minute lang ansahen, ehe er sich in Position brachte und anfing, in mich hineinzudrücken. Ein Teil von mir wollte sich angesichts der schieren Intimität des Augenblicks winden, aber der Rest von mir wollte sich ihm einfach nur hingeben.

»Himmel, das fühlt sich unglaublich an«, stöhnte ich, als mein Kopf auf das Bettzeug zurückkippte und meine Hüften sich hoben. Du heilige Scheiße. Dann zog Brett fast komplett heraus, bevor er bis zum Anschlag hineinstieß und mich aufschreien ließ.

Es gab absolut keinen Weg, wie Gott nicht hätte aufmerksam werden können in den nächsten circa fünfzehn Minuten, so oft, wie ich seinen Namen rief. Aber ich dachte mir, dass er derjenige war, der den Sex erfunden hatte, daher machte es ihm wahrscheinlich nicht viel aus. Es genügt wohl zu sagen, dass Brett meine verdammte Welt rockte.

Wir fingen mit einem langsamen Rhythmus an, der jedoch an Intensität zunahm, als ich seinen Stößen entgegenkam und meine Beine um ihn wand. Ich landete schließlich auf ihm, eine Hand auf seiner Brust, während ich ihn ritt und dieses Piercing seinen Job erfüllte und gut erfüllte. Ich hatte noch zwei Orgasmen gehabt, als Brett dann nachgab und freisetzte und ich verschwitzt in einem Haufen zusammensackte. Sein Schwanz war noch immer hart und noch immer in mir drinnen. Ich wollte vorschlagen, dass wir immer so ausharren sollten, aber ich wusste, dass ich irgendwann schließlich doch Hunger bekommen würde.

Bretts Hände streichelten immer noch meine Haut und ich zitterte bei der Berührung. »Ich fasse es nicht, wie gut das war«, sagte er in mein Haar.

Ich verlagerte mich, damit ich ihm ins Gesicht sehen konnte, ohne auch nur ein Gramm an Energie mehr zu verbrauchen, als strikt notwendig war. »Ich auch nicht. Ich meine … verdammt.«

Er grinste. »Hätte es selbst nicht besser ausdrücken können.«

Epilog

BRETT

Einen Monat später

»Ich gebe mich geschlagen.« Livs Arm fiel schlaff über ihre Augen und sie lag auf dem Bett neben mir wie eine Flickenpuppe.

»Nicht alles ist ein Wettbewerb, musst du wissen.«

Sie schielte unter ihrem Arm hervor. »Tut mir leid, kennen wir uns?«

Ich verzog zum Schein das Gesicht und schleppte meinen Arsch aus dem Bett und ins Badezimmer. Sie pfiff meinem nackten Hintern hinterher, aber ich ignorierte es.

Verdammt, dieser letzte Monat mit Liv zusammen war der beste meines Lebens gewesen – sie hatte mich auf eine Weise hingekriegt, wie ich es nicht für möglich gehalten hätte, und es war klar, dass sie das Gleiche über mich dachte. Tatsächlich waren wir fast so weit, eines dieser abscheulichen Paare zu werden, die sich gegenseitig die Sätze beendeten – außer, dass wir uns beide geschworen hatten, uns zu trennen, sollte es jemals derart nervig werden.

Aber wir passten wirklich perfekt zusammen, sowohl im Schlafzimmer als auch außerhalb davon. Sie war so reaktionsfreudig und so voller sexueller Energie, dass ich ein wenig besorgt gewesen war, dass ich nicht würde mithalten können. Aber die Tatsache, dass sie kürzlich verkündet hatte, dass sie mich niemals einholen könnte, was das Beglücken mit Orgasmen betraf, sagte mir, dass ich mich behaupten konnte.

Ich knipste das Badezimmerlicht an und sah mir die mir unbekannte Dusche genauer an, ehe ich den feinen Strahl einschaltete und die Temperatur prüfte.

In der vorigen Nacht hatten wir nicht annähernd genügend Schlaf bekommen, da wir bis spät gefahren waren und erst kurz vor Mitternacht in unser Hotel eingecheckt hatten. Es gab jedoch ein ungeschriebenes Gesetz, dass man Sex haben musste, wenn man in einem Hotel wohnte, also opferten wir uns für die Gemeinschaft, blieben bis spät auf und wachten früh auf, um zur Sicherheit eine weitere Runde einzulegen. Wir waren beide erschöpft, aber auf diesem sexgetriebenen Hoch, dass einem erlaubt, ohne Schlaf auszukommen – und sich stattdessen von den Berührungen des Partners für den Tag mit Antrieb versorgen zu lassen.

»Ich habe die Dusche aufgedreht«, rief ich Liv zu. »Wenn du innerhalb der nächsten zwei Minuten nicht hier drinnen bist, werde ich dich tragen.«

Sie lachte aus dem anderen Zimmer und ich trat an den Waschtisch heran, wo ich meine persönlichen Dinge verstaut hatte. Eine ganze Gruppe von uns hatte in letzter Minute beschlossen, einen Roadtrip nach Baltimore zu machen, um den Black Dogs bei einem Sonnabendspiel gegen die Devils zuzusehen. Sogar Haley und der neue Typ, den ich erst noch kennenlernen musste, waren dort.

Ich blickte in den Spiegel und entdeckte eine Blessur auf meiner Brust. Als ich mich näher hinstellte, um es mir genauer anzusehen, stellte ich fest, dass Liv ganz schön fleißig gewesen war. Ich hatte einen Knutschfleck auf der Brust, eine Bisswunde auf der Schulter und ein paar Kratzer über meinen Rücken verteilt. Nichts hätte mich verdammt glücklicher machen können, und ich war mir ziemlich sicher, dass ich Liv auch nicht ohne Blessuren zurückgelassen hatte. Wir waren außer Kontrolle auf die beste Art und Weise.

»Okay, ich komme dich holen!«, rief ich und drehte mich um, um ins Schlafzimmer zurückzugehen.

»Warte! Stopp!«, schrie Liv eine Sekunde zu spät. Instinktiv bedeckte ich mein Gehänge mit den Händen, kurz bevor ich Haley in der Tür zum angrenzenden Hotelzimmer sah. Sie schlug auf ihre Augen mit so viel Wucht, dass sie hätte Schaden anrichten können.

»O mein Gott! Ich habe nichts gesehen!«

Ich wusste, dass das offenkundig gelogen war, aber ich war mehr als gerne bereit, so zu tun, als wäre es so.

»Wir treffen uns unten«, sagte Liv, dann schloss sie die Tür und wandte sich mir mit erhobenen Augenbrauen zu. Sie war in eine Bettdecke gewickelt und sah wie eine Sexgöttin aus. »Du weißt schon, dass wir uns später über dich auslassen werden, oder?«

Ich nickte einfach nur resignierend. »Das ist mir bewusst.«

Liv ging zu ihrer Tasche und zog ein T-Shirt und gestrickte Shorts heraus. Ich verzog das Gesicht und deutete mit dem Daumen über die Schulter. »Was ist mit der Dusche?« Ich hatte mich wirklich darauf gefreut, die Akustik testen zu können, angesichts dessen, wie Liv dazu neigte, während des Sex ihre Freude verbal kundzutun.

»Keine Zeit.« Sie zog sich ihre Kleidung über, und als sie die Unterwäsche ausließ, lächelte ich und näherte mich, doch sie streckte die Hände aus. »Du kannst mich nicht heiß machen. Wir wollen uns alle unten zum Frühstück treffen.«

Ich verzog wieder das Gesicht, wusste aber, dass ich mich kindisch benahm. »Aber ich bin noch nicht fertig mit dir.«

Sie grinste wegen meines Gesichtsausdrucks und stellte sich auf die Zehenspitzen, um mir einen Kuss auf die Lippen geben zu können. »Ich werde es später wiedergutmachen. Versprochen.«

Als wir in der Lobby aus dem Lift stiegen, wartete Ari auf uns. Sie trug einen kurzen Jeansrock und ein enges rotes und schwarzes T-Shirt, die Farben der Black Dogs. »Sieh mal einer an. Wenn das nicht die Nachbarn von nebenan sind.« Liv erstarrte.

Obwohl Ari sich rauf und runter entschuldigt hatte wegen der ganzen Stadion-Toiletten-Sache und sich äußerst bemüht hatte, Liv zu beruhigen, dass sie eigentlich keine gewalttätige Person ist, nahm Liv sich in ihrer Gegenwart noch immer ein bisschen in Acht. Ich war mir sicher, dass sich das mit der Zeit legen würde, aber offensichtlich waren wir noch nicht soweit.

»He, Ari«, brachte Liv heraus. »Schickes Tattoo.«

»Danke. Ich hab auch für dich eins machen lassen. Ich lauf nur mal schnell hoch in mein Zimmer und hole es.«

»Oh. Das ist aber lieb von dir. Danke.« Livs Schultern entspannten sich.

Ich nahm Livs Hand und drückte sie, als Ari in den Lift sprang. »Wo sind denn alle?«

Ari deutete mit ihrem Kinn. »*Dining Room*, um die Ecke.«

»Also dann bis gleich.« Wir gingen in die Richtung, die sie angedeutet hatte.

»He, Liv!« Aris Stimme erschallte. »Hätte ich beinahe vergessen.«

Ich konnte in meinem peripheren Gesichtsfeld sehen, wie mein Mädchen zusammenzuckte, und ich konnte nur ahnen, was jetzt kam.

»Gott hat vorbeigeschaut und gesagt, dass du aufhören kannst, ihn zu rufen. Er hat die Botschaft bekommen.« Aris gackerndes Lachen wurde erst abgestellt, als die Stahltüren sich schlossen.

Ich presste die Lippen zusammen, um nicht lachen zu müssen, und Liv entzog mir ihre Hand. »Ich will kein Wort hören.« Dann ging sie in den Speisesaal. Ich folgte ihr und genoss den ganzen Weg die Aussicht.

»Los. Nummer 8!«

»Gut gemacht, Martel! Weiter so!«

»Ja!!!«

»Unglaublich!«

»Du hast Eier wie Stahl, Martel!«

Der letzte war Liv.

Es war in der zweiten Hälfte des sechsten Innings und Joey hatte soeben ein Double Play beendet, und den Runner der Devils durch eine Tag Out rausgeworfen, nachdem er einen unmöglichen hartgeschlagenen Line Drive gefangen hatte. Die mitgereisten Fans drehten durch, wir ganz besonders. Liv sprang wie eine Irre herum und umarmte sogar Ari in ihrer Aufregung.

Wir hatten uns natürlich Joey beim Spielen im Fernsehen angesehen, seit er mitten in der Serie bei den Lancers letzten Monat zu den Black Dogs einberufen worden war. Aber das hier war das erste Mal, dass wir ihn live hatten spielen sehen, und es war noch besser, als ich es mir jemals vorgestellt hatte. Ich konnte nicht einmal annähernd ermessen, wie sich das für Liv anfühlte – und Joey!

Er hatte uns allen tolle Tickets für das Spiel in Baltimore beschafft und wir saßen aufgereiht ein paar Reihen hinter dem Dugout der Gäste. Emerson, Gavin und Ari waren am Vortag mit einem praktisch vibrierenden Jay angereist. Liv hatte Joey alles über ihn erzählt und Joey hat eine VIP-Behandlung für ihn am Freitagnachmittag arrangiert, bei der Jay einige Spieler aus dem Team kennenlernen und mit ihnen abhängen konnte. Sie hatten sich alle in ihre Black-Dogs-Dresses geworfen, so wie Haley und ihr Kerl Ted. Er schien ein solider Typ zu sein, wenn auch ein wenig still, daher war ich mir sicher, dass wir miteinander auskommen würden.

Wir beruhigten alle unsere Ärsche nach Joeys phänomenalem Spiel, und es dauerte nicht lange, bis die Black Dogs ihren dritten rauswarfen und das Inning endete. Auf seinem Weg zurück ins Dugout nickte Joey Liv mit dem Kinn zu, überaus cool. Dieser Kerl war gut. Liv lehnte sich an mich und lachte schnaubend in mein Shirt.

Ich liebte es, sie so glücklich zu sehen. Im letzten Monat hatte es einige Momente gegeben, die einen Schatten geworfen hatten über ihr sonst so sonniges Gemüt. Nachrichten waren eingetroffen, dass Troy entlassen worden war, nachdem sich seine quälende Schulterverletzung verschlimmert hatte. Im Gefolge dessen hatten er und Joey Kontakt aufgenommen, um ein bisschen eine Bereinigung der Lage durchzuführen, wobei dann die ganze Geschichte über die verschreibungspflichtigen Medikamente endlich ans Tageslicht kam.

Troy hatte Liv tatsächlich betrogen, weshalb ich ihm einen Tritt in den Arsch verpassen wollte, aber die Frau, mit der er betrogen hatte, war besonders abscheulich, wie sich herausstellte. Sie erzählte Troy irgendeine Lügengeschichte, dass ihre Mom dringend Schmerzmittel benötigte, die sie sich nicht leisten konnte. Bald darauf hatte sie ihn dazu überredet, »nur ein bisschen« Hydrocodon aus Livs Büro zu stehlen. Von da an wuchs es lawinenartig an, und als Troy merkte, dass er sich übernommen hatte, drohte sie damit, alles ihm anzuhängen, sollte er sich aus dem Staub machen. Das hatte definitiv eine

Auswirkung auf seine Leistung auf dem Feld und erklärte so einiges.

Aber er hatte schlussendlich einen Weg gefunden, wieder auszusteigen und Liv herauszuhalten, wofür ich dankbar war. Er stahl alles, was er konnte, wieder zurück sowie alle Beweise, die auf die Quelle der Drogen hinwiesen. Und den Rest kennen wir.

Karma, da sie nun mal ein gerechtes Miststück ist, hatte sich vielleicht in Troys Karriere eingemischt angesichts seines arsch-lochhaften Benehmens, aber sie ignorierte auch seine Freundin nicht. Ohne Troys versteckten Vorrat wurde sie anscheinend schlampig und ein paar Wochen später verhaftet.

Soviel Joey noch gehört hatte, war Troy wieder zu Hause in Kansas und suchte Arbeit. Liv versuchte so zu tun, als wäre die ganze Sache ein alter Hut, aber es erinnerte uns alle daran, auf das, was uns gehört, zu achten und nichts als Selbstverständlich zu betrachten.

»Der erste Schläger ist dran!« Liv hüpfte auf ihrem Sitz und stupste mich, wodurch ich aus meinen Gedanken gerissen wurde.

Der Right Fielder der Black Dogs näherte sich der Plate und justierte seinen Griff, während der Pitcher der Devils den Ball knetete und sein Blick zwischen dem Batter und dem Catcher hin und her huschte. Als der Pitcher den Ball losließ, schien er die Plate tief und ein bisschen außerhalb zu kreuzen, aber der Schiri rief einen Strike aus.

Liv sprang im Nu von ihrem Sitz hoch. »Das soll wohl ein Witz sein, Schiri!«

Ari beugte sich um Liv herum und sah mich mit großen Augen an. Ich grinste sie einfach nur an. Mein Mädchen hatte eine Mission und ich genoss es maßlos. Als Ari die Stirn runzelte, wollte ich sie eben beruhigen, dass ich Liv im Griff hatte, als mir klar wurde, dass sie nicht mich ansah. Ich drehte mich um und blickte nach hinten, wo Jax der verfickte Crosby am Ende unserer Reihe stand, die Hände an den Hüften und mit dem Blick Ari festnagelnd.

Gavin, der auf der anderen Seite neben mir saß, wandte sich um, um zu sehen, wohin wir guckten. »He, ich wusste gar nicht, das Jax kommen würde.«

Ich blickte wieder zu Ari, die ihr Handy gezückt hatte und so tat, als würde sie ihn nicht sehen. Ihre Daumen tippten fleißig darauf herum und ein lässiger Ausdruck parkte sich in ihrem Gesicht.

»Ich glaube, das wusste niemand«, erwiderte ich.

Unbeirrt hob Gavin eine Hand, um unseren Neuankömmling zu begrüßen, doch der hatte nur Augen für Ari. Und seine Augen waren nicht die eines glücklichen Mannes. Das war aus mehreren Gründen beunruhigend, vor allem, weil Jax sowohl der gewitzteste als auch der gelassenste Mann war, den ich jemals kennengelernt hatte. Was auch immer passiert war, dass er in einen solchen Zustand verfallen war, musste verdammt bedeutend sein.

»Ariana!«, brüllte er die Reihe entlang, und wir alle, nur Ari nicht, drehten uns in seine Richtung.

»Jax, he!«, rief Emerson, genauso unbeirrt wie ihr Freund.

Liv machte eine Pause bei der Schelte des Schiedsrichters und sah hinab auf Ari. »Ich denke, der Kerl will deine Aufmerksamkeit.«

»Und *ich* denke, der Kerl kann zur Hölle fahren, was mich betrifft«, lautete ihre Antwort.

Livs Blick huschte zu mir. »Äh, okay.«

»Ariana!« Er wollte nicht aufgeben, stand breitbeinig da und seine blonden Haare standen in alle Richtungen ab.

Ari schnaubte und senkte ihr Handy auf ihren Schoß. »Ach, um Himmels willen.« Dann stand sie von ihrem Sitzplatz auf und wir machten ihr Platz zum Vorbeigehen. Sie zeigte auf Jax. »Ich gebe nur nach, damit das für mich nicht verdammt peinlich wird. Merk dir das.«

Jax senkte sein Kinn und musterte ihr Gesicht, ehe er ihr bedeutete, ihm die Treppe nach oben zu folgen.

»Was zum Teufel sollte das denn?«, fragte Gavin.

Ich schüttelte den Kopf, war froh, die Details nicht zu kennen.

»Da kommt Joey!« Durch Livs Ausruf richteten wir unsere Aufmerksamkeit wieder auf das Feld. Pitcher, Batter und Catcher durchliefen alle ihren üblichen Ablauf, und es dauerte nicht lange, da kam ein Slider über die Plate geschossen. Joey schlug und verfehlte den Ball, woraufhin ein Raunen durch unsere kleine Menge ging.

»Schon okay, Martel! Du hältst ihn halt auf Zack!«

Ich sah zu Liv auf, die ihre Hände um ihren hinreißenden Mund hielt und eines ihrer zahlreichen hautengen Black-Dog-T-Shirts trug, was mich immer wünschen ließ, ich könnte sie flugs zurück ins Hotel schleppen. Ich begnügte mich damit, stattdessen meine Hand auf ihr Kreuz zu legen.

Sie sah auf mich herunter und lächelte nervös. Der zweite Pitch war ein Ball, so wie auch der dritte, aber der nächste war ein megageiler Curveball – einer, der auf Joeys Schläger auftraf und ihn binnen Sekunden sicher auf die erste brachte. Wir jubelten alle und Liv verlor ihre Nervosität.

Doch dann, als unser nächster Batter einen Grounder traf, durch den Joey auf der zweiten durch eine Tag Out rausgeworfen wurde, ließ Liv ihre Verrücktheit wieder aufleben und richtete sie auf den Schiri an der zweiten Base.

»Der war safe! Was ist denn los mit dir? Hast du Gänseblümchen gepflückt oder hast du deinen Blindenhund zu Hause vergessen?!«

Gavin neben mir lachte leise und Emerson hielt sich den Mund zu, während Haley spaßig die Augen verdrehte. Jays Reaktion konnte ich nicht sehen, aber ich nahm an, dass er zu sehr auf das Spiel konzentriert war, um Liv überhaupt zu hören.

»Ma'am.« Eine Stimme ertönte neben dem Dugout direkt vor uns. Einer aus dem offiziellen Schiedsrichterteam stand da und sah meine Freundin direkt an.

Im Nu war ich auf den Beinen und hob eine Hand. »Tut mir leid, Sir. Sie—«, doch Liv fiel mir ins Wort.

»Ich werde mich benehmen. Ich verspreche es.« Sie winkte dem Funktionär zu und er wandte sich wieder dem Feld zu.

Sie zog mich mit sich auf unsere Sitze hinunter. »Das ist ein Spiel, aus dem ich mich nicht werfen lasse. Ich werde einfach deine Hand drücken, wenn ich das Bedürfnis nach einem Zwischenruf in mir aufsteigen spüre.«

Und sie hielt ihr Versprechen. Beim neunten Inning führten die Black Dogs mit drei, Liv strahlte und jeder Knochen meiner rechten Hand war zu Staub zermahlen worden. Doch es war mir egal.

Ich liebte es, dass Liv sich in alles stürzte, was sie tat, denn ihr Enthusiasmus war ansteckend. Ich liebte es, dass sie sich für ihre Art und ihr Verhalten nicht entschuldigte, sondern sich selbst ihre Fehler eingestand. Und ich liebte es, dass sie bereit war, sich der Liebe zu öffnen, selbst wenn sie davor Angst hatte.

Und als Joey die Home Plate querte und damit seinen ersten Homerun in den Majors erzielte, liebte ich, dass sie sich für ihn mehr freute als irgendjemand anders in diesem gesamten verdammten Stadion.

Ich lehnte mich auf meinem Sitz zurück und hörte ihr zu, wie sie noch lange nach Spielende jubelte, als ein zufriedenes Lächeln meine Lippen überzog. Mein Blick fiel auf das Feld und den blauen Nachmittagshimmel. Es war ein perfekter Sommertag. Freunde, Baseball, Sonnenschein und mein Mädchen an meiner Seite. Was könnte besser sein?

Als nächstes an der Reihe ist die Geschichte von Ari und Jax:
Ausflüchte
E-Book und Taschenbuch

Bezüglich meiner neuen Übersetzungen bleibt ihr auf dem
Laufenden, wenn ihr euch für meinen deutschen Newsletter
anmeldet.
https://bit.ly/deutschen_nl

Und vergesst nicht umzublättern und »Sylvie sagt« zu lesen,
wo ich über *So wie du bist* spreche.

Ein Auszug aus Ausflüchte

Männer sind für zwei Dinge zu gebrauchen: Orgasmen und
das Erreichen von ganz oben im Regal stehenden
Weingläsern.

ARI:

Ich sage ja immer, dass feste Freunde wie Martinis sind: Was
mit viel Spaß anfängt, endet stets mit Kopfschmerzen. Ich habe
berufliche Ziele abzustecken und viel am Hals, da bleibt wenig
Zeit für die Liebe, die alles nur unschön verkompliziert. Jax
Crosby glaubt, er könnte mich dazu verleiten, die Kontrolle zu
verlieren, und er benutzt seine Tochter, um mich einzufangen.
In ihn könnte man sich wahnsinnig leicht verknallen, aber es
gibt doch wichtigere Dinge im Leben als die Liebe, oder?

JAX:

Ich bin immer gern zwei Schritte voraus, so kann mich nichts
aus der Fassung bringen. Aber nicht einmal ich hatte mit dieser
Sache gerechnet. Glückwünsche an mich selbst – da bin ich
doch glatt Vater. Jetzt habe ich eine Tochter im Teenageralter,
die mich hasst, eine Ex, die mir Dinge abschneiden will, von

denen ich mich noch nicht trennen möchte, und ausgerechnet zu diesem schlechtesten aller Zeitpunkte fühle ich mich zu einer kurvigen Stimmakrobatin hingezogen. Also ich bin noch nie einer Situation begegnet, die ich nicht bewältigen konnte, und habe mich noch nie von einer weiblichen Person unterkriegen lassen. Wieso habe ich dann das Gefühl, dass Ariana Amante schon wieder so etwas ist, auf das ich nicht gefasst war?

JAX

»Denk nicht mal dran, Arschloch«, murmelte ich in meine leere Bierflasche, ehe ich sie wieder auf die Tischplatte der Theke fallen ließ und über mich empört war. Sie hatte mich so leicht in die Tasche gesteckt, dass ich jetzt an einer leeren Bierflasche nuckelte, um Himmels willen. Mein Blick ruhte auf ihrem üppigen Hintern, bis sie ihn um die Ecke schwang und mir nur die schöne Erinnerung blieb, die mir Gesellschaft leistete.

Ariana Amante hatte so eine Art, mir die Gedanken zu verdrehen, selbst wenn sie es nicht wollte. Obwohl ich auch die offensichtliche Freude in ihren Augen sehen konnte, wenn sie mich bewusst herausforderte – was oft der Fall war. Und jedes verdammte Mal machte es mich hart – woran ich hätte denken sollen, als ich sie heute Abend ausfindig machte. Mein Schwanz würde den Abdruck des Reißverschlusses auftätowiert haben, wenn ich mich nicht schleunigst von hier verzog.

Ich winkte den Barkeeper zu mir, den gleichen, der Ariana den ganzen Abend lang schwärmende Blicke zugeworfen hatte, und bat um die Rechnung.

»Ich hab den von ihr übernommen. Sie können für den eigenen bezahlen«, sagte der Junge.

Ich zeigte ihn meinen besten *Kommt-nicht-in-die-Tüte*-Blick und hielt einen Zwanziger zwischen den Fingern in die Höhe und ließ diesen zwischen uns auf die Bar fallen. »Das reicht für beide.« Dann stieß ich mich von der Bar ab und ging, ehe er antworten konnte. Ich konnte es dem Jungen nicht verübeln, dass er nach Ariana lechzte. Mit ihrer gold-bronzenen Haut, den langen seidigen Haaren und dem Hammerkörper, der mehr Kurven hatte als eine Formel-Eins-Strecke, war sie der feuchte Traum eines jeden Mannes. Doch bei einer Frau wie der hatte er nicht den Hauch einer Chance. Sie *spielte* mit den Jungs, so viel wusste ich bereits.

Ich hatte in Erwägung gezogen, ihr zu gestatten, ihr Spielchen bei mir auszuprobieren und ihr dann zu zeigen, wie es war, wenn man zur Abwechslung mal mit einem *Mann* ging, aber das war davor gewesen – bevor ich mich auf so eine Häufung von Problemen eingelassen hatte, wie man sie nicht mehr gesehen hatte, seit Pete Rose sich entschieden hatte, das Glücksspiel auszuprobieren.

Und genau so war es dazu gekommen, dass ich mit meinen vierzig Jahren uneingeladen in eine Karaoke-Party hineinge-platzt war, in einer miesen Bar in der Innenstadt, die voller betrunkener Jugendlicher und liebeskranker Barkeeper war. Ja, das war ungefähr vergleichbar mit der Art, wie die Dinge in letzter Zeit für Jax Crosby liefen.

Also ich kann wohl von mir behaupten, dass ich mich wegen irgendeinem Scheiß nicht gleich ärgere, aber verdammt will ich sein, wenn Gott in letzter Zeit nicht wie der Teufel selbst über meinen Arsch lachte. Ich hatte aber wie üblich auch einen Plan– einen, der mein Leben in sein komfortables Normal zurückversetzen und mich von diesem unbeständigen Gefühl befreien würde, das in diesen letzten Monaten mein ständiger Begleiter geworden war. Das bedeutete, die Kontrolle wieder-zuerlangen und Komplikationen auf ein Minimum zu reduzieren.

Es bedeutete auch, dass dies nicht der richtige Augenblick

war, um Zeit oder Lust für ein Experiment wie Ariana einzusetzen. Denn das wäre es gewesen – ein Experiment. Mehr nicht.

Nein, ich brauchte sie nur dazu, dass sie mir diesen Gefallen tat, dann konnte ich sie gleich wieder vergessen. Die Frauen kamen und gingen, wie alles andere auch. Am anderen Ende der Stadt wartete genug Scheiße in meinem Büro auf mich, um die ich mich eher kümmern musste, als darum, flachgelegt zu werden. Das im Auge behaltend, lenkte ich meinen Arsch zur Tür, denn ich sagte mir, dass es Zeit war zu gehen.

Arianas Stimme stoppte mich, als ich die Hand an der holzgetäfelten Tür hatte.

»Dann wollen wir diese Stunde mal mit einem meiner Lieblingssongs beginnen, was meint ihr?« Sie neckte das Publikum mit ihrem heiseren Lachen. »Sicher kennt ihr den alle, also singt ruhig mit, wenn ihr wollt.«

Die ersten paar Noten von Aretha Franklins »*Natural Woman*« strömten aus den Lautsprechern und ich hätte mich um keinen Preis davon abhalten können, mich umzudrehen.

Kaum ein Mensch in dem ganzen verdammten Lokal gab einen Ton von sich, als sie die erste Strophe in Angriff nahm und ihre samtige Stimme mich wie ein unerwarteter Schlag in die Magengrube traf. Ich war fasziniert, stand da wie ein Idiot, die Hand an der Tür, während mein Kopf und meine Nüsse sich die größte Mühe gaben, aus mir herauszuplatzen und auf die Bühne zu springen. Wie es kam, dass sie in einer miesen Kellerbar in Greensboro, North Carolina, anstatt auf der Bühne in einem ausverkauften Stadion auftrat, war mir ein Rätsel.

Ich hatte von Musik nicht viel Ahnung, aber ich wusste genug, um mir sicher sein zu können, dass Ariana Amante etwas besaß, das man nicht oft antraf. Ihre rot bemalten Lippen glitten in ein sinnliches Lächeln, als sie den Refrain erreichte, während eine Hand, ihre Taille flüchtig berührend, nach unten über ihre Hüfte fuhr, wie bei der Berührung eines Liebhabers, woraufhin mein innerer Neandertaler die Zähne zusammenpresste und verlangte, dass ich sofort zur Bühne marschieren, sie mir über die Schulter werfen und aus diesem Drecksloch hinaustragen sollte. Aber wozu?

Ja, ich musste mich an den Plan halten und durfte die Konzentration nicht verlieren. Und das hieß, ich musste meinen Arsch nach Hause bewegen.

Ich genehmigte mir noch ein letztes Mal, ihren geilen Körper in dieser Versuchung von einem schwarzen Kleid in mir aufzunehmen, dann atmete ich aus und drängte zur Tür hinaus. Ihre Stimme verfolgte mich einen halben Block weit, bis die Geräusche auf der Straße sie übertönten und ich mich wieder allein in meiner vertrauten Welt befand. Die Hände in die Taschen gesteckt, senkte ich den Kopf im leichten Frühlingsnieselregen und ging zu meinem Truck.

Vor unserer nächsten Begegnung würde ich mich wappnen müssen. Ich durfte mich nicht einfangen lassen von ihrem Sirenengesang. Auf keinen Fall.

Eine Sache war jedoch klar. Lola hatte nicht gelogen, als sie gesagt hatte, Ariana wäre die beste Sängerin, die sie jemals gehört hatte. Verdammt, wenn das nicht scheiß ungelegen kam.

Lesen Sie *Ausflüchte jetzt!*
E-Book und Taschenbuch (*Bei Kindle Unlimited Mitgliedschaft kostenlos*)

Über den Autor

Die Erfolgsautorin Sylvie Stewart, bei *USA Today* auf der Bestsellerliste, liebt schlechte Witze, geile Happy-End-Geschichten, Country-Musik und Stinktierbabys – nur vielleicht nicht alles auf einmal. Die meisten ihrer heißen Liebeskomödien spielen in North Carolina, auch bekannt als der beste Bundesstaat überhaupt, und sie hat eine Schwäche für die Umarmungen ihrer Kinder und richtig amüsante Gespräche mit ihrem Göttergatten. Sie flucht auch wie ein Seemann, scheint sich deswegen aber nicht zu einem schlechten Gewissen durchringen zu können. Wenn ihr kluge Südstaatenmädchen und scharfe Arbeitertypen mögt und gerne prustend mitlacht mit Figuren, die sich wie eure besten Freunde anfühlen, dann ist Sylvie die Richtige für euch.

sylvie@sylviestewartauthor.com
www.sylviestewartauthor.com

facebook.com/SylvieStewartAuthor
twitter.com/sylvie_stewart_
instagram.com/sylvie.stewart.romance
bookbub.com/authors/sylvie-stewart

Danke, und lasst mal von euch hören!

Vielen herzlichen Dank, dass ihr *So wie du bist* gelesen habt. Ich hoffe, Brett und Livs Geschichte hat euch gefallen! Wenn ja, dann würde ich mich über eine Bewertung sehr freuen!

- Bezüglich meiner neuen Übersetzungen bleibt ihr auf dem Laufenden, wenn ihr euch für meinen deutschen Newsletter anmeldet: https://bit.ly/deutschen_nl
- Treten Sie meiner deutschen Facebook-Gruppe bei und erhalten Sie Vorabinformationen und Updates: https://www.facebook.com/groups/351129636474303
- Oder ihr besucht meine Website unter: https://www.sylviestewartauthor.com/deutschen-ubersetzungen

Nochmals vielen Dank!
XOXO,
Sylvie

Bücher von Sylvie Stewart

Werke von Sylvie Stewart mit deutschen Übersetzungen

E-Book und Taschenbuch (Bei Kindle Unlimited Mitgliedschaft kostenlos)

2022

The Fix / ***Die Baustelle*** (*Carolina Connections* #1)

The Spark / ***Der Funke*** (*Carolina Connections* #2)

The Lucky One / ***Das Glückskind*** (*Carolina Connections* #3)

The Game / ***Das Spiel*** (*Carolina Connections* #4)

The Runaround / ***Ausflüchte*** (*Carolina Connections* #6) 1 Apr

The Nerd Next Door / *TBD* (*Carolina Kisses* #1)

New Jerk in Town / *TBD* (*Carolina Kisses* #2)

The Last Good Liar / *TBD* (*Carolina Kisses* #3)

2023

Between a Rock and a Royal / *TBD* (*Kings of Carolina* #1)

Blue Bloods and Backroads / *TBD* (*Kings of Carolina* #2)

Stealing Kisses With a King / *TBD* (*Kings of Carolina* #3)

Game Changer / *TBD*

Then Again / *TBD*

About That / *TBD*

Sylvie sagt:

Dann wollen wir mal auf den Boden zurückkommen und uns
The Way You Are (*So wie du bist*) ansehen

Ich liebe diese Geschichte aus so vielen Gründen, aber ich
glaube vor allem deswegen, weil Brett das genaue Gegenteil
eines typischen Liebesroman-Helden ist. Er ist nicht der Alpha-
mann, er ist nicht der beliebteste Typ der Stadt, er ist nicht der
schärfste Mann da draußen – oder der koordinierteste. Er war
niemals ein berühmter Athlet, er besaß noch nie in seinem
Leben ein kleines schwarzes Buch. Er ist einfach nur Brett. Und
es kümmert ihn nicht. Was ihn BEEINDRUCKEND macht.

Brett besitzt auch das schmutzigste Mundwerk der
gesamten Carolina-Connections-Gang, aber ich habe mich sehr
bemüht, es nicht zu übertreiben. Er hat einfach diese Art, die F-
Bomben zu zünden!

Ich hoffe, ihr habt ihm im Laufe des Lesens so fest die
Daumen gedrückt wie ich. Und ich weiß, dass das sehr nieder-
trächtig von mir war, dass ich ihm den Sex vermasselt habe, als
Liv ihn bespringen wollte. Entschuldigung, tut mir nicht leid.

Liv ist mein Mädel, denn sie sagt ihre Meinung, sie ist

impulsiv und sie scheut keine Herausforderung. Ihre Karriere ist geilo und sie ist brillant. Liv mag sich ja ins Leben stürzen, aber sie achtet auf ihr Herz. Sie steht sich oft selbst am meisten im Weg, was, glaube ich, wirklich viele von uns tun.

Ich möchte in vielerlei Hinsicht wie Liv sein, aber ich bin nie vorsichtig mit meinem Herzen umgegangen – ich neige dazu, es wie die Kamelle bei einer verdammten Parade zu verstreuen! Aber he, man lebt schließlich nur einmal, oder?

Sex: Liv ist ein Mädchen, das oft geil ist, aber sie entschuldigt sich nicht dafür. Ich *brauchte* sie einfach in der Serie! Natürlich ist auch Brett nicht gerade ein Typ mit wenig Testosteron, aber er will eben die emotionale Bindung haben. (Ach wie süß.) Aber ich glaube, Brett ist derjenige, der zuletzt lacht, wegen der netten kleinen Überraschung, die sich in seinen Shorts verbirgt, meint ihr nicht auch?

Tambo: Bücherfreunde sind toll, aber Bücherhundefreunde sind auch unglaublich. Ich würde mich gern mit Bo zusammenkuscheln und ihn als Kissen benutzen.

Olivia Newton-John: Ich weiß, dass das weit hergeholt scheint, aber das ist es nicht, versprochen. Ich habe sie damals wirklich, wirklich, wirklich geliebt, als ich ein Kind und Teenager war – und *na schön*, ich liebe sie noch immer. Ich meine, welches Mädchen (das vor 1985 geboren wurde) hat Grease nicht dreihundertmal gesehen, jedes Mal vom Aussichtspunkt des Fußbodens in irgendeinem Wohnzimmer aus, an die besten Freundinnen geschmiegt, in bauschigen Schlafsäcken? Und unsere Eltern müssen sich gedacht haben, wir wären ahnungslose Idioten, als wir zu »*Let's Get Physical*« sangen und tanzten, weil wir dachten, ONJ meint das schweißtreibende Training. Du hast uns schön gefoppt, Ms. Newton-John.

Der Freundeskreis: Ja, das nervt, aber manchmal erzielt man das beste Resultat, wenn man jemandem durch die Linse der Freundschaft zeigt, wer man ist. Manche Menschen finden die Liebe an anderer Stelle, können dann aber trotzdem einen guten Freund oder eine gute Freundin vorweisen. Bei anderen, so wie bei Brett und Liv, kann daraus die Grundlage für eine unglaubliche Liebesbeziehung entstehen.

Ich hoffe sehr, dass ihr euch in Brett und Liv verliebt habt und es euch Spaß gemacht hat, wieder einmal die ganze Gang zu treffen!

Und jetzt zu dem, was noch kommt. Ari hat da offensichtlich mit Jax was laufen, und das könnt ihr alles in *Ausflüchte* nachlesen. Haley, Livs beste Freundin, hat auch ihr eigenes Buch (**The Nerd Next Door**), das 2022 ins Deutsche übersetzt werden wird, also nicht versäumen! Solltet ihr die ersten vier Bücher in der Serie Carolina Connections noch nicht gelesen haben, dann müsst ihr das jetzt tun! Aber ich habe auch noch Berge von anderen Dingen geplant, daher solltet ihr euch auch unbedingt für meinen Newsletter anmelden und/oder meiner Facebook-Gruppe beitreten.

Das war erst mal alles für heute … Ihr seid wirklich supertoll und ich bin so wahnsinnig dankbar dafür, euch meine LESER nennen zu dürfen! Ohne euch gäbe es keine Bücher, daher danke ich euch von ganzem Herzen!

Küsschen und Umarmungen XOXO,
Sylvie